古代小説叢考

余嘉錫 著

文津文庫

國家圖書館出版社

圖書在版編目(CIP)數據

古代小說叢考/余嘉錫著.—北京:國家圖書館出版社,2010.10
ISBN 978-7-5013-4420-8
Ⅰ.①古… Ⅱ.①余 Ⅲ.①古典小說—文學研究—中國—文集
Ⅳ.①I207.41-53

中國版本圖書館 CIP 數據核字(2010)第 181141 號

責任編輯:賈貴榮 耿素麗

書名 古代小說叢考
著者 余嘉錫 著

出版 國家圖書館出版社(原北京圖書館出版社)
(100034 北京市西城區文津街 7 號)
發行 010-66139745 66175620 66126153
66174391(傳真),66126156(門市部)
E-mail btsfxb@nlc.gov.cn(郵購)
Website www.nlcpress.com→投稿中心
經銷 新華書店
印刷 北京華正印刷廠

開本 787×1092 毫米 1/16
印張 11.25
版次 2010 年 10 月第一版第一次印刷
印數 1—3000 冊

書號 ISBN 978-7-5013-4420-8
定價 33.00 圓

出版説明

本書收録余嘉錫先生有關中國古代小説的考證宏論四篇:《小説家出於稗官説》《〈殷芸小説〉輯證》《楊家將故事考信録》《宋江三十六人考實》。余先生精通古籍文獻,對古代小説家的源流、殷芸小説、楊家將故事的傳説和《水滸》人物等問題,廣征博引,考證翔實,見解獨到,是研究古代文學史尤其是古代小説發展史不可多得的參考文獻。

余先生字季豫,湖南常德人,生於 1883 年,卒於 1955 年,是古典文獻學家、歷史學家,平生讀書甚廣,著述頗豐。著有《目録學發微》《世説新語箋疏》《四庫提要辨證》等書。本書所收四篇論文分别撰於二十世紀三四十年代。1963 年,中華書局周振甫先生整理收入《余嘉錫論學雜著》,本書據此重排。我們在重新排版中對原稿做了新的標點,以利於今人閲讀。需要説明的是:一余先生學問博大精深,徵引書文信手摘來,故對書名號的標注難免有漏標錯標之處。二書名多簡稱縮寫,未予補齊,如《書鈔》《御覽》之類。三我們對原書中排版的個别錯漏字做了修改。

國家圖書館出版社

2010 年 8 月

目　　錄

小説家出於稗官説

班固作《漢書》，删取劉歆《七略》以爲《藝文志》，既録其六藝、諸子、詩賦、兵書、數術、方技六略之書，又散輯略之文，附入各家之後以便讀者。諸子十家，輯略以爲"蓋出於王官"，自儒家以下，九流所出之官，皆有可考，獨小説家出於稗官，其名不見於先秦古書，顏師古注亦説之不詳，莫有知其爲何官者。考荀悦《漢紀》卷二十五，叙諸子九家之所出，並同《漢書》，獨於小説家者流，去其"稗官"二字，僅云"蓋出於街談巷議所造"，豈非荀悦已不得其解，故删除之耶？悦後漢人，去劉、班未遠，然尚如此，於顏師古奚責焉？吾嘗紬繹經傳，考其官職，妄以爲稗官者，天子之士也，因仿劉毓崧説法家、墨家、縱横家之例，劉氏《通義堂集》卷十，有《法家出於理官説》二篇；卷十一，有《墨家出於清廟之官説》，《縱横家出於行人之官説》，各三篇。作《小説家出於稗官説》。

《藝文志》曰："小説家者流，蓋出於稗官，街談巷語，道聽塗説者之所造也。孔子曰：'雖小道，必有可觀者焉，致遠恐泥，是以君子弗爲也。'然亦弗滅也。閭里小知者之所及，亦使綴而不忘，如或一言可採，此亦芻蕘狂夫之議也。"注於"稗官"下引如淳曰："細米爲稗，街談巷説，其細碎之言也，王者欲知閭巷風俗，故立稗官使稱説之。"此雖能説明稗官之職，然不云出於何書，亦小能言王者所立之稗官，爲《周禮》《春秋》中之何等官，徒因細米爲稗，遂謂此官爲稱説細碎之言，是亦望文生義耳。師古曰："稗官，小官，《漢名臣奏》：'唐林請省置吏，公卿大夫至都官稗官，各减什三，是也。'"案：《廣雅・釋詁》云："稗，小也。"師古以"小官"釋"稗官"，於義爲長。唐林附見《鮑宣傳》，仕王莽封侯。亦見《王莽傳》。此奏收入《漢名臣》中，當上於成哀時，是前漢猶有稗官，然不見於兩《漢書》及《漢官儀》，無可考證。《漢書・昭帝紀》《食貨志》注並云："中都官，京師諸官府也。"中都官，即都官也，故司隸校尉有都官從事一人，主察舉百官犯法者。見《續漢書・百官志》。夫都官既爲京官之通稱，唐林以都官、稗官並言，是稗官亦小官之通稱矣。然則小説家所出之稗官,果周之何官耶?

余嘗以經傳所言官之職掌,考之九流所出之官而皆合。如司徒敬敷五教,儒家出於司徒之官,故言"助人君順陰陽,明教化"。史官記事記言,道家出於史官,故言"歷記成敗存亡禍福古今之道"。羲和治曆明時,陰陽家出於羲和之官,故言"敬順昊天,曆象日月星辰,敬授民時"。推之他家皆然。今於小説家,既言"出於稗官,街談巷語道聽塗説者之所造",是即稗官之職掌矣。以經傳證之,採道塗之言,達之於君者,其惟士乎?《春秋》襄十四年傳曰:"史爲書,瞽爲詩,工誦箴諫,大夫規誨,士傳言,庶人謗,商旅於市,百工獻藝。"賈子《新書·保傅篇》,可與此傳互相發明,其略曰:"天子有過,史必書之,史之義不得書過則死,而宰收其膳,宰之義不得收膳則死。於是有進善之旌,有誹謗之木,有敢諫之鼓,瞽史誦詩,工誦箴諫,大夫進謀,士傳民語。習與智長,故切而不愧,化若心成,故中道若性。是殷周所以長有道也。"《大戴禮·保傅篇》,採自賈子,其文略同。賈子之説,即本之《左傳》,而作"士傳民語",無"庶人謗"一句。然則《傳》所謂"士傳言"者,傳庶人之謗言也。庶人賤,不得進言於君,先王懼不聞己過,故使士傳敍其語以察民之所好惡焉,杜預以爲"士卑不得逕達,聞君過失,傳告大夫"者,非也。《國語·周語》曰:"故天子聽政,使公卿至於列士獻時,瞽獻曲,史獻書,師箴,瞍賦,蒙誦,百工諫,庶人傳語,近臣盡規,親戚補察,瞽史教誨,耆艾修之,而後王斟酌焉。"韋昭注曰:"庶人卑賤,見時得失,不得達,傳以語士也。"夫庶人傳以語士,則士必當入告於君,正所謂"士傳言"也。由是觀之,則傳街談巷語之稗官,非即天子左右之士耶?《晉語》曰:"吾聞古之言王者,政德既成,又聽於民,於是乎使工誦諫於朝,在列者獻詩,使勿兜,風聽臚言於市,辨祆祥於謡,考百事於朝,問謗譽於路,有邪而正之,盡戒之術也。""在列者,公卿至於列士也。風,採也。臚,傳也。"本韋注。採傳言於市而問謗譽於路,真所謂街談巷語道聽塗説也。《楚語》曰:"昔衛武公年數九十有五矣,猶箴儆於國,曰:'自卿以下至於師長士,苟在朝者,無謂我老耄而舍我,必恭恪於朝,朝夕以交戒我,聞一二之言,必誦志而納之,韋注:言,謗譽之言也。志,記也。以訓道我。'在輿有旅賁之規,位寧有官師之典,倚几有誦訓之諫，居寢有褻御之箴，臨事有瞽史之道，宴居有師工之誦，史不失書，蒙不失誦，以訓御之，於是乎作懿詩以自儆也。”此云“聞一二之言，必誦志而納之”者，謂聞庶人之街談巷語，則誦其詞而記之，入而告之於君，即班《志》“閭巷小知者之所及，亦綴而不忘”之意也。《左傳》但言士傳言，而據《晉語》《楚語》，則自卿大夫以至於士皆得傳言者，《傳》以大夫與士分言之，因大夫得自進規誨，而士僅得傳民之語，故獨以傳言歸之士耳。《白虎通·諫諍篇》云：“士不得諫者，士不得豫政事，故不得諫也，謀及之，得因盡其忠耳。《禮·保傅》曰：大夫進諫案：今《大戴禮》無此句，蓋傳寫脱去，《賈子》作“大夫進謀”。士傳民語。”是其義也。《吕氏春秋·達鬱篇》曰：“是故天子聽政，使公卿列士正諫，好學博聞獻詩，矇箴，師誦，庶人傳語，近臣盡規，親戚補察，而後王斟酌焉。”此與《周語》所記同一事，而字句微不同。賈山《至言》曰：“古者聖王之制，史在前書過失，工誦箴諫，瞽誦詩諫，公卿比諫，士傳言諫過，庶人謗於道，商旅議於市，然後君得聞其過失也。”見《漢書》本傳，《藝文志》儒家，有《賈山》八篇。《淮南子·主術訓》曰：“古者天子聽朝，公卿正諫，博士誦詩，瞽箴，師誦，庶人傳語，史書其過，宰徹其膳。”略引此數條以相參證，其東漢人書，出於班固以後者，不録。此皆在左氏古文説未行以前，而其言與《春秋》内外傳相爲表裏，足見其爲古義矣。綜以上所引諸書觀之，則小説家所出之稗官，爲指天子之士，信而有徵，無可復疑也。

如淳以“細米爲稗，街談巷説細碎之言”釋稗官，是謂因其職在稱説細碎之言，遂以名其官，不知唐林所言都官稗官，並是通稱，實無此專官也。師古以稗官爲小官，深合訓詁。案：《周禮》：“宰夫掌小官之戒令，”法云：“小官，士也。”此稗官即士之確證也。沈彤《周官禄田考》，嘗舉五官之數總計之，上士凡千一百五十人，中士凡四千四百九十六人，下士凡萬九千五百有七人，各官之屬，及不見經注而有數可推者，尚不與焉。周之稗官，可謂多矣。然士不能盡見於王，則必奔走執事於王之左右者，乃得傳達庶人之言，蓋亦百中之一二爾。漢無上中下士之名，唐林所謂稗官，無可指實，然亦有約略可推者。《春秋繁露·爵國篇》曰：“大國上卿，位比天子之元士，今八百石，下卿六百石，上士四百石，下士三百石。”仲舒謂古者上卿、下卿、上士、下士，凡四等，而無大夫,與《王制》及諸經古文説皆不合。是以漢之八百以下吏,當周之士也。然《漢書·律曆志》言:"太史令張壽王上書言宜更曆,有司劾壽王吏八百石,古之大夫,服儒衣,誦不詳之辭,作訞言。"則八百石不得爲士,與仲舒之言不合。疑當時本無明制,説者各以意擬之耳。《續漢書·百官志》,於三公下引《漢舊注》曰:"東西曹掾比四百石,餘掾比三百石,屬比二百石,故曰公府掾比古元士三命者也。"《周禮·大宗伯》注上士三命。此爲漢人專説官制之書,與仲舒之以意擬説輕者有閒,固爲可據。然則漢之稗官,指四百石以下吏言之也。王國維《太史公行年考》,亦據《律曆志》及《漢舊注》,以考漢之大夫士,然以漢五百石以下至二百石,當古之上中下士。余徧考兩《漢書》,並無五百石吏,惟王莽更名秩,五百石曰命士,六百石曰元士,此自新室之法,不可以説漢制,故不從之。但漢時列士,不聞有傳達民語之事,稗官之名存而實亡矣。

《隋書·經籍志》曰:"小説者,街談巷語之説也,《傳》載輿人之誦,《詩》美詢於芻蕘,古者聖人在上,史爲書,瞽爲詩,工誦箴諫,大夫規誨,士傳言而庶人謗。孟春,徇木鐸以求歌謡,巡省觀人詩以知風俗。過則正之,失則改之,道聽塗説,靡不畢紀,《周官》,誦訓'掌道方志以詔觀事,道方慝以詔辟忌,以知地俗',而訓方氏'掌道四方之政事,與其上下之志,誦四方之傳道,而觀衣物',案:《周禮》經文及注疏,均作"新物",此作"衣",誤,但《隋書》各本皆如此,前人亦無校正之者,今姑仍之。是也。孔子曰:'雖小道,必有可觀者焉,致遠恐泥。'"《隋志》子部小序,多依據《漢志》,引伸其旨,然意所不合,亦復時立異同。諸子九家《隋志》無陰陽家。所出王官,僅於墨家、縱横家采録其説,而意似存疑,墨家云:《漢書》以爲本出清廟之守;縱横家云:《漢書》以爲本出行人之官。至以雜家爲出於史官,尤與《漢志》相刺謬。其餘各家,皆不用《漢志》之説,而别從《周禮》求其官職之相近者以實之。不知《漢志》所謂某家出於某官者,皆採自《七略》。蓋古人之學,必有所受,故相傳出於王官。劉歆考其學術淵源,亦似如此,遂姑存其説云爾。其所舉羲和之官,理官,禮官,議官,清廟之官,《漢書》作"清廟之守",乃傳寫之誤。余别有考證。農稷之官,稗官云者,《周禮》皆無此官名,蓋約略言之而不敢鑿也。即司徒之官史官,亦是約舉之詞,不敢云儒家出於師氏保氏,道家出於太史小史也。故其言曰:某家者流,蓋出於某官。蓋者,疑而未定之詞,言其大略相近而已。《經傳釋詞》卷五云:蓋者,大略之詞;又,蓋者,疑詞也。不然,劉歆親傳《周禮》,豈不能於三百六十官中,求得其所出乎?《隋志》乃嫌其説之不詳,必欲確指爲《周禮》之某官,故於小説家不言出於稗官,而以爲即《周官》誦訓及訓方氏之職。案:鄭康成注"誦訓掌道方志以詔觀事"云:"説四方所識久遠之事,以告王觀博古,所識,若魯有大庭氏之庫,殽之二陵。"注"掌道方慝以詔辟忌以知地俗"云:"方慝,四方言語所惡也,不辟其忌,則其方以爲苟於言語也,知地俗,博事也。"注"訓方氏掌道四方之政事與其上下之志"云:"道,猶言也,爲王説之,四方,諸侯也。"注"誦四方之傳道"云:"傳道,世世所傳説往古之事也,爲王誦之,若今論聖德堯舜之道矣。"注"而觀新物"云:"四時於新物出,則觀之,以知民志所好惡"云云。由是觀之,則誦訓所掌,乃四方之古蹟方言風俗,訓方氏所掌,則其政治歷史民情也,當爲後世地理志郡國書之所自出,於小説家奚與焉?且即令小説果出於此兩官,而誦訓爲中士二人、下士四人,訓方氏爲中士四人,皆稗官也,何必删除《漢志》"出於稗官"之句乎?《隋志》雖亦知引《左傳》"士傳言,庶人謗",然於"庶人"之上,增一"而"字,則是士自傳言,庶人自謗,不知所傳者即庶人之謗言,案:此蓋爲杜注所誤。且不知傳言之士,即是稗官矣。蓋既規撫《漢志》,又欲自出新意,而考證復未能精密,遂致進退失據如此,其言似是而實非也。

桓子《新論》曰:"小説家合叢殘小説,近取譬論,以作短書,治身理家,有可觀之辭。"《文選》卷三十一,江文通《擬李都尉從軍詩》注引。叢殘小語,即所謂"街談巷語,閭里小知者之所及"也。不云出於稗官者,桓譚因泛論學術,涉筆及之,案:《御覽》卷六百二引桓譚《新論》曰:"揚子雲才智聞達,卓絶於衆,漢興以來,未有此也。國師子駿曰,何以言之?答曰,通材著書以百數,唯太史公爲廣大,餘皆叢殘小論,不能比之子雲所造《法書》《太玄》也。"叢殘小論,即此所云"叢殘小語",疑本同出一篇,蓋因稱美揚子雲,遂泛論及於小説家耳。與劉班著録,務窮流别,本自不同耳。譚與劉歆同時,其書盛稱子政父子,謂爲通人,是必曾見《七略》,若果是與劉歆論揚雄之語,則正是用《七略》之意以答歆,或竟是歆詰難譚之語也。而班固嘗受詔續其《琴道》一篇,見譚本傳。固熟讀《新論》者。故桓子之言,與《漢志》同條共貫,可以互相發明也。知此,可以論《漢志》著録之小説家矣。

《漢志》小説十五家,千三百十八篇,梁僅有《青史子》一卷,見《隋志》。至隋遂尺簡不存。九流諸子雖多放失,然未有如小説家之甚者也,豈非以叢殘小語,雖有可觀,致遠則泥,不足以自傳歟?十五家之中,自《伊尹説》至《黄帝説》,凡九家,皆先秦以前書,自《封禪方説》以下六家,則武帝以後書也。班固於《伊尹説》二十七篇,《師曠》六篇,皆注爲"淺薄依託",《鬻子説》十九篇注云:"後世所加。"此書梁時已亡,今所傳乃道家書,《舊唐志》誤入小説家,説詳嚴可均《鐵橋漫稿》卷五。《務成子》十一篇,注云:"稱堯問,非古語。"《天乙》三篇,注云:"天乙謂湯,其言非殷時,皆依託也。"《黄帝説》四十篇,注云:"迂誕依託。"然則小説家之書,不可信者多矣。今諸書皆亡,遺説殆無可考。古書所引黄帝、成湯、伊尹、師曠語,未必出於小説家。王應麟《漢志考證》,以賈誼書及《史記》所稱湯曰,爲《天乙書》,殊無以見其必然也。然謂《吕氏春秋·本味篇》,爲出於小説家之《伊尹説》,則甚確。翟灝《四書考異條考》三十一曰:"案:吕不韋書,有《本味》一篇,言有侁氏得嬰兒於空桑之中,令烰人養之,是爲伊尹。湯請有侁爲婚,有侁以伊尹爲媵送女。尹説湯以至味,極論水火調劑之事,周舉天下魚肉之美,菜果之美,和之美,飯之美,水之美者,而云非爲天子不得具,割烹要湯之説,無如此篇之詳盡者。其文若'果之美者,箕山之東有盧橘',應劭《史記注》引之;案:此條見《司馬相如傳》上林賦注,所引乃應劭《漢書音義》也,劭未嘗注《史記》,翟氏説誤。'飯之美者,元山之禾,南海之秏',許慎《説文》引之。所稱書目,俱曰《伊尹》,不曰《吕覽》。原文作"俱不曰《吕覽》,曰《伊尹》",僭爲易之。考班固《藝文志》,有《伊尹》二十七篇,列於小説家,蓋吕氏聚斂羣書爲書,所謂《本味篇》,乃剟自《伊尹説》中,故漢人之及見原書者,猶標著其原目如此。"觀翟氏所考,益足證明王説之確矣。《漢志·道家》别有《伊尹》五十一篇,注云"湯相",不言其依託,知此等淺薄之説,必出於小説家,非道家之《伊尹》書也。考伊尹爲庖以干湯之事,《墨子·尚賢上篇》《孟子·萬章篇》《莊子·庚桑楚篇》《文子·自然篇》《楚辭·惜往日》,以及《魯連子》,《文選》卷四十七《聖主得賢臣頌》注引。皆載之，不知與《伊尹説》孰先孰後。惟《吕覽》之爲採自《伊尹説》，固灼然無疑。他若《韓非子·難言篇》《史記·本紀》之出《吕覽》後者，又不待論也。吕氏著書於始皇八年，見《吕覽·序意篇》注。此書尚在其前，當是六國時人合此類叢殘小語，托之《伊尹》。其所言水火之齊，魚肉菜飯之美，真閭里小知者之街談巷語也，雖不免於淺薄，然其書既盛行一時，未必無一言之可採，故劉、班雖斥其依託而仍著於録，視爲芻蕘狂夫之議而已。《鬻子》《師曠》諸家，當亦類是矣。

先秦諸書既多依託，其可信者《周考》《青史子》《宋子》三家而已。《周考》七十六篇，班固注云："考周事也。"今已無一字之存。《青史子》五十七篇，至梁僅存一卷，劉彦和尚及見之，故《文心雕龍·諸子篇》云："《青史》曲綴於街談。"論小説不舉他書，獨引《青史》爲證，正以當時現存之書，此爲最古耳。然則其書固多街談巷語，宜其入小説家矣。《大戴禮》及賈子《新書·保傅篇》，尚引其胎教之説，章學誠《校讎通義·漢志諸子篇》，因謂其書"不當儕於小説"。不知此正桓子所謂"治身理家有可觀之辭"也，此不得儕於小説，豈必如《洞冥》《搜神》之類，然後得爲小説耶？《風俗通·祀典篇》曰："《青史子》書説，雞者東方之牲也，歲終更始，辨秩東作，萬物觸户而出，故以雞祀祭之。"以此推之，其書必多此等叢殘小語，故所記雖有關於禮教，特識小之類耳。班固於《青史子》下注云："古史官所記也。"《通志·氏族略》第四，引《英賢傳》云："晉太史董狐之子，受封青史之田，因氏焉。"梁玉繩非之，以爲青史氏即南史氏之比，其《古今人表考》卷三曰："史有内外大小之别，而無南北之稱。《左傳序正義》云，'南史，佐大史者，當是小史，其居在南，謂之南史'，此説欠安。東西南北，人各有居，何獨此史以居南爲號？竊疑古史官之職，四時分掌之，故有青史氏，南史氏，青史主春，南史主夏。《通志》略言受封青史之田，非也。"愚案：《漢書·魏相傳》云："中謁者趙堯舉春，李舜舉夏，兒湯舉秋，貢禹舉冬。"注，服虔曰："主一時衣服禮物廟祭百事也。"是古者固有以一官而分主四時者矣。梁氏之説，殊爲近理。崔杼之難，齊太史盡死，南史氏始執簡以往，則南史氏自是小史，青史氏當亦如之。《周禮·春官·

小史》“凡國事之用禮灋者掌其小事”,《青史子》所載,胎教之制,用雞之義,皆禮灋之小事也。《周禮》,大史下大夫二人,上士四人,而小史則中士八人,下士十有六人。此真古之稗官矣。其書見引於賈誼《戴德》,最爲可信,立説又極醇正可喜,古小説家之面目,尚可窺見一斑也。

《宋子》十八篇,班固注云:“孫卿道宋子,其言黄老意。”今按《荀子·非十二子篇》云:“不知壹天下建國家之權稱,上功用,大儉約,而慢差等,曾不足以容辨異,縣君臣,然而其持之有故,其言之成理,足以欺惑愚衆,是墨翟宋鈃也。”《天論篇》云:“宋子有見於少,無見於多。”《正論篇》云:“子宋子曰。明見侮之不辱,使人不鬬。人皆以見侮爲辱,故鬬也,知見侮之爲不辱,則不鬬矣。”又云:“子宋子曰,人之情慾寡,而皆以己之情慾爲多,是過也,故率其羣徒,辨其談説,明其譬稱,將使人之情慾之寡也。”又云:“今子宋子嚴然而好説,聚人徒,立師學,成文曲。”《解蔽篇》云:“宋子蔽於欲而不知得。”是皆班固所謂“孫卿道宋子”也。《莊子·天下篇》云:“不累於俗,不飾於物,不苟於人,不忮於衆,願天下之安寧,以活民命,人我之養,畢足而止,以此白心,古之道術有在於是者。宋鈃尹文聞其風而悦之,作爲華山之冠以自表,接萬物以别宥爲始,語心之容,命之曰心之行,以聏合歡,以調海内,請欲置之以爲主,見侮不辱,救民之鬬,禁攻寢兵,救世之戰,以此周行天下,上説下教,雖天下不取,强聒而不舍者也。故曰上下見厭而强見也。雖然,其爲人太多,其自爲太少。曰,請欲固置五升之飯足矣。先生恐不得飽,弟子雖饑,不忘天下,日夜不休,曰,我必得活哉,圖傲乎救世之士哉。曰,君子不爲苛察,不以身假物。以爲无益於天下者,明之不如己也。以禁攻寢兵爲外,以情慾寡淺爲内,其小大精粗,其行適至是而止。”《莊子》述宋鈃之言行,與《荀子》合而加詳。《墨子》貴儉而宋鈃亦大儉約,至以五升之飯自足,《墨子》非攻而宋鈃亦禁攻寢兵,至於强聒而不舍,故《荀子》以墨翟與宋鈃並非也。然宋鈃之與宋牼,一人也,《孟子》辟楊墨而獨敬禮宋牼,稱爲先生,則其操術必有以異矣。觀其情慾寡淺,見侮不辱,實有合於道家之清虚以自守,卑弱以自持,故《莊子》以之與尹文並稱,而班固以爲“其言黄老意”。蓋諸子之學，雖“相反而皆相成”，此《漢志·諸子略》語。故道家之與墨家，亦相爲出入也。《莊子·逍遥遊篇》云：“故夫知效一官，行比一鄉，德合一君，而征一國者，其自視也，亦若此矣，若此，謂若鯤鵬之與斥鴳。而宋榮子猶然笑之。且舉世而譽之而不加勸，舉世而非之而不加沮，定乎内外之分，辯乎榮辱之境，斯已矣，彼其於世未數數然也。雖然，猶有未樹也。”《韓非子·顯學篇》云：“宋榮子之議，設不鬭争，取不隨仇，不羞囹圄，見侮不辱。”宋榮子，亦即宋鈃也。俞樾《莊子人名考》，《俞樓雜纂》第二十九。宋榮子條云：“按《天下篇》云，宋鈃尹文聞其風而悦之，未知即此人否。《荀子·天論篇》楊倞注曰，‘宋子名鈃，宋人也’，與孟子同時，則以爲即《孟子》書之宋牼矣。牼與鈃聲固相近，榮與鈃聲亦相近。《月令》腐草爲螢，《吕覽》《淮南》並作蚈，榮之爲鈃，猶螢之爲蚈也。然則宋榮即宋鈃，宋鈃即宋牼矣。”夫宋子之學，刻苦救世，内則情慾寡淺，外則禁攻寢兵，在戰國諸子之間，猶當嶢然而出其類，必非街談巷語之比，且班固既謂“其言黄老意”，顧何以不入道家而入小説家，度《七略》《别録》，當必有説，今不可考。意者宋子“率其羣徒，辯其談説，明其譬稱”，不免如桓譚所謂“合叢殘小語，近取譬論，以作短書”歟？蓋宋子之説，强聒而不舍，使人易厭，故不得不於談説之際，多爲譬喻，就耳目之所及，摭拾道聽塗説以曲達其情，庶幾上説下教之時，使聽者爲之解頤，而其書遂不能如九家之閎深，流而入於小説矣。若其明見侮不辱而以人之情慾爲寡，則桓譚所謂“治身理家有可觀之辭”也。古人未有無所爲而著書者。小説家雖不能爲“六經之支與流裔”，《漢志》論九流語。然亦欲因小喻大，以明人事之紀，與後世之搜神志怪，徒資談助者殊科，此所以得與九流同列諸子也。

《志》所録漢人小説，如《待詔臣饒心術》《臣壽周紀》，皆不知其作何等語。《封禪方説》十八篇，注云：“武帝時。”案：《史記·封禪書》云：“自得寶鼎，上與公卿諸生議封禪，封禪用希曠絶，莫知其儀禮，而羣儒採封禪《尚書》《周官》《王制》之望祀射牛事。齊人丁公，年九十餘，曰：‘封禪者，合不死之名也。秦皇帝不得上封，陛下必欲上，稍上即無風雨，遂上封矣。’上於是乃令諸儒習射牛，草封禪儀。數年，至且行。天子既聞公孫卿及方士之言，黄帝以上封禪，皆致怪物與神通，欲放黄帝以上接神僊人蓬萊士,高世比德於九皇,而頗採儒術以文之。羣儒既已不能辨明封禪事,又牽拘於《詩》《書》古文而不能騁。上爲封禪祠器示羣儒。羣儒或曰:'不與古同'。徐偃又曰:'太常諸生行禮,不如魯善'。周霸屬圖封禪事,於是上絀偃、霸,而盡罷諸儒不用。"又云:"上念諸儒及方士言封禪人人殊,不經,難施行。"此《封禪方説》,蓋即當時諸儒及方士所言封禪事也。然武帝本信方士之説,以爲封禪可以不死,而諸儒顧牽拘於《詩》《書》,故武帝遂罷不用。疑此十八篇,皆方士之言,所謂封禪致怪物與神通,故其書名曰《方説》。方者,方術也,猶之李少君之祠竈穀道却老方,齊人少翁之鬼神方云爾。兩事皆見《封禪書》。若諸儒所采《詩》《書》古文之説,當不在十八篇中矣。

《待詔臣安成未央術》一篇,應劭曰:"道家也,好養生事,爲未央之術。"未央雖不知爲何術,但黄老之學,本清静無爲,《莊子》雖言養生,亦未嘗有術。所謂待詔臣安者,蓋方士也。應劭誤以後漢時之道士爲道家耳。

《虞初周説》九百四十三篇,班固注云:"河南人,以方士侍郎,號黄車使者。"應劭曰:"其説以《周書》爲本。"案:《封禪書》云:"予方士傳車,及間使求僊人,以千數。"又云:"復遣方士求神怪,采芝藥,以千數。"虞初蓋即當時所遣乘傳車者之一也。《封禪書》又云:"太初元年,西伐大宛,蝗大起,丁夫人雒陽虞初等,以方祠詛匈奴大宛焉。"則其人蓋方士之善禁呪者。《文選・西京賦》云:"匪惟玩好,乃有祕書,小説九百,本自虞初,從容之求,實俟實儲。"薛綜注云:"小説、醫巫、厭祝之術,凡有九百四十三篇,言九百,舉大數也。持此祕術,儲以自隨,待上所求問,皆常具也。"張衡此賦,所舉皆武帝時事,篇末始稍及成哀以後,然則虞初此書,當武帝之時,已儲之屬車矣。蓋因其中醫巫厭祝,無所不有,故巡幸之際,侍臣輒攜以自隨,以備途中倉猝之用耳。應劭乃謂"其説以《周書》爲本",所未詳也。

《志》又有《百家》百三十九卷,案劉向《説苑敍録》曰:"除去與《新序》複重者,其餘者淺薄不中義理,别集以爲《百家》。"通行本《説苑》無此序,此出宋本,見《羣書拾補》。然則此書,劉向之所集,蓋雜取之周秦及漢初諸子傳記,與《新序》《説苑》之體同。《藝文類聚》卷七十四引《風俗通》曰:"門户鋪首。謹案《百家書》云,公輸班之水,見蠡曰,見汝形。蠡適出頭,般以足畫圖之。蠡引閉其户,終不可得開,般遂施之門户云,人閉藏如是,固周密矣。"《太平御覽》卷九百三十五引《風俗通》曰:"城門失火,禍及池中魚。謹案《百家書》,宋城門失火,因汲取池中水以沃灌之,池中空竭,魚悉露死,喻惡之滋,並中傷重謹也。"觀其所引,誠不免淺薄,與道聽塗説無以異。然周秦諸子之言,類此者正自不乏,且以蠡之閉户不出,喻閉藏之當密,以失火取水而魚死,喻滋蔓之難圖,猶有"芻蕘狂夫之議,一言可採"、"合叢殘小語,近取譬論"之意焉,以視臣安、虞初等方士之書,轉爲勝之矣。

漢人之小説,封禪、養生、醫巫、厭祝之術皆入焉,蓋至是其塗始雜,與古之小説家,如《青史子》《宋子》者異矣。考其義例,可得而言。何者?向、歆校書,遠在張道陵、于吉之前,道教未興,惟有方士,雖亦托始於黄帝,未嘗自名爲道家。而方士之中,又復操術不一,其流甚繁。向、歆部次羣書,以其論陰陽五行變化終始之理者入陰陽家,採補道引服餌之術,則分爲房中、神仙二家,而於一切占驗推步禳解卜相之書,皆歸之數術略。惟《封禪方説》《未央術》《虞初周説》等書,雖亦出於方士,而巫祝雜陳,不名一格,幾於無類可歸,以其爲機祥小術,閭里所傳,等於道聽塗説,故入之小説家。持較先秦諸小説,雖不及《青史子》《宋子》之有益於治身理家,然與《伊尹説》之侈言飲食調和,無關大雅者亦約略相等也。

自如淳誤解稗官爲細碎之言,而《漢志》著録之書又已盡亡,後人目不覩古小説之體例,於是凡一切細碎之書,雖雜史筆記,皆目之曰稗官野史,或曰稗官小説,曰稗官家。不知小説自成流别,不可與他家相雜厠。且稗官爲小説家之所自出,而非小説之别名,小説之不得稱爲稗官家,猶之儒家出於司徒之官,不得名爲司徒儒家,亦不得稱儒書爲司徒家也。治學之道,必先正名,名不正,言不順,莫甚於所謂稗官家矣。自後漢以來,注《漢書》者無慮數十百家,而《藝文》一志,因考證不易,獨少發明,劉班指意,鬱而不彰。不揣固陋,竊欲提要鉤玄,理而董之。綆短汲深,汗青無日,姑先出此一篇,就正當世之君子云爾。一九三七年清明日武陵余嘉錫。

《殷芸小說》輯證

序言

《隋書·經籍志》云:“《小說》十卷,梁武帝敕安右長史殷芸撰。”案:殷芸字灌蔬,陳郡長平人。《梁書》《南史》並有傳,《南史》附《殷鈞傳》後。但皆不載其著述。《史通·雜説篇》云:“劉敬叔《異苑》稱:晉武庫失火,漢高祖斬蛇,劍穿屋而飛,其言不經,梁武帝令殷芸編爲《小說》。”姚振宗曰:“案此殆是梁武作《通史》時凡不經之説爲《通史》所不取者,皆令殷芸别集爲《小説》,是《小説》因《通史》而作,猶《通史》之外乘。”見《隋書經籍志考證》卷三十二。其説是矣。《北户録》注 卷三。引介子推事,題爲“梁武《小説》”,正因其爲奉勑所撰,猶之唐修《晉書》,號稱太宗御撰云爾。其書自《隋志》以下,兩《唐志》《宋志》《崇文總目》、尤晁陳三家書目皆著於録,至陶宗儀撰《説郛》,引用尚夥,觀其次第,實自原書録出,知元末猶存。明文淵閣儲藏至富,而目中竟無此書,疑其亡於明初也。

考芸所纂集,皆取之故書雅記,每條必注書名,《續談助》及《説郛》所引尚存其原式,他書則逕删去。體例謹嚴,與六朝人他書隨手抄撮不著出處者不同。援據之博,蓋不在劉孝標《世説注》以下,實六朝人所著小説中之較繁富者。然唐宋人著述不甚引用,《書鈔》《類聚》《初學記》《六帖》等竟不登一字。《文選注》《太平御覽》號爲典籍淵藪,亦僅引一二條而已。《選注》一條,《御覽》二條。固由當時古書尚存,無須藉手於此,亦正因其條舉書名,後人得從之販稗,不必更著所出故也。幸《太平廣記》、凡引三十四條。《續談助》、引七十三條。《紺珠集》、引二十二條。《類説》、引四十四條。《説郛》引二十三條。等書各引數十條,尚可輯録成書。長女淑宜專攻文學,因命其以此五書爲本,輯爲一編。並徧搜群籍,補其闕遺。所採書凡二十六種,共得百五十四事。除附録三事不數。余復略加考證，並依原書次第定著爲十卷。書成，可繕寫矣，乃聞魯迅先生所輯《古小説鈎沈》已於滬上出書，求之此間書肆及圖書館不得，久之，始展轉假得其書，兩相比較，此編多得二十餘事。然《鈎沈》採書十二種，其中《優古堂詩話》《鐵圍山叢談》《困學紀聞》三種皆向未檢及者。雖其事多據他書輯入，但《紀聞》中一事則失録。即蔡司徒在洛陽見陸機事。既據以補録，謹著其事於此，不敢掠人之美。至於考論辨證，則愚父子嘗盡心焉，後之覽者或亦有取乎此也。一九四二年序於北京。

凡例

一、《續談助》所引雖不分卷，然就其注中所言此卷爲何時人者數之，得九卷，姚振宗《隋志考證》謂《續談助》分十卷者誤。今益以宋人一條爲一卷，仍合隋、唐《志》十卷之數。《隋志》云：《梁目》三十卷，蓋卷帙有分合，非殘缺也，姚氏已言之。

二、《續談助》《紺珠集》《類説》《説郛》於每一書摘録數條以至數十條，本《子鈔》之體，與類書分門隸事者不同，然其所抄《小説》，惟《續談助》《説郛》最有次第，且存其原注，知實從殷芸本書内録出。餘若《紺珠集》及《類説》已不免前後紊亂，其他類書更無論矣。今考其時代，分别編次，不敢謂能復原書面目，求其約略近似而已。

三、古人著書，名爲《小説》者，除殷芸外，《隋志》有《小説》五卷，不著撰人，兩《唐志》有劉義慶《小説》十卷，《宋志》及《書録解題》有劉餗《小説》三卷，《郡齋讀書志》有《林罕小説》三卷，此乃小學家書，《宋志》作"林罕《字源偏旁小説》"。各書所引不著姓名之《小説》，似不免與此諸家相混。然考《隋志》所載五卷之書，至唐時已不存，劉義慶之書，《七録》及《隋志》皆不著録，而忽出於唐，劉餗《小説》確爲唐人之書，竟不見於《唐志》，此皆甚不可解者。疑其書名及撰人或不免有混殽譌誤也。若夫宋以前人所引，凡只稱《小説》而不著姓名者，以他書參互考之，往往即是殷芸之書，今故概行輯入。惟於明稱殷芸或商芸《書録解題》十一云:“或稱商芸者,宣祖廟未祧時避諱也。”《小説》者,注曰:“某書某卷引”,《續談助》等四書本是節鈔,並非引用,故只注書名,不著引字。其不稱姓名者,則注曰:“某書某卷引《小説》”,以示區别。

四、各書援引《小説》,間有異同,今擇善而從,並著之校語。至與原書及他書所引詳略互異者,因引用時各有删節,不能悉校也。

五、《續談助》於第七、八、九三卷皆題晉江左人,然諸書所引,除晉宋諸帝外,多在西晉以前,其爲江左人者,僅《歲時記》引孫興公、《文選》注引傅亮二事而已。豈原書此三卷者皆東西晉人相參,而引者第取其西晉以前耶? 抑七、八兩卷皆西晉人,第九卷始兼及東晉,而概題爲晉江左人耶? 原書既亡,無以知之,謹誌所疑於此。

引用書目

《文選注》唐李善　鄱陽胡氏繙宋刻本

《太平御覽》宋李昉等　涵芬樓影印宋刻本

《太平廣記》宋李昉等　影印明談愷刻本

《續談助》宋晁載之　《續粤雅堂叢書》本　以陸氏十萬卷樓本校　所抄《殷芸小説》在卷四内

《優古堂詩話》宋吴幵《讀畫齋叢書》本

《海録碎事》宋葉庭珪　明萬曆刻本

《紺珠集》宋朱勝非　明天順刻本　以文津閣《四庫全書》本校　所抄《商芸小説》在卷二内

《鐵圍山叢談》宋蔡絛　《知不足齋叢書》本

《續釋常談》宋龔頤正　《説郛》本

《觀林詩話》宋吴聿　《守山閣叢書》本

《困學紀聞》宋王應麟　涵芬樓影印元刊本

《説郛》明陶宗儀　涵芬樓排印明鈔本　所鈔《殷芸小説》在卷二十五内

以上十二種《古小説鈎沈》已引之。

《荆楚歲時記注》隋杜公瞻　《説郛》本

《史通》唐劉知幾　涵芬樓影印明萬曆刻本

《北户録》唐段公路　崔龜圖注　《十萬卷樓叢書》本

《事類賦》宋吴淑　明嘉靖錫山華氏刻本

《酒譜》宋竇苹　《百川學海》本

《類説》宋曾慥　文津閣傳鈔本　所鈔《殷芸小説》在卷四十九内

《演繁露》宋程大昌　《學津討原》本

《紹熙雲間志》宋楊潛　觀自得齋徐氏刻本

《會稽三賦注》宋史鑄　《湖海樓叢書》本

《坦齋通編》宋邢凱　《説郛》本

《事文類聚前後集》宋祝穆　明萬曆金谿唐氏刻本

《記纂淵海》宋潘自牧　明萬曆刻本

《歲時廣記》宋陳元靚　《十萬卷樓叢書》本　沈未引

《至元嘉禾志》元徐碩　舊鈔本

以上各書皆據以采輯佚文者。其校勘、考證引用之書,約三十餘種,兹不備列。

《梁書·殷芸傳》《南史》附《殷鈞傳》後

殷芸字灌蔬,陳郡長平人。此五字《南史》見《殷鈞傳》。性倜儻,不拘細行,然不妄交遊,門無雜客。勵精勤學,博洽群書。幼而廬江何憲見之,深相歎賞。以上《南史》悉同。永明中,爲宜都王行參軍。天監初,爲西中郎主簿,後軍臨川王記室。七年,遷通直散騎侍郎,兼中書通事舍人。十年,除通直散騎侍郎,兼尚書左丞,又兼中書舍人,遷國子博士,昭明太子侍讀,西中郎豫章王長史,領丹陽尹丞。案:《隋志》稱芸爲安右長史,本傳不書。考《豫章王綜傳》云:"天監十三年遷安右將軍,十五年遷西中郎將,兼護軍將軍,又遷安前將軍,丹陽尹。"由此推之,芸蓋先爲豫章王安右長史,後始隨府主轉官。至綜遷安前將軍,芸亦必轉爲安前長史,故得領丹陽尹丞。本傳於安右安前皆不書者,略之也。芸以安右長史奉敕撰《小説》,則其書當作於天監十三四年閒矣。累遷通直散騎常侍,秘書監,司徒左長史。普通六年,直東宮學士省,大通三年卒,時年五十九。案:《南史》但云:"天監中位秘書監,司徒左長史,後直東宮學士省,卒。"

宋晁載之《續談助》跋

右鈔《殷芸小説》,其書載自秦漢迄東晉江左人物,雖多與諸史時有異同,然皆細事,史官所宜略。又多取劉義慶《世説》《語林》《志怪》等已詳事,故鈔之特略,然其目《小説》,則宜爾也。至於目若岩電事,或云:"裴令公姿容爽儁,疾困,武帝使王夷甫往看之,裴先向壁卧,聞王來,强迴視之,夷甫出語人曰:雙眸爛爛若岩下電,精神挺動,故有小惡耳。"原注:出《語林》。或云:"裴令公目王安豐,眼爛爛如嵓下電。"原注:出《世説》。俱收並録,並無考訂,則其書亦可。案:此下有闕文。

《殷芸小説》卷一

秦漢魏晉宋諸帝〇《書録解題》十一云:"此書首題秦漢魏晉宋諸帝",知原本標題如此。

齊鬲城《廣記》四百八引作"齊南城",《紺珠》二作"歷城"。東有蒲臺,秦始皇所頓處。時始皇在臺下縈蒲繫馬,曾慥《類説》四十九引作"世傳秦始皇過此,縈蒲以繫馬"。至今蒲生猶縈,俗謂之始皇蒲。《廣記》引至此止,《紺珠》《類説》皆無此句。始皇作石橋,欲過海觀日出處,時有神人能驅石下海,《會稽三賦注》引作"入海"。石去不速,神人輒鞭之,皆流血,至今悉赤。《紺珠》《類説》作"石皆赤色"。陽城《會稽三賦注》作"城陽"。十一山石盡起,《紺珠》《類説》作"等山皆起"。《會稽三賦注》作"等山皆起立"。東傾,如相隨狀,《紺珠》《類説》及《會稽三賦注》皆引至此止,作"有趍赴之狀"。至今猶爾。秦皇於海中作石橋,或云非人功所建,海神爲之豎柱。始皇感其惠,乃通敬於神,求與相見。神云:"我形醜,約莫圖我形,當與帝會。"始皇乃從石橋入海三十里,與神人相見。左右巧者潛以脚畫神形，神怒曰："速去。"即轉馬，前脚猶立，後脚隨崩，僅得登岸。原注：《三齊要略》。○《説郛》二十五。《廣記》《紺珠集》《類説》《會稽三賦注》皆只節引數句。案：《三齊要略》不見著録，《水經·河水注》引蒲臺事，《濡水注》引石橋事，皆作《三齊略記》。

秦始皇時，長人十二，見於臨洮，皆夷服，於是鑄銅爲十二枚以寫之。蓋漢十二帝之瑞也。○《太平廣記》百三十五引《小説》。

滎陽板渚津原上有厄井，父老云：漢高祖曾避項羽於此井也，爲雙鳩所救。故俗語云："漢祖避時難，隱身厄井間，雙鳩集其上，誰知下有人？"漢朝每正旦輒放雙鳩，或起於此。○《説郛》，《廣記》一百三十五引《小説》。案：《説郛》此條失注書名，事見《御覽》九百二十一引《地理志》，文有異同。

漢高祖手勅太子云："吾遭亂世，當秦禁學問，生不讀書，又不《古文苑》無以上七字。按文義，"生不讀書"四字疑當在"吾遭亂世"之下，此"不"字衍。自喜，謂讀書無所益。《古文苑》無"所"字。洎踐祚以來，時方省"省"，原誤"生"，據《古文苑》改。書，乃使人知作者之意，原誤作"乃使人知之者作之"，據《古文苑》改正。追思昔所行多不是。"又云："堯舜不以天下與子，而與他人，此非爲不惜天下，但子不中立耳。人有好牛馬，尚惜，況天下耶？吾以汝是元子，早有立意，兼群臣咸稱汝友四皓，吾所不能致，而爲汝來，爲可任大事也。原作"自爲汝大事也"，據《古文苑》改。今定汝爲嗣。"又云："吾生不學書，但讀書問字而遂知耳，以此故不大工，然亦足自解。《古文苑》"解"上有"辭"字。今視汝書，猶不如吾，汝可勤學習。每上疏，宜自書，勿使吏人也。"又云："汝見蕭曹張陳諸公侯，吾同時人，年倍於汝者，皆拜，並語汝諸弟。"又云："吾得疾遂困，以如意母子相累，其餘諸子皆足自立，哀此兒猶小也。"原注：漢高帝敕。○《説郛》，原注作："《漢書》高帝敕。"案：《漢書》實無此敕，《續談助》本有晉明帝啓元帝，亦只注云晉敕，則此條書字自是淺人妄增，今删去。《古文苑》卷十録此文，不著出處。章樵注云："《漢書·藝文志》：《高祖傳》十三篇，固自注：高祖與大臣述古語及詔策也，此篇或居詔策之一。"其説是也。但《古文苑》爲宋人所輯，其時《高祖傳》已亡，蓋即自《小説》録出也。諸家注《漢書》者皆不引此，殆疑其非真，不知已先見梁人書中矣。

高祖初入咸陽宫，周行府庫，金玉珍寶，不可稱言。其尤驚異者，有青玉九枝，燈高七尺五寸，作盤龍，以口銜燈，燈燃則鱗甲皆動，爛炳若列星而盈室。《雜記》此下有“焉”字，盧文弨據《初學記》改“而盈室焉”作“盈盈焉”非是。復鑄銅人十二枚，坐皆高三尺，列於筵上，《雜記》作“列在一筵上”。琴瑟《雜記》作“筑”。笙竽，各有所執，皆點綴華彩，儼若生人。筵下有二銅管，上口高數尺，出筵後，其一管空，一管有繩，大如指，一人吹管，《雜記》“一人”上有“使”字。一人紉繩，則琴瑟笙竽等皆作，《雜記》作“則衆樂皆作”。雖真樂不如。《雜記》作“與真樂不異焉”。有琴長六尺，安十三絃二十六徽，用七寶飾之，銘曰璠璵之樂。《紺珠集》及《類説》引此二句作“琴以七寶飾之，名璠璵之樂”。玉笛《雜記》作“玉管”。長二尺三寸，六孔，《雜記》作“二十六孔”，盧校據《北堂書鈔》删正，此正與之合。吹之，則見車馬山林，隱嶙相次，吹息，則不復見，銘曰：“昭華之管。”有方鏡，廣四尺，高五尺九寸，表裏有明，直來照之，“直”上《雜記》有“人”字。影則倒見，以手掩心而照之，則知病之所在，見腸胃五臟，歷然無礙。《雜記》作“以手捫心而來，則見腸胃五臟，歷然無硋。人有疾病在内，掩心而照之，則知病之所在”。又女子有邪心，則膽張心動。始皇常以照宫人，膽張心動者則殺之。高祖悉封閉以待項羽，羽併將以東，後不知所在。〇《説郛》。案：見《西京雜記》三。

晉武庫失火，漢高祖斬蛇劍穿屋而飛。劉敬叔《異苑》〇《史通・雜記篇》引。

文帝自代還，有良馬九匹：《雜記》此下有“皆天下之駿馬也”一句。一名浮雲，一名赤電，一名絶群，一名逸驃，一名飛燕，《雜記》作“一名紫鷰騮”。一名緑螭，《雜記》“螭”下有“驄”字。一名龍駒，駒，《雜記》作“子”。一名驎駒，一名絶塵，號九駿。《雜記》作“號爲九逸”。有來宣能御，原作“有求最能馬”，據《雜記》改。代王號爲 原無“爲”字，據《雜記》增。王良。俱還代邸。原注：《西京雜記》。〇《説郛》。

漢武嘗微行，造主人家，家有婢，有國色，帝悦之，乃留宿，夜與主婢卧。有一書生，亦寄宿，善天文，忽見客星將掩帝星甚逼，書生大驚，連呼咄咄，不覺聲高。仍又見一男子持刀將欲入，聞書生聲急，謂爲己故，遂縮走去，客星應時而退。如是者數遍。帝聞其聲，異而問之，生具説所見，帝乃悟曰：“此人必婢婿，將欲肆其兇惡於朕。”乃召集期門羽林，語主人曰："朕天子也。"於是擒拏問之，服而誅。後，帝嘆曰："斯乃天啓書生之心，以扶佑朕躬。"乃厚賜書生。原注:《幽明録》。○《説郛》。案:《開元占經》八十三引《幽明録》較此稍略，亦見《廣記》百六十一，不引書名。

武帝時，《雜記》無此三字，此可補各本之缺。長安巧手丁緩者《雜記》"手"作"工"，"緩"作"緩"。爲恒《雜記》作"常"，蓋避宋諱。盧校據《初學記》改爲"恒"。滿燈，七龍五鳳，雜以芙蓉，蓮藕之奇。又作卧褥香爐，一名被中香爐，本出房風，其法後絶，至緩始更爲之。機環運轉《雜記》"機"上有"爲"字，"運轉"作"轉運"。四周，而爐體常平，可致《雜記》作"置"。之被褥，故以爲名。又作九層博山香爐，鏤爲奇禽怪獸，窮諸靈異，皆自然轉 轉，《雜記》作"運"。動。又作七輪扇，大輪皆徑尺，《雜記》刻本又作"七輪扇，連七輪，大皆徑丈"，盧校據鈔本作"又作七輪大扇，皆徑丈"。相連續，一人運之，則滿堂皆寒戰焉。○《説郛》。案:見《西京雜記》一。

孫氏"氏"字原闕，據《隋書·經籍志》補。《瑞應圖》云："神鼎者，文質精也。知吉凶，知存亡，能輕能重，能息能行，不灼自沸，不汲自滿，中生五味。王者興則出，衰則去。"《説苑》云："孝武時，汾陰人得寶鼎，獻之甘泉宫。群臣畢賀上壽曰：'陛下得周鼎。'侍中吾丘壽王曰：'非周鼎。'上召問之，有説則生，無説則死。壽王曰：'周德者始於后稷，原作"天授"，蓋因形近而誤，今據《説苑》及《漢書》改。成於文武，顯於周公，德澤上暢於天，下漏三泉，《説苑》作"上洞天，下漏泉"。《漢書》作"上昭天，下漏泉"。疑今本《説苑》爲後人據《漢書》改。上天報應，鼎爲周出。今漢繼周，昭德顯行，原作"德□顯行"，據《説苑》《漢書》增改。六合和同，至陛下之身而逾盛，天瑞並至。昔秦始皇親求鼎於彭城而不得，天昭有德，神寶自至。此天所以遺漢，乃漢鼎，非周鼎也。'上曰：'善。'"此節見《説苑·善説篇》，但文有删節，文句亦不盡同，今不具詳。魏文帝《典論》亦云："墨子曰：昔夏后啓使飛廉折金，以精神於昆吾，句有誤字。使翁乙灼自若之龜。鼎成，四足而方，不灼自烹，不舉自滅，不遷自行。"此條諸家所輯《典論》皆失收。《拾遺録》云："周末大亂，九鼎飛入天池。"《末世書論》云："入泗水。"聲轉謬焉。○《廣記》二百二十九引《小説》。案:《小説》所引書皆注於正文之末，云出某書，此條雜引群書，獨先出書名，與他條體例不類，恐是《廣記》所改。所引《拾遺録》，當即王嘉《拾遺記》，今本無此文。

漢武帝 原本闕首二字，“帝”作“辛”，考《雜記》作“武帝”，今據改。過李夫人，就取玉簪搔頭。搔，原誤“拴”。自此宫人搔頭，原誤作“白比言人檢頭”，據《雜記》改。皆用玉，玉價倍 三字原闕。貴焉。又 原作“夫”，今以意改正。以象牙爲篦賜李夫人。〇同上引《小説》。案：此出《西京雜記》二，無末二句。

漢武以雜寶裝牀屏帳等，《雜記》作“武帝爲七寶牀、雜寶案、厠寶屏風，列寶帳”，此所引出於删節，舉牀屏帳，而遺案，致與下文四寶之名不合。《類説》又删去“牀等”二字，尤非也。設於桂宫，《雜記》此下有“時人”二字。謂之四寶宫。宫，《紺珠》作“帳”，誤。〇《紺珠集》二。《類説》四十九。案：此出《西京雜記》二。

成帝設雲帳、雲幄、雲冪 《雜記》作“幕”。於甘泉、紫殿，世謂三雲殿。原注：《西京雜記》。〇《説郛》。

漢成帝好蹵鞠，群臣以蹵鞠勞體，非尊者所宜，尊者，《雜記》作“至尊”。帝曰：“朕好之，可擇似而不勞者奏之。”劉向奏《雜記》作“家君作”。彈棊以獻，上悦，《雜記》作“帝大悦”。賜之青膏裘、膏，《雜記》作“羔”。紫絲履，服以朝覲。〇《廣記》二百二十八引《小説》。案：此出《西京雜記》二。

漢成帝 成，《類説》誤作“武”。好蹴鞠，左右以爲勞。帝曰：“擇似此而不勞者《類説》無此字，“勞”下有“力”字。奏之。”乃作彈棊以獻。或言始於魏文帝宫人《類説》作“宫中”。粧奩之戲，《世説》作“彈棊始於魏宫内用妝奩戲”。帝爲之特妙，能用手巾角拂之。有人自言能，令試之，《類説》無“自言”以下六字。以葛巾低頭拂之，更妙於帝。〇《紺珠集》。《類説》。案：自“或言”以下出《世説・巧藝篇》，殷芸蓋合兩事爲一條。今故並所引《雜記》重録之，以存原書之式，惟删節過多，異同處不能悉校。

漢帝及侯王 今《雜記》脱此三字，此可補其闕。送死，皆用珠襦玉匣。〇《類説》。案：此出《西京雜記》一。

魏武將見匈奴使，自以形陋，不足懷《世説》作“雄”。遠國，使崔季珪代當之，《世説》無此二字。自捉刀立牀頭。事畢，令間諜問曰：“魏王何如？”使曰：“魏王雅望非常，然牀頭捉刀人乃英雄也。”王聞之，馳殺此使。〇《廣記》一百六十九引。按此出《世説・容止篇》，亦見《太平御覽》四百四十四引《語林》。

魏武少時，嘗與袁紹好爲遊俠。觀人新婚，因濳入主人園中，夜叫呼云：有偷兒至。至，《世説》作“賊”。青廬中人皆出觀，“青”字據《世説》補。帝乃抽刀劫新婦，與紹還出，失道，墜枳棘中。紹不能動，帝復大叫偷兒今在此。紹遑迫，自擲出，俱免。魏武又嘗云：人欲危己，己輒心動。因語所親小人曰：“汝懷刃密來，我心必動，《世説》作“我必説心動”。便戮汝，《世説》作“執汝使行刑”。汝但勿言，後當相報。”侍者信焉。侍者，《世説》作“執者”，蓋誤。遂斬之。謀逆者挫氣矣。以上文有删節。又袁紹年少時，曾夜遣人以劍擲魏武，少下不著，帝揆其後來必高，因帖卧牀上，劍果高。魏武又云：“我眠中不可妄近，近輒斫人，亦不自覺，左右宜慎之。”後乃佯凍，《世説》作“此後陽眠”，此於文義爲長。所幸小人小人，《世説》作“一人”，非是。竊以被覆之，因便斫殺。自爾莫敢近之。○《廣記》一百九十引《小説》。案：此出《世説·假譎篇》，本四節，此合爲一。

陵雲臺《紺珠》作“臺上”，此從《類説》。樓觀極盛。《類説》無此四字。初造時，《世説》不言“初造時”。先秤衆材，秤，《類説》作“稱”，與《世説》合。俾輕重相稱，乃結搆。《類説》無此三字。故雖高而隨風動摇，終不壞。魏明帝 魏，兩書皆作“晉”，按晉明帝未嘗至洛陽，其誤顯然，今據《世説》改。登而懼其傾側，命以大木扶之。未幾頽壞。○《紺珠集》《類説》。案：此出《世説·巧藝篇》，惟多删改。

晉咸康中，有士人周謂者，《類説》作“晉周興”。死而復生，言天帝召見，引升殿，《類説》無“引”字。仰視紫氣鬱鬱，面方一尺，《紺珠》作“仰視帝，面方一尺”。問左右曰：“是古張天帝耶？”答云：《類説》作“曰”。“上古天帝，久已陞去，陞，《紺珠》作“聖”。此近曹明帝也。”《類説》作“耳”。○《紺珠集》。《類説》。案：此不知出何書。《酉陽雜俎》十四《諾皋記》言天翁姓張名堅，奪劉天翁之位而代之，其事至爲不經，蓋張角之徒所妄造。此條稱張天帝，知其説自晉以前已有之，可與《雜俎》互證。曹叡有何功德，乃得尊爲天帝，妖妄之談，無足深辯耳。

晉明帝啓元帝：《紺珠》《類説》作“晉明帝爲太子時，聞元帝沐，上啓曰”。“臣紹言：伏蒙吉日沐頭，老壽多宜，謹拜表賀。”“表”字原脱，據《古文苑》補。表答云：“春正月沐頭，至今大垢臰，故力沐耳。“力”字，孫氏覆宋本及章注本《古文苑》皆誤作“乃”。得啓知汝孝愛，當如今言，父子享祿長生也。”又啓云：自“臣紹言”至此，《紺珠》《類說》並無。“沐伏久《類苑》作“伏聞沐久”，《紺珠》“久”下有“想”字。勞極，不審尊體何如？”答云：“去垢甚佳，身不勞也。不勞，《類苑》作“不極”，《古文苑》作“不極勞”。〇原注出晉勅，此卷並秦漢晉宋諸帝。〇《續談助》《紺珠集》《類說》。案：《古文苑》五有此文，蓋即出於此。

晉成帝時，庾后臨朝，南頓王宗爲禁旅官，典管鑰。諸庾數密表疏宗，宗罵言云：“是汝家門閤邪？”諸庾甚忿之，託黨蘇峻誅之。後帝問左右：“見宗室有白頭老翁何在？”答：“同蘇峻作賊，二字據《困學紀聞》引補。已誅。”帝聞之流涕。后頗知其事，每見諸庾道枉死。帝嘗在后前，乃曰：“阿舅何爲云人作賊，輒殺之？人忽言阿舅作賊，當復云何？”自“南頓王宗”至此，《紀聞》引作“諸庾誅南頓王宗，帝問南頓何在？答曰：黨峻，作賊，已誅。帝知非黨，曰：言舅作賊，當復云何？”庾后以牙尺打帝頭原無“頭”字，從《紀聞》補。云：“鼠《紀聞》作“兒”，案：“鼠”或是成帝小字。何以作爾形《紀聞》無此字。語？”帝無言，唯大《紀聞》無“大”字。張目熟視諸庾，諸庾甚懼。原注：出《雜語》。〇《續談助》。《困學紀聞》十三引。案：《隋書・經籍志》有《雜語》三卷，不著撰人名氏。又按王伯厚因《晉書・后妃傳》贊持尺威帝，《庾亮傳》論牙尺垂訓，帝深念於負芒，而史不書牙尺之事，故引《殷芸小說》以明之，可見此書之有益於史學矣。

宣帝問真長：案：宣帝不與劉真長同時，當作“桓宣武”。“會王如何？”當作“會稽王”，即簡文帝也。劉惔答：“欲造微。”桓曰：“何如卿？”曰：“殆無異。”桓温乃喟然曰：“時無許郭，人人自以爲稷契。”原注：出《雜記》〇《續談助》。案：《隋書・經籍志》云：“梁有《雜記》十卷，何氏撰，亡。”

海西時，諸公每朝，朝堂猶暗，惟會稽王來，軒軒如朝霞舉。〇《類說》。案：此出《世説・容止篇》。

簡文在殿上行，右軍與孫興公在後，右軍指謂孫《類說》無“謂”字，則右軍語乃譏興公。《世説》作“指簡文語孫”，則是譏簡文，疑《類說》爲是，今本《世説》出後人妄改。《談助》“謂”字亦衍文也。曰：“此是噉石客。”石，粵雅本作“名”，蓋從今本《世説》改，十萬卷樓本作“石”，《類說》亦作“石”。案道家有啖石之法，右軍以興公善持論，然多强辭奪理，故以此譏之。簡文然其言，答謂天下自有齒牙堅利能啖石者，亦以戲興公也。後人不曉，遂改“石”作“名”矣。簡文聞之,顧曰:"天下自有利齒兒。"後王光禄作會稽,謝車騎出曲阿祖之,祖,原誤"視",據《世説》改。孝伯時罷祕書丞,在坐,因視孝伯曰:"王丞齒似不鈍。"王曰:"不鈍,頗有驗。"《世説》作"頗亦驗"。簡文集諸談士,以致後客前客,夜坐每設白粥,唯然燈,燈暗,輒更益炷。原注:出《世説》。〇《續談助》。案:王右軍王光録事見《世説·排調篇》。自"簡文集諸談士"以下今本所無。

佛經以爲祛治神明,則聖可致。簡文云:"不知便可登峰造極不?然陶冶之功,故不可輕。"原注:出《郭子》。〇《續談助》。案:亦見《世説·文學篇》。《隋志·小説家》:《郭子》三卷,東晉中郎郭澄之撰。

簡文帝爲撫軍,所坐牀上塵,不令左右拂,見鼠行之迹爲佳。此句有脱字,《世説》作"視以爲佳"。參軍見鼠白日行,以手板打殺之,意不悦。門下起彈教 教,原作"辭",據《世説》改。曰:"鼠被害,尚不能忘懷,今復以鼠損人,無乃不可乎?"原注:出《語林》。〇《續談助》。案:亦見《世説·德行篇》。

簡文初不别稻。〇《北户録》三引《小説》。案:《世説·尤悔篇》曰:"簡文見田稻不識,問是何草。"

晉孝武年十三四時,今本《世説》作"年十二時",此與唐寫本合。《御覽》《事類賦》引《小説》作"晉孝武即位時,年十三四。"案:孝武以咸安二年即位,在位二十四年,崩年三十五,則即位之時僅十一歲,《御覽》誤也。冬天晝日不著複衣,但著單絹裙衫五六重,夜則累茵褥。《事類賦》"褥"上有"重"字。謝公云:"體宜令有常,原無"令"字,據《御覽》及《事類賦》增。陛下晝過冷,夜過熱,非攝養之術。"帝曰:"夜静。"今《世説》作"晝動夜静",此與唐寫本合。《御覽》《事類賦》此下有"故也"二字。謝公歎曰:"上理《事類賦》"理"上有"明"字。不減先帝。"原注:出《世説》。〇《續談助》。《太平御覽》二十七引。《事類賦》五引。

孝武未嘗見驢,謝太傅問曰:"陛下想其形,當何所似?"孝武掩口笑云:"正當似豬。"原注:出《世説》。〇《續談助》。案:今《世説》無此語,《御覽》九百一亦引作《世説》。

晉孝武帝 原作"武帝",據《御覽》《廣記》增改。嘗於殿北窗下清暑,忽見一人,著白帢 原本"白"下闕一字。又有一"黄"字,今據《廣記》删改。黄練單衣,舉身沾溼,自稱是華林園中池水神,名曰淋涔君。語帝:"若能見待，必當相祐。"帝時飲已醉，便取常佩刀擲之，刃空過無礙。神忿曰："已不能佳士見接，《御覽》作"不以佳事垂接"。乃至於此，當知之。"居少時，而帝暴崩。原注：出《幽明録》。○《續談助》。據《御覽》八百八十二、《廣記》二百九十四引《幽明録》校。

宋國初建，參軍高纂啓云："欲量作東西堂牀六尺五寸，並用銀度釘，未敢專輒。"宋武手答云："牀不須局脚，直脚自足，釘不須銀渡，鐵釘而已。"原注：宋武手敕。○《續談助》。案：《隋志·總集類》云："梁有《宋武帝詔》四卷，亡。"此所引兩條蓋出彼書。《宋書·武帝紀》云："宋臺既建，有司奏東西堂施局脚牀，銀塗釘，上不許，使用直脚牀，釘用鐵。"

鄭鮮之、王弘、原作"智"，據《宋書》改。傅亮啓宋武《紺珠》及《類説》作"鄭鮮之上啓宋武帝"。云："伏承明見南蠻，明是四廢日，《紺珠》《類説》及《事文類聚》均引作"伏承明旦見南蠻是四廢日"。《坦齋通編》引作"明旦見蠻人，是四廢日"。來月朔好，朔，原作"朝"，據諸書改。不審可從群情遷來月否？"《紺珠》《類説》作"不審可從否"。宋武手《紺珠》《類説》無此三字。答云："勞足下勤至，"勞"下原本有"第"字，據諸書删。吾初不擇日。"帝親爲答，尚在其家。末八字諸本並無，惟《紺珠》有之，今據補。○原注：宋武手敕。○《續談助》。《紺珠集》《類説》及《事文類聚前集》十二引。《説郛》本《坦齋通編》節引。案：《宋書·武帝紀》云："江陵平，加領南蠻校尉，將拜，值四廢日，佐史鄭鮮之、褚叔度、王弘、傅亮白遷日，不許。"沈約叙事，當即本之宋武帝敕。然則宋武是以四廢日拜官，非朝見南蠻，與此不同。又按嚴可均所編《全宋文》，此兩啓兩敕皆失收。

《殷芸小説》卷二

周六國前漢人 依《續談助》補題，後並仿此。

紂爲糟丘酒池，一鼓而牛飲者三千人，池可運船。○竇苹《酒譜》引《小説》。案：此書始於周，不應有殷紂事，考此事出於《六韜》，蓋因太公而涉及之，故輯入此卷。又案《書鈔》百四十八引《六韜》云："紂爲君，以酒爲池，迴船糟丘，而牛飲者三千人。"《史記·殷本紀正義》引亦略同，而均與此異，蓋殷芸所引不必是《六韜》也。

介子推不出，《異苑》作“介子推逃禄隱跡”。晉文公焚林求之，《類説》作“逼之”。終抱木而死。終，《紺珠》作“推”，《異苑》僅有“抱樹燒死”一句。公撫木哀嗟，《紺珠》《類説》作“撫之盡哀”。伐樹製屐，伐樹，《紺珠》《類説》作“伐木”，《北户録》注作“裁而”。每懷割股之恩，輒潸然流涕視屐 以上十三字僅《説郛》有之，餘均作“每俯視”。曰：“悲乎足下。”足下之言，《異苑》《紺珠》作“稱”，《類説》作“呼”。將起於此。《類説》無“將”字。《紺珠》作“蓋自此起焉”。〇原注：出《異苑》，此卷並周六國前漢人。〇《續談助》。《説郛》《歲時廣記》十五引至此止。《紺珠集》《類説》《北户録》三注引《梁武小説》與《異苑》略同。

王子喬墓在京茂陵，《御覽》作“在金陵”。國亂時，《御覽》作“戰國時”。有人盜發之，都無所見，唯有一劍，懸在空中。欲取之，劍便作龍鳴虎吼，遂不敢近。俄而飛上天。《御覽》引至此止。《神仙經》云：“真人去世，而多以劍代其形，五百年後，劍亦能靈化。”此其驗也。原注：出《世説》。〇《續談助》。案：今《世説》無此事，恐是《幽明録》之誤。然《御覽》三百四十三、《廣記》二百二十九亦均引作《世説》，則其誤久矣。

老子始下生，來《説郛》無“來”字。乘白鹿入母胎中。《藝文類聚》九十五引《瀨鄉記》曰：老子乘白鹿下託於李母也。老子爲人，黄色美眉，長耳廣額，大目疏齒，方口厚唇，耳有三門，鼻有雙柱，足蹈五字，手把十文。原注：出崔玄山《瀨鄉記》。〇《續談助》。《説郛》《類説》引有删節。案：此書撰人《續談助》作顧玄仙，《説郛》作崔玄千，兹從《文選》五十六《新刻漏銘》注改。章宗源《隋書經籍志考證》六云：“《瀨鄉記》，不著録。諸書所引皆記老子事。”

顔淵《續談助》作“顔泉”，原注云：“唐神堯諱淵。”子路共坐於門，《廣記》作“共坐下於夫子之門”。有鬼魅求見孔子，其目若日，其形甚偉。子路失魄口噤，《廣記》作“口噤不得言”。《談助》作“子路甚懼”。顔淵納履拔劍而前，捲握其腰，握，《説郛》作“挃”，從《廣記》改。《談助》無此四字。於是化爲蛇，《廣記》“化”上有“形”字。遂斬之。孔子出觀，《談助》無此二字。歎曰：“勇者不懼，智者不惑，《談助》無此二句。仁者必有勇，《談助》引至此止，《説郛》無“必”字，《廣記》作“智者不勇”。勇者不必有仁。”仁，《廣記》作“智”。〇《説郛》。《續談助》《廣記》四百五十六引。案：此條不注書名，以下條及子路取水條推之，必《衝波傳》也。蓋此四條皆引《衝波傳》，而總注於末條之下耳。其事頗與《搜神記》十九記子路殺大鯷魚事相類，疑即一事，傳聞異詞，要之皆荒謬不可據。《衝波傳》不知何書，隋唐《志》不著録，所記多孔門事，大率怪誕不經。孫星衍《孔子集語》載入諸書所引《衝波傳》數條，此條失收。馬驌《繹史》九十五引此條題爲《殷芸小説》，蓋即自《廣記》轉引，非真見原書也。

孔子嘗使子貢出，久而不返，占之遇鼎，弟子皆言無足不來，顏回掩口而笑。孔子曰："回笑，是謂賜必來也。"因問回："何以知賜來？"對曰："無足者，蓋乘舟而來，賜且至矣。"明旦，子貢乘潮至。○《説郛》。案：《藝文類聚》七十一引《衝波傳》，文與此同而稍略，其事又見《北堂書鈔》三十七引《韓詩外傳》。

子路顏回浴於洙水，見五色鳥。顏回問子路曰："滎之鳥。"後日顏回與子路又浴於泗水，更見前鳥，復問："由識此鳥否？"子路曰："識。"回曰："何鳥？"子路曰："同同之鳥。"顏回曰："何一鳥而二名？"子路曰："譬如絲絹，煮之則爲帛，染之則爲皂，不亦宜乎？"○《説郛》，案：《繹史》九十五引《衝波傳》"滎之鳥"作"熒熒之鳥"。"不亦宜乎"上有"一鳥二名"四字，皆於義爲長。以其爲晚出之書，故不欲據以校改。

孔子嘗遊于山，使子路取水，逢虎於水所，與共戰，攬尾得之，納懷中。取水還，問孔子曰："上士殺虎如之何？"子曰："下士殺虎捉尾。"案：《金樓子》作"子曰：上士殺虎持虎頭。中士殺虎如之何？子曰：中士殺虎持虎耳。又問下士殺虎如之何？子曰：下士殺虎捉虎尾。"蓋其原文如此，今本《説郛》有删節。子路出尾棄之，因恚孔子曰："夫子知水有虎，使我取水，是欲死我。"乃懷石盤，欲中孔子。又問："上士殺人如之何？"子曰："上士殺人使筆端。"又問曰："中士殺人如之何？"子曰："中士殺人用舌端。"又問："下士殺人如之何？"子曰："下士殺人懷石盤。"子路出而棄之，於是心服。原注：《衝波傳》。○《説郛》。案：《金樓子·雜記篇》上所載略同，梁元帝著書在殷芸之後，知亦取之《衝波傳》也。《繹史》九十五引《衝波傳》較此亦多"上士殺虎持虎頭"數句，蓋馬氏所見《説郛》猶是善本。

秦世有謡云："秦始皇，何强梁；開吾户，據吾牀；飲名漿，唾吾裳；湌吾飯，以爲糧；張吾弓，射東墻；前至沙邱當滅亡。"始皇既焚書坑儒，乃發孔子墓，欲取經傳。墓既啓，遂見此謡文刊在塚壁，始皇甚惡之。及東遊，乃遠沙邱而循别路，忽見群小兒攢沙爲阜，問之何爲，答云："此爲沙邱也。"從此得病而亡。或云："孔子將死，遺書曰：不知何男子，自謂秦始皇，上我之堂，據我之牀，顛倒我衣裳，至沙邱而亡。"○

《説郛》。此條失注所出書名，今案：其文見劉敬叔《異苑》四，文句小異，僅至"從此得病"止，無"而亡"以下三十九字。考《論衡·實知篇》云："孔子將死，遺讖書曰：不知何一男子，自謂秦始皇，上我之堂，踞我之牀，顛倒我衣裳，至沙邱而亡"，與此條或説全合，蓋即一事，傳聞異辭，故敬叔於篇末引之以存疑，而今本《異苑》脱去也。但《論衡》第云其後秦王兼吞天下，號始皇，巡狩至魯，觀孔子宅，乃至沙邱，道病而崩。無發孔子墓取經傳事，《異苑》之言尤不可信。

安吉縣西有孔子井，吳東《説郛》誤作"吾東"。校書郎施彦先後《談助》誤"復"。居井側，先云："仲尼聘楚，爲令尹子西所譖，欲如吳未定，逍遥此境，復居井側，因以名焉。"原注：出山謙之《吳興記》。〇《續談助》《説郛》。案：《隋志》有《吳興記》三卷，山謙之撰。

鬼谷先生《與蘇秦張儀書》云："二君足下：功名赫赫，但春《談助》脱"春"字，從《説郛》補。華到秋，不得久茂，日數將冬，時訖將老，《説郛》作"日所將冬，時説將老"，謬誤不可通。《録異記》作"日既將盡，時既將老"，此從《談助》。子獨不見河邊之樹乎？僕御折其枝，波浪激其根，《藝文類聚》作"盪其根"，下有"上無徑尺之陰，身被數千之痕"二句。此木非與天下人有仇怨，《談助》脱"天"字，從《説郛》補。《類聚》《御覽》作"此木豈與天地有愁怨"。蓋所居者然。子見嵩岱之松栢，華霍之桐檀，《談助》作"華霍之壇"，《説郛》作"華霍之樹檀"，蓋皆誤，據《類聚》改。上葉干青雲，下根通三泉，上有猿狖，下有赤豹騏驎，《録異記》作"上有玄狐黑猿，下有豹隱龍潛"，文義似較勝，第不知可據否。此木非與天下人有骨肉，"人"上《談助》有"之"字，《説郛》無。《類聚》《御覽》均作"此木豈與天地有骨肉哉"。亦所居者然。今二子好朝露之榮，棄長久之功，輕喬松之永《談助》誤作"求"。延，貴一旦之浮爵。夫女愛"愛"字《談助》原闕，據《説郛》補。不極席，男歡不畢輪，痛夫痛夫！二君，二君！"《録異記》作"痛矣悲夫二君，痛矣悲夫二君"。蘇秦張儀答書云："伏以先生秉德含和之中，遊心青雲之上，饑必噉《説郛》作"啖"。芝草，渴必飲玉漿，德與神靈齊，明與三光同，不忘將書，誡以行事。儀以不敏，名問不昭，入秦匡霸，欲翼時君，刺以河邊，喻以深山，雖復素闇，誠銜斯旨。"銜，《説郛》作"哉"。〇原注：出《鬼谷先生書》。〇《續談助》。《説郛》。案：《鬼谷先生書》，《隋志》不著録，《藝文類聚》三十六引袁淑《真隱傳》曰："鬼谷先生，不知何許人也，隱居韜智，居鬼谷山，因以爲稱。蘇秦張儀師之，遂立功名。先生遺書責之"云云。然止節録河邊之樹、嵩岱之松栢二節,《御覽》五百一十所引尤略。孫星衍據《類聚》收入《續古文苑》七,嚴可均輯《全上古三代文》既據《真隱傳》録其文,又從杜光庭《録異記》得其全篇及張儀答書,載入卷八及卷十一,然其文仍有删節,又誤將光庭叙事之語並作張儀之文,蓋皆未見《續談助》及《説郛》也。

張子房《與四皓書》云:"良白:仰惟先生秉超世之殊操,《説郛》誤"參"。身在六合之間,志凌造化之表。但自大漢受命,禎 禎,《漫録》作"貞"。靈顯集,神母告符,足以宅兆民之心。先生當此時,輝神爽乎《優古堂詩話》作"於"。雲霄,濯《説郛》誤"擢"。鳳翼於天漢,使九門之外,有非常之客,北闕之下,有神氣之賓,而淵遊山隱,竊爲先生不取也。良以頑薄,承乏忝官,所"所"字《續談助》脱,從諸書引補。謂絶景不御,而駕服駑駘。方今元首欽明,文思百揆之佐,立則延企《漫録》《詩話》作"首"。坐則引領,日仄而方丈不御,夜寢《漫録》《詩話》作"眠"。而閶闔不閉。蓋皇極須日月以揚光,后土待嶽瀆以導滯,而當聖世,鸞鳳林栖,不翔乎太清,翔,《説郛》誤"期"。騏驥嶽遁,不步於郊莽,《漫録》作"不涉乎郊藪"。非所以寧八荒慰六合也。不及《詩話》作"得"。省侍,展布腹心,略寫至言,想料翻然 料,《漫録》《説郛》作"望"。不猜其意。張良白。"《優古堂詩話》及《能改齋漫録》八並引至此止。四皓答書曰:"竄蟄幽藪,深谷是室,豈悟雲雨之使,奄然《談助》作"奄齊"。萃止。方今三章之命,邈殷湯之曠澤,禮樂隆和,四海克諧,六律及於絲竹,和聲應於金石,飛鳥翔於紫闕,百獸出於九門。頑夫固陋,守彼嵓穴,足未嘗踐閶闔,目未曾見廊廟,野食於豐草之中,避暑於林木《説郛》作"林泉"。之下,望月"月"誤"日",據《説郛》改。晦,然後知三旬之終,覩霜雪,然後知四時之變。問射夫,以上二十字《説郛》誤脱。然後知弓努之須,訊《説郛》作"誶"。伐木,然後知斧柯之用。當秦項之艱難,力不能負干戈,攜手逃走,《説郛》作"奔"。避役山草,倚朽若立,循水《説郛》誤"木"。似濟。遂使青蠅盜聲於晨《談助》誤"長"。鷄,魚目 魚目,《説郛》誤"魯公"。竊價於隋珠,公侯應靈挺特,神父授策,蓋"蓋"字《説郛》脱。無幽而不明也。豈有烹鼎和味,而願令菽麥厠方丈之御?被龍服袞,《談助》誤"衣"。而欲使女蘿上紺綾之緒,恐汩《説郛》作"滑"。泥以濁白水,飄塵以亂清風,飄,《説郛》作"颸"。是以承命傾筐,聞寵若驚。謹因飛龍之使,“謹”字《説郛》誤脱。以寫嗚“嗚”字《談助》闕。蟬之音,乞守兔鹿之志,終其寄生之命也。”原注:出《張良書》。〇《續談助》。《説郛》。案:兩《唐志》有《張氏七篇》,張良撰。嚴可均《全漢文》十四云:“按《小説》有張良《與四皓書》,四皓《與張良書》,謂出《殷芸小説》,其辭膚淺,非秦漢人語。殷芸梁人,亦未必收此。”今案:嚴氏所謂《小説》,不知指何書,此兩書文辭誠不類秦漢人語,然殷芸既收入《小説》,自是晉宋間人所擬作,嚴氏未見《續談助》,遂疑爲近代人所僞撰,實不然也。

晉簡文云:“漢世人物當推子房爲標的,神明之功,玄勝之要,莫之與二。接俗而不虧其道,應世而事不嬰,玄識遠情,超然獨邁。”原注:出《簡文談疏》。〇《續談助》。案:《隋志·道家》有《簡文談疏》六卷,晉簡文皇帝撰。

樊將軍噲問於陸賈曰:“自古人君,皆云受命於天,云有瑞應,豈有是乎?”陸賈應之曰:“有。夫目瞤,得酒食;燈火花,得錢財;午鵲《西京雜記》作“乾鵲”,下同。噪,而行人至;蜘蛛集,而百事喜。小既有徵,大亦宜然。故曰:“目瞤則呪之,燈火花則拜之,午鵲噪則餧之,蜘蛛集則放之。況天下之大寶,人君重位,非天命何以得之哉?瑞寶,信也。《雜記》作“瑞者寶也,信也”。天以寶爲信,應人之德,故曰瑞應。天命無信,《雜記》作“無天命,無寶信”。不可以力取也。”〇《廣記》一百三十五引《小説》。案:此出《西京雜記》三。《雜記》蓋又出於《漢志·儒家》之《陸賈》二十三篇也。

湘州有南寺,東有賈誼宅。宅有井,小而深,上斂下大,狀如壺,即誼所穿。井傍局脚食牀,容一人坐,即誼所坐也。原注:出盛弘之《荆州記》。〇《續談助》。案:《隋志》有《荆州記》三卷,宋臨川王侍郎盛弘之撰。《北堂書鈔》一百三十三引《荆州記》此條,無“小而深”以下十四字。《水經·湘水注》所言賈誼宅井與此合,而未明出書名。陳運溶所輯《荆州記》,亦未引《殷芸小説》。又案:曹元忠輯《荆州記》序云:“《殷芸小説》引湘州有南寺,考《宋志》湘州文帝元嘉八年省,十七年又立,記文成於十四年,湘州必殷芸所改,《草堂詩箋》引作湘川。”

誼宅今爲陶侃廟,誼時種甘,誼時之誼原脱,據《御覽》引《湘州記》補。時,《御覽》誤“特”。猶有存者。原注:出庾穆之《湘州記》。〇《續談助》。案:《隋志》有《湘州記》二卷,庾仲雍撰。《御覽》卷四十九引有庾穆之《湘州記》,陳運溶謂穆之者仲雍字。愚考《宋書》有庾登之、庾炳之、庾深之,《南齊書》有庾杲之,則庾氏群從例以之字聯名,蓋穆之其名,而仲雍其字也。《御覽》九百六十六引《湘州記》此條,不題撰人,陳運溶輯入無名氏《湘州記》内,不知其爲庾氏書。

漢文翁當起田,斫柴爲陂,夜有百十野猪,鼻載土,著柴中。比曉,塘成,稻常收。嘗欲斷一大樹,欲斷處去地一丈八尺,翁先呪曰:"吾得二千石,斧當著此處。"因擲之,正砍所欲。後果爲蜀郡守。〇《廣記》一百三十七引《小説》。案:《北堂書鈔》九十七、《御覽》六百十一並引《廬江七賢傳》云:"文黨字翁仲,未學之時,與人俱入叢木,謂侣人曰:'吾欲遠學,先試投斧高木上,斧當掛。'乃仰投之,斧果上掛。因之長安受經。"與此似是一事。《隋志》有《廬江七賢傳》二卷。

漢董仲舒常夢蛟龍入懷中,乃作《春秋繁露》。〇同上引《小説》。案:此出《西京雜記》二。

漢武帝見畫伯夷叔齊形像,問東方朔是何人。朔曰:"古之愚夫。"帝曰:"夫伯夷叔齊,《續談助》無此五字。天下廉士,何爲愚夫耶?"《廣記》作"何謂愚耶",此從《談助》。朔對曰:"臣聞《談助》無"朔"、"臣聞"三字。賢者居世,與之 之,《談助》作"時"。推移,不凝滯於物。彼何不升其堂,飲其漿,《談助》無"彼"字及"升其堂"以下六字。泛泛《談助》作"汎汎"。如水中之鳧,與波俱逝,《廣記》作"與彼俱遊",字形相近,二者必有一誤。天子轂下,可以隱居,《談助》無此二句。何自苦於首陽乎?"《廣記》無"乎"字。上喟然而歎。《談助》無此句。〇原注:出《朔傳》。〇《續談助》《廣記》一百七十三引《小説》。案:《隋志》有《東方朔傳》八卷。此即首陽爲拙,柳下爲工,及避世金馬門之意。

又漢武遊上林,見一好樹,問東方朔,朔曰:"名善哉。"帝陰使人落其樹。後數歲,復問朔,朔曰:"名爲瞿所。"帝曰:"朔欺久矣,名與前不同,何也?"朔曰:"夫大爲馬,小爲駒,長爲鷄,小爲雛,大爲牛,小爲犢,人生爲兒,長爲老。且昔爲善哉,今爲瞿所,長少生死,萬物敗成,豈有定哉?"帝乃大笑。〇《廣記》一百七十三引《小説》。案:此當亦出《東方朔傳》。此即依仿本傳著樹爲寄生,盆下爲寠藪之言附會之。

武帝幸甘泉宫,馳道中有蟲赤色,頭目牙齒耳鼻悉具,《廣記》無"目"字,"悉"作"盡"。觀者莫識。帝乃使朔視之,還對曰:"此怪哉也。《廣記》作"此蟲名怪哉",《海録碎事》誤作"此蟲名怪蟲"。昔秦《廣記》脱"秦"

字。時拘繫無辜,衆庶愁怨,咸仰首歎曰怪哉怪哉,蓋感動上天,《説郛》作"天上",此從《廣記》。憤所生也,故名怪哉。此地必秦之獄處。"即按地圖,果秦故獄。《廣記》作"信如其言"。按《御覽》兩引《朔傳》,此句一作"果秦之獄處也",一作"果秦故獄",《廣記》非也。又問《廣記》作"上又曰"。何以去蟲,朔曰:"凡憂者得酒而解,以酒灌之當消。"於是使人取蟲置酒中,須臾果糜散矣。《廣記》無"果矣"二字。○原注:《朔傳》。○《説郛》。《廣記》四百七十三引《小説》。《海録碎事》二十二引。案:《御覽》六百四十三引《東方朔傳》,較此尤詳。八百十八、八百四十五亦節引之,然均無"以酒灌之當消"六字。此可補其闕。

揚雄謂長卿賦不似人間來,歎服不已。其友盛覽問則何如其佳?雄曰:"合纂組以成文,列錦繡以成質。"雄遂著《合組》之歌,《列錦》之賦。○《紺珠集》。案:《西京雜記》卷二有此事,其略曰:"司馬相如爲《上林》《子虚賦》,幾百日而後成。其友人盛覽字長通,牂柯名士,嘗問以作賦,相如曰:"合綦組以成文,列錦繡而爲質。"覽乃作《合組歌》《列錦賦》而退。終身不復敢言作賦之心矣。"又卷三曰:"司馬長卿賦,時人皆稱典而麗,雖詩人之作不能加也。揚子雲曰:'長卿賦不似從人間來,其神化所至耶?'子雲學相如爲賦而弗逮,故雅服焉。"此似合兩事爲一條。然據《雜記》盛覽乃相如之友人,與相如問答而作《合組歌》《列錦賦》,據《小説》則覽爲楊雄之友人,並《歌》《賦》亦雄之所作,匪惟文句有殊,乃至情事迴異,牴牾如此,所未詳也。

楊雄《雜記》此下有著"太玄經夢"四字。吐白鳳凰集於玄上。○《紺珠集》。案:見《西京雜記》二。文津閣本《紺珠集》與《雜記》同,此據明天順刻本。

《殷芸小説》卷三

後漢人

俞益期,豫章人,與韓康伯道至交州,聞馬援故事云:交州在合浦徐聞縣西南窮日南壽靈縣界。傳云:伏波開道,篙工鑿石,猶有故跡。又云:此道廢久壅塞,戴桓溝之,乃得伏波時故船。昔立兩銅柱於林邑岸,岸北有遺兵十餘家,居壽靈之南,悉姓馬,自相婚姻,今二百户,以其流寓，號曰馬流。言語猶與中華同。原注，出《俞益期牋》。此卷並後漢人物。○《續談助》。案:《水經·温水注》云:“豫章俞益期性氣剛直，不下曲俗，容身無所，遠適在南，《與韓康伯書》云云。”益期事可見者如此。韓伯字康伯，《晉書》有傳。簡文帝居藩，康伯自司徒左西屬轉撫軍掾，豫章太守，考簡文以穆帝永和中爲撫軍大將軍，進位司徒，益期此箋，《御覽》七百七十一題爲《俞益期與韓豫章箋》，則當作於東晉穆帝時，而列爲後漢人物之首者，以其所言皆馬援事也。嚴可均《全晉文》一百三十三云:“喻希字益期，豫章人，升平末爲治書侍御史，累遷至將作大匠，有集一卷。”今案:《北堂書鈔》一百十九引《喻益期箋》，則“俞”本亦作“喻”。《隋志》云:“梁有將作大匠《喻希集》一卷，亡。”然不知其字益期及爲治書侍御史出於何書，嚴氏必有所本，俟再考。此條嚴氏已據《書鈔》及《御覽》輯入，因未見《續談助》，故尚有佚句。

袁安父亡，母使安以鷄酒詣卜工問葬地。道逢三書生，“逢”原作“邊”，據《廣記》三百八十九引《幽明録》改。安以鷄酒禮之，畢，告安地曰:當葬此，“葬”字原脱，據《廣記》補。世爲貴公。别行數步，顧視皆不見。因葬其地，後果位至司徒，子孫昌盛，四世五公焉。“五”原作“三”，據《廣記》改。○原注:出《幽明録》。○《續談助》。

袁安爲陰平長，有惠化。縣先有雹淵，冬夏未嘗消釋，歲中輒出，飛布十數里，大爲民害。安乃推誠潔齋，引愆貶己，至誠感神，雹遂爲之沈淪，伏而不起，乃無苦雨淒風焉。○《廣記》百六十一引《小説》。

崔駰有文才，其縣令往造之。駰子瑗年九歲，書門曰“人雖干木，君非文侯，何爲光光，入我里閭?”令見之，問駰，駰曰:“必瑗所書。”召瑗，將詰所書，乃曰:“君使臣以禮，臣事君以忠。”原注:出《世説》。○《續談助》。案:今《世説》無此事，《御覽》三百八十五亦引作《世説》。

胡廣本姓黄，《紺珠》《類説》並無“本姓黄”三字。以五月五日生，《海録》作“惡月生”，《紺珠》作“廣以惡月生”，《類説》作“胡廣以五月生”。俗謂惡月，此句各書皆無，從《類説》補。父母惡之，《類説》無此二字。藏之葫蘆，棄之河流岸側，居人收養之。“之”字從《紺珠》《類説》補。《淵海》作“人收養之”。及長，《淵海》無“及”字。有盛名，父母欲取之，廣《類説》無“廣”字。以爲背其所生，則害義，背其所養，則忘恩，兩句“其”字，《淵海》並無。兩無所歸。以其 二字各書並脱，惟《紺珠》《類説》有。託葫蘆而生也，《淵海》無“也”字。乃姓胡，《紺珠》《類説》引至此止。乃，《淵海》作“因”。名廣，後登三司，後，《歲時廣記》誤作“七”。有中庸之號。《淵海》無此句。○《紺珠集》。《類説》。《事文類聚》前集九引《小説》。《歲時廣記》二十二引《小説》。《記纂淵海》二引《小説》。《海録碎事》七下引《小説》。案：《御覽》三百六十一引《世説》曰：“胡廣本姓黄，五月生，父母惡之，乃置之甕，投於江。胡翁見甕流下，有小兒啼聲，往取，因長養之，以爲子。登三司，有中庸之號。廣後不治其本親服，云我本親已爲死人也，世以此爲深譏焉。”考今《世説》無此條，其事亦大同小異，不知同出一書否。又案：《御覽》三百八十八引《語林》，文亦略同。

馬融歷二郡兩縣，政務無爲，事從其約。在武都七年，南郡四年，《續談助》作“馬融歷二縣兩郡，七年，在南郡四年”，此從《廣記》。未嘗論刑殺一人。性好音樂，鼓琴吹笛，笛聲《觀林詩話》作“融善鼓琴吹笛之聲”，無以上諸句。一發，感《詩話》無“感”字。得蜻蛚出吟，有如相和。末十四字《廣記》作“每氣出蜻蜊相和”。○原注：出《融列傳》。○《續談助》。《廣記》二百三引。案：吴聿《觀林詩話》引《馬融别傳》，《藝文類聚》六十九嘗引之，原注“列傳”當作“别傳”。又按《文選》載融《長笛賦》序云：“性好音，鼓琴吹笛，而爲督郵，無留事，獨卧郿平陽鄔中，有雒客舍逆旅，吹笛爲氣出精列相和。”《别傳》此條，即叙其事。然據自序，乃是聽客吹笛，非融自吹也。蓋鼓琴吹笛下，必尚有數語，爲引書者删去。李善注云：“《歌録》曰：古相和歌十八曲，氣出一，精列二，則氣出精列皆曲名，不得有蜻蛚出吟之事。吴聿亦以殷芸爲謬，愚謂此亦後人所妄改，《廣記》近之，而亦非原文。

郭林宗來遊京師，當還鄉里，《續談助》無“里”字，據《廣記》補。送車千許乘，原無“許”字。李膺亦在焉。衆人皆詣大槐客舍而别，“衆人皆”三字原脱。唯膺與林宗共載，唯，《廣記》作“獨”，“載”字原脱。乘薄笨車，上大槐坂，“槐”字原脱。觀者數千人，千，《廣記》作“百”。引領望之，原無“引領”二字。眇若松喬之在霄漢。“在”字原脱。○原注：出《膺家傳》。○《續談助》。《廣記》一百六十四引。案：《隋志》有《李氏家傳》一卷，據《世説·賞譽篇》注所引，知即膺之家傳也。

徐穉亡，海内群英論其清風高致，乃比夷齊，或參許由。夏侯豫章追美名德，立亭於穉墓首，號曰思賢亭。原注：出《穉别傳》。○《續談助》。案：《徐穉别傳》不見他書，所存祇此一條。章宗源《隋經籍志考證》及諸家補《後漢書·藝文志》者均不著録，近人曾樸作《補志》，始據此條録入之。又案：《御覽》一百九十四引《豫章記》曰：“徐孺子墓在郡南十四里，曰白社亭。永安中太守梁郡夏侯嵩立思賢亭。"與此可以互證。"永安"乃吴孫休年號,然則此傳非後漢人作也。

陳仲舉雅重徐孺子,爲豫章太守,至便欲先詣之。主簿曰:"群情欲令府君先入拜。"拜,《世説》作"廨",按:拜者謂拜官也,作"廨"者非。陳曰:"武王軾商容之閭,席不暇暖,吾之禮賢,有何不可?"○《廣記》一百六十四引。案:此見《世説·德行篇》。

何顒妙有知人之鑑。初,同郡張仲景總角造顒,顒謂之曰:"君用思精密,而韻不能高,將爲良醫矣。"仲景後果有奇術。原注:出《異苑》。○《續談助》。《廣記》二百十八引《小説》。案:今本《異苑》無此條。

王仲宣年十七時,過仲景,仲景謂之曰:"君體有病,宜服五石湯,若不治,年及三十,當眉落。"仲宣以其賒遠,賒,《御覽》作"貰",注云:"音賒,長也。"不治,後至三十,果覺眉落,其精如此。世咸嘆顒之知人。○《廣記》引與上文合爲一條,案:《御覽》四百四十四及七百二十二引此二事均作《何顒别傳》,《隋志》有《何顒使君家傳》一卷。

李膺常以疾不迎賓客,二十日乃一通客,唯陳仲弓來,輒乘轝《類説》作"輿",非是。出門迎之。原注:出《李膺家録》。○《續談助》。《類説》。案:《御覽》二十九、《廣記》一百六十三均引有《李膺家録》,不知與《家傳》是否一書。

李元禮謖謖如勁松下風。膺居陽城時,門生在門下者恒有四五百人。膺每作一文出手,門下共争之,不得墮地。陳仲弓初令大兒元方來見,膺與言語訖,遣廚中食。元方喜,以爲合意,當復得見焉。○《廣記》一百六十四引。

膺同縣聶季寶小家子,不敢見膺,《説郛》三十五龔頤正《續釋常談》引此二句首有"李"字,餘多譌字,不可讀。杜周甫知季寶不能定名,以語膺,呼見,坐置砌下牛衣上,一與言,即決曰:"此人當作國士。"卒如其言。○同上引。

膺爲侍御史,青州凡六郡,唯陳仲舉爲樂安視事,其餘皆病,七十縣並棄官而去。其威風如此。○同上引。案:此蓋俱出於《李膺家傳》。

張衡亡月,二字《類説》作"死"。蔡邕母方娠,此二人才貌相類,《類説》無此句。時人云:《類説》作"時謂"。邕即衡之後身也。原注:出《世説》。○《續談助》,《廣記》一百六十四引。《類説》。案:今《世説》無此語。

初，司徒王允數與邕會議，允詞常屈，由是銜邕。及允誅董卓，並收邕，衆人爭之，不能得。太尉馬日磾謂允曰："伯喈忠直，素有孝行，且曠世逸才，多識漢事，當定十志，今子殺之，海内失望矣。"允曰："無蔡邕獨當無十志何損？"遂殺之。○《廣記》引與上文合爲一條。

漢王瑗遇鬼物，言蔡邕作仙人，《類説》無人字。甚快樂也。《類説》無"也"字。○《紺珠集》。《類説》。案：此出《齊諧記》，見《廣記》三百廿一。

鄭原誤作"郭"，今改正。玄葬城東，後墓壞，改遷厲阜。縣令車子義爲玄起墓亭，名曰昭仁亭。原注：出《玄别傳》。○《續談助》。案：《玄别傳》，《隋志》不著録，諸書所引甚多，惟此條不見於他書。《太平寰宇記》二十四引《高士傳》曰："玄載病至魏郡元城，病篤卒，葬於劇東。後以墓壞，歸葬礪阜，在高密城西北五十里。"與《别傳》合。"城東"疑當作"劇東"。

鄭玄在徐州，孔文舉時爲北海相，欲其返郡，敦請懇惻，使人繼踵。又教曰："鄭公久遊南夏，今艱難稍平，儻有歸來之思？無寓人於室，毁傷其藩垣林木，必繕治墻宇，以俟還。"及歸，融告僚屬：昔周人尊師，謂之尚父，今可咸曰鄭君，不得稱名也。以上《類説》無。袁紹一見玄，歎曰："吾《類説》作"袁紹見鄭君曰"，無"吾"字。本謂鄭君東州名儒，今乃是天下長者。夫以布衣雄世，《海録碎事》七引作"袁紹稱鄭玄以布衣雄世"。斯豈徒然哉！"《類説》引至此止。及去，紹餞之城東，必欲玄醉，會者三百人，皆使離席行觴，自旦及暮，計玄可飲三百餘杯，而温克之容，終日無怠。○《廣記》一百六十四引。案：《世説·文學篇》注引《玄别傳》："袁紹辟玄，及去，餞之城東云云"，與此字句並同，然則此條皆《别傳》之文也。

荀巨伯遠看友人疾，值胡賊攻郡，友人語巨伯曰："吾且死矣，子可去。"伯曰："遠來視子，今有難而捨之去，豈伯行耶？"《世説》作"遠來相視，子令吾去，敗義以求生，豈荀巨伯所行耶？"賊既至，謂伯曰："大軍至此，一郡俱空，汝何人，獨止耶？"伯曰："有友人疾，不忍委之，寧以己身代友人之命。"賊聞其言異之，乃相謂曰："我輩無義之人，而入有義之國。"乃偃而退，一郡獲全。○《廣記》二百三十五引。案：此見《世説·德行篇》，注云："《荀氏家傳》曰：巨伯，漢桓帝時人，亦出潁川，未詳其始末。"

《殷芸小説》卷四

後漢人

謝子微見許子政虔及弟劭 原作“紹”，今改正。今本《世説》作“謝子微見許子將兄弟”。曰：“平輿之淵，有覂龍出矣。”原注云：出《世説》。此一卷後漢人物也。〇《續談助》。

汝南中正周裴 “裴”當作“斐”，説見下。表稱許劭：高□遺風，與郭林宗、李元禮、盧子幹、陳仲弓齊名，劭特有知人之鑒。自漢中葉以來，其狀人取士，援引扶持，進導招致，則有郭林宗，若其看形色，目童齓，斷冤滯，摘虚名，誠未有如劭之懿也。嘗以簡别清濁爲務，有一士失其所，便謂投之潢汙，雖負薪抱關之類，吐一善言，未曾不有尋究欣然。兄子政常抵掌擊節，自以爲不及遠矣。劭幼時謝子微便云：“此賢當持汝南管籥。”樊子昭幘責之子，“幘責”不可解，疑當作“幘賈”，以形近而誤。《魏志·和洽傳》注引《汝南先賢傳》曰：“劭始發明樊子昭於鬻幘之肆。”《世説·賞譽篇》注引《海内先賢傳》曰：“劭拔樊子昭於市肆。”皆可爲證。年十五六，爲縣小吏，劭一見便云：“汝南第三士也，此可保之。”後果有令名。原注：出《劭别傳》。〇《續談助》。“别傳”原作“列傳”，今改正。《許劭别傳》不見他書，所存只此一條。案：《隋志》有《汝南先賢傳》三卷，魏周斐撰。蓋斐爲汝南中正，欲以激濁揚清爲務，故爲先賢作傳，且表揚劭之名德於朝也。《别傳》引用斐表，則亦魏以後人所作矣。斐仕至永寧少府，見《世説·品藻篇》注引王隱《晉書》。

有客詣陳太丘，談鋒甚敏，太丘乃令《類説》無“乃”字。元方季方炊飯以延客。《類説》無“以”字。二子委甑，竊聽客語，飯落釜“釜”字從《類説》補。成糜而進。客去，太丘將責之，《類説》無“將”字。具言其故，且誦客語無遺。太丘曰：“但糜自可，何必飯耶？”〇《紺珠集》。《類説》。案：事見《世説·夙惠篇》，而字句多異，疑所引别一書，非《世説》也。

漢末陳太丘寔與友人期行，過期不至，太丘捨去。去後方至，其子元方《世説》無“其子”二字，此疑誤衍。年七歲，在門外戲，客問元方：“尊君在否？”答曰：“待君不至，已去。”友人便怒曰：“非人，與人期行，相委而去!"元方曰:"君與家君期日中時,過申不來。案:漢人語當作"日加申不來",《世説》作"日中不至"。則是無信;對子罵父,則是無禮。"友人慙,下車引之,元方遂入門不顧。○《廣記》一百七十四引。案:此出《世説·方正篇》。

禰正平年少與孔文舉作爾汝交。時衡年未滿二十,而融已五十餘也。《紺珠集》及《類説》作"禰正平年未及冠,而孔文舉已踰五十,相與爲爾汝交"。原注:出《衡别傳》。○《續談助》。"别傳"原作"列傳",今改正。《衡别傳》諸書引甚多,詳見侯康曾樸《補後漢書藝文志》。

孔文舉中夜暴疾,案:據下文觀之,必非文舉之事,《類聚》《御覽》引《笑林》均作"某甲夜暴疾",《廣記》作"魏人夜暴疾",此恐是原書之誤,故姑仍之不改。命門人鑽火,其夜陰瞑,《類聚》此下有"不得火,催之急"句,《廣記》作"督迫頗急"。門人忿然曰:"君責人太不以道,今暗若漆,何不把火照我,當得鑽火具,然後得火。"文舉聞之曰:"責人當以其方。"方,原作"文",蓋以形近致誤,據《廣記》改。○原注:出《俳諧文》。○《續談助》。《藝文類聚》八十、《御覽》八百六十九、《廣記》二百五十八均引作《笑林》。案:《隋志·總集類》有《誹諧文》三卷,不著姓名,又《誹諧文》十卷,袁淑撰。

曹公《與楊太尉書》論刑楊修云:"操白:足下不遺賢子見輔,今軍征事大,吾制鐘鼓之音,主簿應掌,二字《古文苑》作"宜守"。而賢子恃豪父之勢,每不與吾同懷。念卿父息之情,同此悼楚。謹贈足下"足"字原脱,據《古文苑》增。錦裘二領,八節銀角桃杖一枚,杖,原誤"技",據《書鈔》百三十三及《古文苑》改。官絹五百疋,錢六十萬,四望通幰七香車一乘,青牸牛二頭,八百里驊騮一疋,戎裝金 粤雅本作"戎金裝",此從陸刻。鞍轡十副,鈴苞一具,苞,原作"毫",從《古文苑》改。驅使二人侍衛之。"驅"字原闕,據《古文苑》補,"侍衛之"三字《苑》無。並遺足下貴室錯綵羅縠裘一領,織成韡一量,有心青衣二人奉 原作"長",據《苑》改。左右。所奉雖薄,以表吾意,足下便當慨然承 承,原作"成",注云:一作"承"。按《古文苑》亦作"承",據改。納,不致往返。"楊太尉答書云:"彪白:小兒頑鹵,常慮當致傾敗,足下恩矜,延罪迄今,聞問之日,心腸酷裂!省覽衆賜,益以悲懼。"曹公卞夫人《與太尉夫人袁書》:"卞頓首頓首:貴門不遺賢郎輔位,方今戎馬興動,主簿股肱近臣,征伐之計,事須敬 "敬"字原脱,據《苑》補。諮。官立金鼓之節,而聞命違制,明公性急,原本"明公"下空一格,今據《苑》補此二字。輒行軍法。伏念悼痛酷楚,情不自勝。夫人多容,即見垂恕。故送衣服一籠,文絹一百疋,房子官錦百斤,《困學紀聞》二十云:"'房子官綿百斤',《古文苑》誤作'錦',而注者妄解。"今按《續談助》亦作"錦",疑宋本《小説》固已誤矣。私所乘香車一乘,牛一頭。誠知微細,以達往意,望爲承納。"楊太尉夫人袁氏答書:"袁頓首頓首:路歧雖近,不展淹久,歎想之情,抱勞山積。小兒疏細,果自招罪戾,念之痛楚!明公所賜已多,又加重賚,禮頗非宜荷受,輒付往信。"原注:出《魏武楊彪傳》。〇《續談助》。案:《魏武楊彪傳》不知何書,考《後漢書·楊彪傳》注及《魏志·陳思王植傳》注均引《典略》載楊修之事,《典略》即魚豢《魏略》,此當作"出《魏略·楊彪傳》",淺人不知,改爲魏武耳。《古文苑》載此數書,疑即自《殷芸小説》録入,但其文反較此爲詳,蓋晁伯宇鈔入《續談助》之時,有所删節耳。

司馬德操初見龐士元,稱之曰:"此人當爲南州冠冕。"時士元尚少,及長,果如徽言。原注:出《徽傳》。〇《續談助》。案:《司馬徽别傳》,《隋志》不著録,《世説·言語篇》注引之甚詳,而無此語。

司馬徽居荆州,以劉表不明,度 三字《類説》無。必有變,思退縮以自全。人《類説》無"人"字。每與語,但言佳。其妻責以《紺珠》作"其"。無别。徽《紺珠》無"徽"字。曰:"如汝所言,亦復甚佳。"終免於難。《紺珠》作"終免禍"。〇《紺珠集》。《類説》。案:事見《世説·語言篇》注引《徽别傳》,但文字大異,或别有所出。

潁川太守朱府君以正月初見諸縣史燕,問功曹鄭劭公,"公"字原脱,據下文補。曰:"昔在京師,聞公卿百僚歎述貴郡前賢後哲,英雄瓌瑋,然未覩其奇行異操,請聞遺訓。"對曰:"鄙潁川,本韓之分野,豫之淵藪。其於天官,上當角亢之宿,下稟嵩少之靈,受嶽瀆之精,託晉楚之際,處陳鄭之末。少陽之氣,太清所挺。是以賢聖龍蟠,俊彦鳳舉。昔許由巢父出於陽城,樊仲甫又出陽城,留 "留"字原闕,今補。侯張良又出於陽城,《後漢紀》作"輔成",案兩漢潁川郡無輔成縣。胡元安出於許縣,《後漢紀》作"潁陽"。灌彪《紀》無"灌"字。義山出於昆陽,審尋初出於定陵,杜安《紀》無安字。伯夷又出於定陵,蔡遵 原作"道",注云一作"遵"。案:《後漢書·蔡遵傳》云潁川潁陽人也,據改。出於潁陽。"府君曰:"太原周伯況、汝南周彦祖皆辭徵禮之寵,恐貴郡未有如此者也。"邵公對曰："昔許由恥受堯位，洗耳河濱，樊仲甫者，飲牛河路，恥臨濁流，回車旋牛。二周公但讓公卿之榮，以此推之，天地謂之咫尺，不亦遠乎？"原注：出鄭邵公《對穎川太守》。〇《續談助》。案：朱府君名寵，鄭邵公名凱，事見袁宏《後漢紀》十八，順帝永建四年，惟彼此詳略不同。灌彪義山，《紀》作"彪義山"，又無審尋初、蔡遵二人，可據此補其闕脱。《三國吴志・虞翻傳》注引《會稽典録》曰："孫亮時，有山陰朱育仕郡門下書佐，太守濮陽興正旦宴見掾吏，言次，問太守昔聞朱潁川問士於鄭召公，韓吴郡問士於劉聖博，王景興問士於虞仲翔，嘗見鄭劉二答，而未覩仲翔對也云云。"知邵公此《對》在當時固膾炙人口矣。

蔡邕刻曹娥碑傍曰："黄絹幼婦，外孫齏臼。"魏武見而不能曉，以問群僚，莫有知者。有婦人浣於江渚，曰："第四車中人解。"即禰正平也。禰便以離合意解云"絶妙好辭"。原注：《異苑》。〇《説郛》。案：今本《異苑》十末二句作"衡即以離合義解之，或謂此婦人即娥靈也。"

《殷芸小説》卷五

魏人

劉楨以失敬罷，文帝曰："卿何以不謹文憲？""何"字原脱，據《世説》補。答曰："臣誠庸短，庸，原誤"痛"，據《世説》改。亦緣陛下網目不疏。"網，原作"綱"，據《世説》改。文帝出遊，楨見石人曰："問彼石人，彼 當作"被"。服何爲？何時去衛，來遊此都？"原注：出《世説》，此卷並魏世人。〇《續談助》。魏世人，原作"魏上人"，今改。案：此見《世説・言語篇》，至網目不疏止，無"文帝出遊"以下事。

魏王北征蹋頓，原無此二字，有"踰"字，蓋傳寫脱"頓"字，淺人不曉，妄改"蹋"爲"踰"，今從《異苑》七改。升領眺矚，見一岡，不生百草。王粲曰："此必古冢。其人在世服生礜石，礜，《異苑》作"礐"，下同。熱蒸出外，故草木焦滅。"遽令鑿看，果是大墓，礜石滿塋。一説：粲在荆州從劉表登障山，而見此異。曹武北征，《異苑》作"魏武之平烏桓"。粲猶在江南，以此爲然。陸刻本作"言"。案：粲既在江南，則安得向魏武以此爲言，作"然"亦未是。《異苑》作"此言爲譎"，蓋以後説駁前説之不足信，故詆其言爲僞譎也。〇原注：出《異苑》。〇《續談助》。

魏國初建，潘勗字元茂，爲策命文，自漢武以來未有此制，勗乃依商周憲章，唐虞辭義，温雅與雅誥同風，於時朝士皆莫能措一字。勗亡後，王仲宣擅名於當時，時人見此策美，或疑是仲宣所爲，論者紛紛。及晉王爲太傅，臘日大會賓客，勗子蒲時亦在焉。宣王謂之曰："尊君作封魏君策，高妙信不可及，吾曾聞仲宣亦以爲不如。"朝廷之士乃知勗作也。○《御覽》五百九十三引殷洪《小説》。案：殷洪不知何人，亦不聞别有此《小説》，此蓋是引殷灌蔬《小説》，傳寫脱去"蔬"字，又譌"灌"爲"洪"耳。

孫邕醇粹有素。魏武帝初置侍中，舉者不中選，遂下令曰："吾侍中欲得渾沌，渾沌氏古之賢人也。"於是臣下方悟，遂舉邕，帝大悦。○《演繁露》二引。程大昌曰："此語著於《釋稗》。《釋稗》訓之曰：世俗之俳言也，鶻者渾之入，突者暾之入，渾者鶻之去，沌者暾之去也。用此言觀之，則謂愚無分别名爲鶻突，由來古矣。《釋稗》不書名氏，其書引王介甫解義，即近世人也，或作陸農師。"今案：《宋志・小説類》有孔平仲《釋裨》一卷。裨，蓋"稗"之誤，疑大昌所引即孔氏書也。

管寧避難遼東還，泛海遭船傾没，《紺珠》《類説》作"管寧泛海舟覆"，案：舟既覆或傾没，則寧安得復思其過。《海録》引作"船欲覆"，《異苑》作"遭風船垂傾没"，未詳孰是。乃思其　過："吾曾《紺珠》《類説》作"乃曰吾嘗"。一朝科頭，三晨晏起。今天怒猥集，《紺珠》《類説》無此句。過必在此。"《海録》末有"風乃息"三字，《異苑》無。○原注：出《異苑》。○《續談助》。《紺珠集》《類説》《海録碎事》八上引《小説》。

王朗中年以識度推華歆，歆蜡日嘗與子姪宴飲，王亦學之。有人向張茂先稱此事，張曰："王之學華，蓋是形骸之外，去之所以更遠。"○《續談助》。案：此出《世説・德行篇》。

華歆遇子弟甚整雅，《世説》作雖。閑室之内，儼若朝典。陳元方兄弟，恣柔愛之道。二門之中，兩不失其雍熙之軌度焉。原注：出《世説》。○《續談助》。

中華佛法，雖始於漢明帝，然經偈故是胡音。以上今《異苑》無。陳思王登漁山，臨東阿，聞岩岫有誦經聲，清婉遒亮，遠谷有流響，今本《異苑》"有"字在"肅然"之下，文義較勝。肅然靈氣，不覺斂襟祗敬，便有終焉之志。諸曹解音，以爲妙唱之極，即善則之。今梵唄皆植依擬所造也。植亡，乃葬此土。末六字今《異苑》無。○原注：出《異苑》。○《續談助》。

傅巽有知人之鑒，在房州，《傅子》作"在荆州"，此作"房"誤。目龐統爲半英雄，後統附劉備，見待次諸葛亮，如其言。○《續談助》。此條失著書名，事見《魏志·劉表傳》注引《傅子》。《類説》作"巽曰：龐統爲半英雄"。

平原人有善治傴者，自云："不善，人百一人耳。"有人曲度八尺，直度六尺，乃厚貨 粤雅本此下有"治"字，從陸本删。求治，曰："君且□。"欲上背踏之。傴者曰："將殺我。"曰："趣令君直，焉知死事？"原注：出《笑林》。○《續談助》。案：《隋志》有《笑林》三卷，後漢給事中邯鄲淳撰。

俗説《淵海》無此二字。有貧人止能辦 二字《淵海》無。隻甕之資，二字《淵海》無。夜宿甕中，心計曰："此甕賣之若干，二字《淵海》無。其息已倍矣。我得倍息，以上五字《淵海》無。遂可販二甕，自二甕《淵海》無"甕"字。而爲四，《淵海》無"爲"字。所得倍息，《淵海》無此句。其利無窮。"遂喜而舞，不覺甕破。○《事文類聚》前集三十六引《小説》。《記纂淵海》八十四引《小記》，"記"即"説"之誤。案：此疑出《笑林》，故附於此。

董昭爲魏武重臣，後失勢。文明之世，下爲衛尉。昭乃厚加意於侏儒。正朝大會，侏儒作董衛尉啼，面言其太祖時事，舉坐大笑，明帝悵然不怡。月中遷爲司徒。原注：出《語林》。○《續談助》。

凌雲臺至高，《類説》首有"魏"字。韋誕書榜，即日皓首。榜有未正，募工整之。有鈴下卒，著履登緣，如履平地，疑其有術，《類説》無此句。問之云："問"，《類説》作"詰"。無術，二字《紺珠》無。兩腋各有肉翅，長數寸許。"《類説》無"長"字、"許"字。《紺珠》脱"寸"字。○《紺珠集》。《類説》。案：《酉陽雜俎·九盜俠篇》云："魏明帝起凌雲臺，峻峙數十丈，即韋誕白首處，有人鈴下，能着屐登緣，不異踐地，明帝怪而煞之，腋下有兩肉翅，長數寸。"與此蓋即一事。

晉撫軍云："何平叔巧累於理，嵇叔夜雋傷其道。"原注：出《郭子》。○《續談助》。案：今見《世説·品藻篇》。

王輔嗣注《易》，笑鄭玄云："老奴甚無意。"於時夜久，《廣記》作夜分。忽聞外閤有著屐聲，須臾即入，自云是鄭玄，責之曰："君年少，何以穿鑿文句，而妄譏老子？"極有怒色，言竟便退。而輔嗣心生畏惡，經少時，乃暴疾而卒。《廣記》作"弼惡之，後遇癘而卒"。○原注：出《幽明録》。○《續談助》。案：《廣記》三百十七載此事，不著出處。

景王欲誅《類説》作殺。夏侯玄，《類説》作太初。意未決間，問安王

孚 案:當作“安平王孚”。云:己才足以制之否? 孚云:“昔趙儼《類説》誤“岩”。葬兒,汝來,半坐迎之,太初後至,《類説》作“太初來”。一座悉起。以此方之,《類説》作“知之誤”。恐汝不如。”乃殺之。原注:出《語林》。〇《續談助》。《類説》。案:《魏志·夏侯尚傳》注引《魏氏春秋》曰:“先是司空趙儼薨,大將軍兄弟會葬,賓客以百數。玄時後至,衆賓客咸越席而迎,大將軍由是惡之。”裴松之以爲曹爽以正始五年伐蜀,時玄已爲關中都督,至十年爽誅滅後方還洛。案:少帝紀司空趙儼以六年亡,玄無由得會儼葬,因以《魏氏春秋》所叙爲近妄不實。今據此所引《語林》,則是趙儼葬兒,而非儼死會葬,無妨是正始五年太初未爲都督以前事,較《魏氏春秋》爲得其實矣。

鍾毓、鍾會少有令譽,年十三,魏文帝聞之,語其父鍾繇曰:“令卿二子來。”於是敕見,毓面有汗,帝問曰:“卿面何以汗?”對曰:“戰戰惶惶,汗出如漿。”復問會:“卿何以不汗出?”會對曰:“戰戰慄慄,汗不得出。”又值其父晝寢,因共偷服散酒。散,《世説》作“藥”,《書鈔》八十五引《世説》亦作“散”。其父時覺,且假寐以觀之,毓拜而後飲,會飲而不拜。既問之,毓曰:“酒以成禮,不敢不拜。”又問會何以不拜,會曰:“偷本非禮,所以不拜。”〇《廣記》一百七十四引《小説》。案:此出《世説·言語篇》。

鍾會撰《四本論》本原誤木,據《世説》改。始畢,甚欲嵇公看,致之懷中。既詣宅,《世説》作“既定案”。“詣宅”與下“出户”相應,《世説》蓋誤也。畏其有難,懼不敢相示,《世説》作“懷不敢出”。出户遥擲而去。《世説》作“於户外遥擲,便回急走”。〇原注:出《世説》。〇《續談助》。

鍾士季常向人道:“吾少年時一紙書,人云是阮步兵書,皆字字生義,既知是吾,不復道也。”原注:出《語林》。〇《續談助》。

阮德如每欲逸走,家人常以一細繩横繫户前以維之。每欲逸走,至繩輒返,時人以爲名士狂。原注:出《世説》。〇《續談助》。案:今《世説》無此事,《御覽》七百三十九亦引作《世説》。

德如嘗於厠見一鬼,長丈餘,色黑而眼大,著白單衣,平上幘。去之咫尺,德如心安氣定,徐笑而謂之曰:“人言鬼可憎,果然如是。”鬼赧而退。原注:出《幽明録》。〇《續談助》。

魏管輅嘗夜見一小物,狀如獸,手持火,向口吹之,將爇舍宇。輅命門生舉刀奮擊,斷腰視之,狐也。自此里中無火災。〇《廣記》四百四十七引《小説》。

《殷芸小説》卷六

吴蜀人

桓宣武征蜀，猶見武侯時小吏，武侯，《續談助》作“諸葛亮”，今從《説郛》。年百餘歲。桓問：《談助》誤作“復聞”。“諸葛丞相，今誰與比？”《談助》作“今與誰比”。意頗自矜。《説郛》“自”上有“欲”字。答曰：“葛公在時，亦不覺異，自葛公歿後，《説郛》無“後”字。正不見其比。”原注：出《雜記》，此卷並吴蜀人。○《續談助》。《説郛》。

武侯躬耕南陽，南陽是襄陽墟名，非南陽都也。都，疑當作“郡”。○原注：出《異苑》。○《續談助》。案：今《異苑》無此條。又案：張澍引此條入《諸葛故事・遺蹟篇》，又引《漢晉春秋》諸葛亮家於南陽之鄧縣，在襄陽西二十里，號曰隆中，澍案如習氏説，則南陽非墟名明矣，《異苑》未可據。

襄陽郡有諸葛孔明故宅，故宅有井，深五丈，廣五尺，堂前有三間屋地，基址極高，云是避水臺。宅西有山臨水，孔明常登之鼓琴，而爲《梁甫吟》，因名此山爲樂山。先有董家居此宅，衰殄滅亡，後人不敢復憩焉。原注：出《襄陽記》。○《續談助》。案：《隋志》有《襄陽耆舊記》五卷，習鑿齒撰。

武侯與宣王治兵將戰，宣王戎服莅事。使人密覘武侯，乃乘素輿葛巾，持白羽扇，指揮三軍，隨其進止。宣王嘆曰：“可謂名士。”○《類説》。案：此出《語林》，見《北堂書鈔》一百十八，又《御覽》六百八十七引《蜀書》亦同。又案：諸書引《語林》《蜀書》皆作“使人視武侯”，此作“密覘”，於文義爲長。

孫策年十四，在壽陽詣袁術，始至，而劉豫州到，便求去。袁曰：“豫州何關君？”答曰：“不，《廣記》一百七十四引《語林》“不”下有“爾”字。英雄忌人。”即出下東階，而劉備從西階上，但輒顧視之，行殆不復前。《御覽》三百八十三引《語林》作“但得轉顧視孫足，行殆不復前矣”，《廣記》作“但轉視孫之行步，殆不復前矣”，《御覽》爲長。此條“輒”字，蓋“轉”字之誤。○原注：出《語林》。○《續談助》。案：據《吴志》注，孫堅死時，策年已十八。又據《通鑒》，劉備之領豫州，在興平元年，是時策年二十矣，且備是年即領徐州，袁術來攻，遂爲讎敵，其間亦未必有至壽春見袁術之事，此蓋出於里巷傳聞，杜撰故事，以爲美談，不可信也。

顧邵 原作“顔邵”，《類説》及《事文類聚》作“顧劭”。案：顧邵，吴相雍子，見《吴志》。爲豫章，禁淫祀，《談助》無此三字，從《類説》及《類聚》增。毁諸廟。至廬山廟，一郡悉諫，不從。夜忽有人開閤徑前，狀若方相，説《類聚》作“云”。是廬山君，邵要之入坐，《談助》無此五字。與邵談《春秋》。燈火盡，燒《左傳》以續之，鬼欲凌邵，邵神氣湛然，《談助》無上九字。《類説》作“神氣甚烈”，今從《類聚》。鬼返和遜，求復廟，邵笑而不答。原無“邵”字。鬼怒曰：“三年内，君必衰，當此時相報。”如期，邵果病，咸勸復廟，邵曰：“邪豈勝正？”終不聽，遂卒。自“鬼怒曰”以下《談助》原無，從《類説》《類聚》增。〇原注：出《志怪》。〇《續談助》。《類説》《事文類聚》前集四十八引。案：《廣記》二百九十三引《志怪》此節尤詳，多一百三十餘字。又案：《隋志・雜傳類》有《志怪》二卷，祖台之撰；《志怪》四卷，孔氏撰。

豫章太守顧邵，原作劭。雍之子。雍 原脱“雍”字，從《世説》補。集僚友圍棊，外啓書信至，而無兒書，雖神意無變，而心知有故。捉棊傷爪，指掌血流。案《世説》作“以爪掐掌，血流沾褥”，乃是悲極忍痛自掐。此言“捉棊傷爪”，則是瞀亂之餘，不覺誤傷矣，兩者似同實異。客散，歎曰：“已無延陵之遺累，《世説》作“延陵之高”。寧有喪明之深責？”於是割情散哀自若。〇《類説》。案：事見《世説・雅量篇》，此所引蓋别一書也。又案：《御覽》七百五十三引《語林》與此略同，但無“捉棊傷爪”八字。

沈峻，珩之弟也，甚有名譽，而性儉吝。張温使蜀，與峻别，峻入良久，謂温曰：“向擇一端布，欲以相送，而無麁者。”温嘉其能自顯其非。原注：出《笑林》。〇《續談助》。

沈玠守風糧盡，案：《廣記》引《笑林》作“姚彪與張温俱至武昌，遇吴興沈珩，守風糧盡”，與此作“沈玠”不同，據上條當以作“珩”爲是，《御覽》作“姚彪至武昌遇風，與沈浙江渚守風，糧用盡”，“浙”乃“珩”之誤字也。從姚彪貸鹽百斛，彪性峻直，得書不答，呼左右令覆鹽百斛於江中，曰：“明吾不惜，惜所與耳！”〇《類説》，案：此出《笑林》，見《御覽》八百六十五及《廣記》一百六十五。《吴志・孫權傳》注引《吴書》：珩字仲山，吴郡人，以奉使有稱，封永安鄉侯，官至少府。且言其少綜經藝，有專對才，不知姚彪何以惡之如此。又案：《笑林》爲邯鄲淳所著，淳由漢入魏，不應書中多紀吴事。考宋僧贊寧《筍譜》云：“陸雲字士龍，爲性喜笑，著《笑林論》。”然則陸雲别有《笑林》，《隋志》不著録者，或即附入淳書之中。此兩條，蓋出自陸氏書也。

諸葛恪對南陽《類説》無此二字。韓文晃誤呼其父字，晃曰：“向人子前《類説》無“向”字，《談助》無“子”字。呼其父字，爲是 二字《類説》無。禮邪？”恪笑而答 三字《類説》無。曰：“向天穿針，不見天怒者，粤雅本《談助》無“怒”字，從陸本補，《類説》亦無。意有所在耳。”○《續談助》。《類説》。

孫權時，有人獲大龜，欲獻吴王，夜泊越里於大桑中。桑呼龜曰：“勤乎玄緒，奚事爾？”龜曰：“我行不擇日，《異苑》無此句。乃遭拘繫。《異苑》作“我被拘繫”。然盡南山之薪，不能潰我。”桑曰：“諸葛元遜，必致相困，求我之徒煮汝，《異苑》無此二字，此可補其闕。計將安出？”龜曰：“子《異苑》“子”下有“明”字，蓋以桑樹爲字子明，猶之呼龜爲玄緒也，此疑誤脱。無多言，禍將及汝。”既至建業，恪諭權烹之，龜乃立爛。○《類説》。案：此出《異苑》三，但多删改。

新淦聶友小兒貧賤，嘗獵，見一白鹿，射中之，後見箭著梓樹。原注：《恠心》。○《説郛》。案：《恠心》，當是《志怪》之誤。又案：《搜神後記》八載此事較詳，且云：“吴聶友字文悌，豫章新淦人，位至丹陽太守。”今考友事蹟附見《諸葛恪傳》，裴注引《吴録》，載其始末甚詳，知友是吴時人。

孫皓初立，治後園，得一金像，如今之灌頂佛。未暮，皓陰病不可堪。采女有奉法者，啓皓取像，香湯浴之，置殿上，燒香懺悔，痛即便止。原注：出志咸《徹心記》。○《續談助》。案：志咸當是僧名，《徹心記》未見著録，其事見《高僧傳》一《康僧會傳》，視此爲詳，蓋亦采之志咸書也。

孫皓問丞相陸凱曰：“卿一門在朝幾人？”答曰：“二相五侯，將軍十餘人。”皓曰：“盛矣！”凱曰：“君賢臣忠，國之盛；父慈子孝，家之盛。今政荒民敝，覆亡是懼，臣何敢言盛也？”○《類説》，案：此出《世説·規箴篇》。

《殷芸小説》卷七

晉江左人

王安豐云：“山巨源初不見老易，而意闇與之同。”案：事見《世説·賞譽篇》，然文既小異，且是王夷甫，非王安豐，或今本誤耶？晉武帝講武於宣揚場，揚，《世説・識鑒篇》作“武”，考《世説・雅量篇》及《水經・穀水注》均有魏明帝於宣武場搏虎事，知當作“武”，此涉下“場”字而誤。欲偃武修文。山公謂不宜爾，因與諸尚書言孫武《世説》作“孫吴”，注云：孫武，齊人；吴起，衛人。此作“武”，誤。用兵本意。後冠盗蜂合，郡國無備，不能復制，皆如公言。時以爲濤不學孫吴而闇與會。王夷甫亦歎其闇與道合。原注：出《世説》，此卷並晉江左人。○《續談助》。案：此合《世説》兩事爲一條。

衛瓘云：“吾在中山郡無事，高枕而已。”○《類説》。

裴令公姿容爽儁，疾困，武帝使王夷甫往看之。裴先向壁卧，聞王來，强迴視之。夷甫出語人曰：“雙眸爛爛，如巖下電，精神挺動，故有小惡耳。”原注：出《世説》。○晁載之《續談助》跋引。

裴令公目王安豐：眼爛爛如巖下電。原注：出《語林》。○《續談助》跋引。

杜預書告兒：古諺 諺，《類説》及《海録》並作“詩”，惟《淵海》作“諺”。案：《資暇集》引杜預語正作“諺”，今從之。有“書借人爲可嗤，借書送還亦可嗤。”○《類説》。《海録碎事》十八引《小説》。《記纂淵海》四十六引《小説》。案：《資暇集》下引《玉府新書》杜元凱遺其子書曰：“書勿借人。古人云古諺：借書一嗤，還書一嗤”，與此不同，“古人云”三字當是衍文。又案：嚴可均《全晉文》四十二《杜預集》内此書失收，而别有《與子耽書》曰：“知汝頗欲念學，令同還，車到副書可案録受之，當别置一宅中，勿復以借人。”嚴氏自注云：“梅鼎祚《文紀》引《玉府新書》，張采《晉文》亦有之，未知《玉府新書》是何代書也。”今案《文紀》所録蓋即此書之上文，以《資暇集》所引合讀之，自知《玉府新書》亦即《王府新書》，其書雖不見於隋唐《志》，但既爲李匡乂所引，自是唐以前人所作，梅鼎祚蓋得之販稗，實未見原書，故其文不全。嚴氏云云，亦失考也。

洛下有洞穴，深不可測。一婦人欲殺其夫，推墮穴中，此人顛倒良久方甦。旁得一穴，行百餘里，覺所踐如塵，聞秔米香，啖之芬美。復遇如泥者，味似前塵。入一都郭，雖無日月，明踰三光，人皆披羽衣，奏奇樂。凡過此九處。有長人指栢下一羊，跪捋羊鬚，得二珠，長人取之，後一珠，令啖之，甚得療飢。請問九處，答曰：“問張華可知。”其人隨穴得出，詣華問之，云：“如塵者，黄河下龍涎，泥是崑崙山下泥。九處地，仙名九館。羊爲癡龍。初一珠，食之，壽等天地；次者延年；後一丸，充飢而已。"○《類説》。案：此出《幽明録》。見《廣記》一百九十七，惟此多刪節。

張華《鐵圍山叢談》引"張"上有"晉"字。有鸚鵡，每出還，《異苑》作"華每出行還"。輒説僮僕好惡。一日，寂無言，華問其故，曰："被禁在甕中，無由得知《鐵圍山叢談》六引至此止。外事。"忽云："昨夢不佳，所忌出外。"華强呼之至庭，果爲飛鷹二字《異苑》作"鸇"。所擊，僅獲見免。○《類説》。案：此出《異苑》三，文多異同。

張華與友人飲九醖酒，頗同酣暢，每醉，令左右轉側，則必安泰。至明，華忽思友人夜來必死，急問之，果腹穿，腸流牀下，蓋不轉側耳。○《類説》。案：事見《廣記》二百三十三，而文字大異。《廣記》引作《世説》，今《世説》無此事，蓋出於《幽明録》，以其同爲劉義慶所作，因而致誤耳。

魏時，殿前鐘忽大鳴，震駭省署。華曰："此蜀銅山崩，故鐘鳴應之也。"蜀尋上事，果云銅山崩，時日皆如華言。○《廣記》一百九十七引《小説》。案：此出《異苑》二，文有異同。

中朝時，有人畜銅澡盤，晨夕恒鳴如人扣。以白張華，華曰："此盤與洛鐘宫商相諧，宫中朝暮撞鐘，故聲相應。可鑢令輕，則韻乖，鳴自止也。"依言，即不復鳴。○同上。案：此亦出《異苑》二。

武庫内有雄雉，時人咸謂爲怪。華云："此蛇之所化也。"即使搜除庫中，果見虵蜕之皮。○同上。案：此出《異苑》三。

吴郡臨平崩奔，出一石鼓，打之無聲。以問華，華曰："可取蜀中桐材，刻作魚形，扣之，則鳴矣。"即從華言，聲聞數十里。○同上。案：此出《異苑》二。

嵩高山北有大穴空，莫測其深，百姓歲時，每遊其上。晉初，嘗有一人，悮墜穴中，同輩冀其儻不死，試投食於穴。墜者得之爲糧，乃緣穴而行。可十許日，忽曠然見明。又有草屋一區，中有二人，對坐圍碁，局下有一杯白飲，墜者告以飢渴，碁者曰："可飲此。"墜者飲之，氣力十倍。碁者曰："汝欲停此不?"墜者曰："不願停。"碁者曰："汝從西行數十步，有一井，其中可怪異，慎勿畏，但投身入中，當得出。若饑，可即取井中物食之。"醉者如其言，井多蛟龍，然其疑爲見之誤。墜者，輒避其路。墜者緣井而行，井中有物若青泥，墜者食之，了不復饑。可半年許，乃出蜀中。因歸洛下，問張華。華曰："此仙館。所飲者玉漿，所食者龍穴石髓也。"〇同上。《類説》引云："嵩山有大穴甚深。晉初，有人誤墮穴中，中有草堂，二人圍棊，飲其人以白酒一杯。又行一大井，井旁有物如青泥，食之不饑。半年許，乃出。張華曰：所飲者玉漿，所得者龍腦石髓也。"案：事見《初學記》五、《御覽》三十九引劉義慶《世説》，蓋《幽明録》之誤，其文亦出删節，與《類説》所引互有不同，皆不如《廣記》之完備。又案：此與"洛下洞穴"一條大同小異，要皆因張華《博物志》所載"有人乘槎至天河，得織女搘機石，以問嚴君平"事摸擬爲之，以資談助，非事實也。

羊琇驕豪，搗炭爲屑，以香和之，作獸形。原注：出《列傳》。〇《續談助》。案："列傳"當作"别傳"。《羊琇别傳》未見他書引用，若其事則見《御覽》八百六十一引《語林》。

羊雅舒琇冬月醸酒，令人抱甕暖之，須臾復易其人。酒既速成，味仍嘉美。其驕豪皆此類。原注：出《語林》。〇《續談助》。

《殷芸小説》卷八

晉江左人

夏侯湛作《周詩》成，以示潘岳，岳曰："此文非徒温雅，乃别見孝悌之性。"岳因此作《家風詩》。原注：出《世説》，此卷並晉江左人。〇《續談助》。

石崇與潘岳同刑東市，崇曰："天下殺英雄，君復何爲爾？"岳曰："壯 當從《語林》作"俊"。士填溝壑，餘波來及人。"〇《類説》。案：此出《語林》，見《世説・仇隟篇》注。

孫子荆新除婦服，作詩示王武子，武子曰："不知文生於情，情生於文，覽之悽然，生伉儷之重。"原注：出《世説》。〇《續談助》。

王武子左右人嘗於閤中 《類説》作"門中"，今從《類聚》。就婢取濟衣服，婢欲姦之，其人云："不敢。"婢云："若不從，我當大叫。"《類聚》作"呼"。其人終不從。婢乃《類聚》無"乃"字。呼曰："甲欲姦己。"濟令殺之。其人具述前狀，武子不信。其人曰："枉不可受，當訟府君於天。"武子終年疾困，此人見形，云："府君當去矣。"遂卒。〇《類説》。《事文類聚》後集十六引。案:事見《廣記》一百二十九引《還冤記》,然顔之推生於殷芸之後,必非《小説》所引也。蓋其先已見他書,殷、顔同據之耳,今《還冤記》作漢時王濟,乃刻本之誤。

吾彦 吾,原作"伍",今改。吾彦爲交州刺史,見《晉書》本傳。爲交州時,林邑王范能《晉書·林邑傳》作"范熊"。獻青白猿各一口。○《北户録》注一引《小説》。

《殷芸小説》卷九

晉江左人

裴僕射頠,時人謂言談之林藪。原注:出《頠别傳》,此卷晉江左人。○《續談助》。案:《頠别傳》未見他書引用。

士衡在座,安仁來,陸便起去。潘曰:《説郛》作"安云"。"清風至,塵飛揚。"陸應聲答曰:"衆鳥集,鳳皇翔。"原注:出《語林》。○《續談助》。《説郛》。

士衡河北都督已遭閒搆,内懷憂懣,聞其鼓吹,謂司馬孫遊 當作拯,孫拯,《晉書》附《機傳》。曰:"我今聞之,不如聞華亭鶴唳。"原注:出《小史》。○《續談助》。案:《隋志·雜史類》有《小史》八卷,不著撰人,遺文僅見於此。又案:事見《世説·尤悔篇》注、《書鈔》一百二十一、《御覽》三百三十八引《語林》。《世説》注作"孫丞",《書鈔》作"孫掾",《御覽》作"孫極",參互考之,知皆"孫拯"之誤。

蔡司徒説,在洛見陸機兄弟,住參佐廨中三間瓦屋,士龍住東頭,士衡住西頭。○《困學紀聞》二十引。案:此出《世説·賞譽篇》。

後分華亭村南爲黄耳村,以犬冢爲號焉。○紹熙《雲間志》卷上古蹟黄耳塚條引,至元《嘉禾志》卷十四引。

劉道真年 原作"言",據《御覽》引《語林》改。十五六,在門前戲,鼻上《語林》作"弄塵",此以字形相近,又涉下文而誤。垂鼻涕至胸。洛下少年乘車從門前過曰:以上二十八字《紺珠》作"有人見劉道真曰",《類説》作"洛下人見劉道真曰"。"此少年甚坰塠。"《説郛》原注曰:上呼回反,下徒推反。《紺珠》作"哅啅",《類説》作"蛔啅",後並同。劉隨車後問此言爲善惡,答以爲善。《紺珠》作“道問此言佳否,云佳”。《類説》作“劉問此言善否,云善”。劉曰:《紺珠》作“道真曰”。“若佳言,令你翁《紺珠》作“汝翁”,《類説》作“若翁亦”。垌𡋯,你母亦《紺珠》無“你”字、“亦”字。《類説》“你”作“若”。垌𡋯。”《紺珠》此下有“呼回徒推反”五字,乃小注,誤入正文。〇原注:《雜記》。〇《説郛》。《紺珠集》。《類説》。案:此事亦見《御覽》三百八十五引《語林》。

阮瞻作《無鬼論》,忽有人謁阮曰:“鬼神之道,古今聖賢共傳,君何獨言無?即僕便是。”忽異其形,須臾消滅。後年餘,遇病而卒。原注:出《列傳》。〇《續談助》。案:“列傳”當作“别傳”,《瞻别傳》不見他書,此事見《御覽》六百十七,《廣記》三百十九引《幽明録》,較此爲詳。

宋岱爲青州刺史,禁淫祀,著《無鬼論》,人莫能屈,鄰州咸化之。《類説》無此二句。後有,《類説》無“有”字。一書生詣岱,岱理稍屈,生乃振衣而起 二句《類説》無。曰:“君絶我輩血食二十餘年,《類説》此下有“以”字。君有青牛髯奴,所以 二字《類説》無。未得相困耳。《類説》無“耳”字。今奴已叛,牛已死,此日《類説》誤作“自”。得相制矣。”言訖失書生,五字《類説》無。明日而岱亡。《類説》作“明日岱卒”。〇原注:出《雜記》。〇《續談助》。《類説》。案:《廣記》三百十七引作《雜語》,蓋《雜記》之誤,似即從《小説》轉引。然其文反較此爲詳,疑晁伯宇、曾慥皆有所删節也。《御覽》五百及五百九十五、八百八十四、八百八十九引《語林》,皆有此事,亦不如《廣記》之詳。又案:《隋書·經籍志》有《周易論》一卷,晉荆州刺史宋岱撰。《唐書·藝文志》有宋處宗《通易論》一卷。《藝文類聚》九十一引《幽明録》曰:“晉兖州刺史沛國宋處宗嘗買一長鳴鷄,恒籠著窗間,鷄遂作人語,與處宗談論。”《金樓子·雜記篇》曰:“宋岱之鷄猶解談説。”據此,知岱字處宗,沛國人。《御覽》五百及八百八十四作宗岱者,非也。姚振宗《隋志考證》一據《晉書·惠帝本紀》太安二年三月李特攻陷益州,荆州刺史宋岱擊特,斬之,《華陽國志·大同志》,荆州刺史宋岱水軍三萬次墊江;太安二年五月宋岱病卒墊江;及《小説》此條,稱岱爲青州刺史,《晉書·孫旂傳》稱襄陽太守宗岱,《隋志》“總集類·明真論”條下稱兖州刺史宗岱,以考其生平始末。今案:《華陽國志》既稱岱以荆州刺史卒於軍,則此條謂岱卒於青州者,已不足信,其果否嘗爲青州刺史,亦不可知也。

孫興公常著戲頭,與逐除人共至桓宣武家,宣武覺其應對不凡,推問乃驗也。〇《説郛》二十五《荆楚歲時記》引《小説》。案:《説郛》《歲時記》雖不完,猶是就原本删節,今本乃明人所輯録,此條即從《説郛》輯出。又案此事不見他書，惟《建康實録》八引《孫綽傳》曰："京師每歲除日行儺令，所謂逐除也，結黨連群，通夜達曉，家至門到，責其送迎。孫興公嘗著戲爲儺，至桓宣武家，宣武覺其應對不凡，推問之，乃興公。"今《晉書·綽傳》無此語，疑是臧榮緒《書》之文，可與此條互證。

《殷芸小説》卷十

宋人 案：《續談助》所載諸卷次第數之祇九卷，至晉江左人止，無宋人。然《書録解題》言其書首題秦漢魏晉宋諸帝，又云其述事止於宋，則當有宋人審矣。今爲補題之如此。

昔傅亮北征，在河中流。或人問之曰："潘安仁作《懷舊賦》曰：前瞻少室，旁眺嵩丘。嵩丘太室一山，何云前瞻旁眺哉。"亮對曰："有嵩丘山，去太室七十里，此是寫書誤耳。"○《文選》十六《懷舊賦》注引《小説》。

附録

齊宜都王鏗，三歲喪母。及有識，問母所在，左右告以早亡，便思慕蔬食，祈請幽冥，求一夢見。至六歲，夢見一婦人，謂之曰："我是汝之母。"鏗悲泣。旦説之，容貌衣服，事事如平生也。○《御覽》四百十一引《小説》。案：此書叙事終於宋，不得有齊事，此所引當是唐劉餗《小説》。

鄭餘慶處分廚家：爛蒸去毛，莫拗折項。客以爲必是鵝鴨，乃是爛蒸葫蘆。○《海録碎事》六引《商芸小説》。案：鄭餘慶，唐人，安得見於殷芸書？《廣記》一百六十五引此作《盧氏雜説》，《海録》誤耳。

學者當取三多：看讀多，持論多，著述多。三多之中，持論爲難，爲文須辭相稱，不然同乎按檢，無足取。○《海録碎事》十八引《小説》。案：此絶不似六朝人語，檢《類説》卷五十三引楊文公《談苑》，正與此同，但無"爲文須辭相稱"以下數句耳。

楊家將故事考信錄

序

清代錢辛楣學術極博，於書無所不窺，然甚惡小說，嘗作《正俗篇》，以為小說專導人以惡，有覺世牖民之責者，宜焚而棄之，勿使流播。見《潛研堂文集》卷十七。余以為不然。《漢書・藝文志》稱小說家出於稗官，街談巷語道聽塗說者之所造。夫街巷之閒，人之所聚集，其談說告語，所謂輿人之誦也。人生而好善，豈有羣衆相聚，言不及義，而專導人以惡者乎？故小說之當存與否，亦視其書何如耳。余賦性疏愚，不通人事，雅好讀書，時時作為考證文字，偶有會心，輒欣然獨笑，自以為得意，舉以告人，人或不解。而余讀書愈多，於世事益無所解，遂憤然不復與世接。由是杜門卻掃，息交絕遊者，七八年於茲矣。年老多病，心力日衰，向所讀書，愁屏去不觀，遂瀏覽小說以自誤。積習所在，又復弄筆有所評議，以為藉通俗之書以達吾之所見，無非常異義可怪之論，迂闊遠於事情之說，持此問世，庶幾其許我乎？歲在乙卯，偶讀《水滸傳》，證之以李燾、徐夢莘之書，知宋江為張叔夜招降後，確曾從征方臘，擒其將相。其後徽宗大舉征遼，楊志實為統制官，將選鋒軍以從。及高宗南渡，關勝守濟南，力戰不降，遂為劉豫所殺，故作者以忠義許之。彼豈導人以惡者哉？於是作《宋江三十六人考實》，凡十餘篇。楊志征遼，以大敗歸，關勝雖能死節，然以稗將守一隅，於國無大利害。作者以此諷世，猶未足以作忠義之氣也。今年五月，無意中得《楊家將通俗演義》，日長無事，取而讀之，其文去《水滸傳》遠甚。然楊業祖孫三世，皆欲為國取燕雲以除外患，其識乃高過趙普等，使當時能用其言，則金元無所憑藉以起，靖康之辱，祥興之禍，皆可以不作。且業有無敵之名，遼人望見旌旗輒引去，隱然若一敵國，故曾鞏作《隆平集》，元人修《遼史》，皆以業之生死定遼、宋之盛衰。業既被禽，遼人欲重用之，業義不負國，遂不食以死。以區區一身，關係之重如彼，忠貞之節復如此，豈不誠大丈夫哉！此所謂國亡之後，遺民歎息歌詠楊家將，久而不置也歟？小說雖出於街談巷議，然《春秋》攘夷之義，詩人匪風下泉之思存焉，何可非也？當元之時，天地閉，賢人隱，晦盲否塞極矣。物不可以終否，《楊家將》之作，如《板蕩》之刺時，《雲漢》之望中興，其殆大義之未亡，一陽之復生者歟？今之戲劇，多出於小說，《楊家將》諸劇，雖膾炙人口，然以罵潘美姦賊，為人所詬病，余以為此實元人之遺說，未必毫無所本。於是發憤取羣書考之，乃知美實忌功妒能，逼業赴敵，而按兵不救，以坐視其死，故蘇子由作無敵廟詩，欲誅美以慰業。又知業雖敗於朔州，實死於古北口，顧亭林疑業不應有廟在此者，非也。既得業之始末，因遍讀元人書，而得劉因、郝經之詩，皆以宋之亡，歸咎於不取燕雲，益信《楊家將》雖小說，而實一時人心之所同，故能與學者之作相表裏。其後元之所以亡，明之所以興，其幾蓋在於此。錢辛楣乃謂小說專導人以惡，夫豈其然？屬稿既定，名之曰《楊家將故事考信錄》，凡四篇，將以俾好事者覽觀焉。其或者有所感發也乎？一九四五年七月三十一日武陵余嘉錫書於北平不知魏晉堂。

故事起源第一

自教育不興，人多不識字，真能讀書者尤少。鄉曲陋儒，幾不知歷史為何物。販夫走卒、纖兒村婦之流，茶餘酒後，促膝抵掌，侈口而談史事，聽其所言，大率荒謬無稽，不出於小說，必出於戲劇，而以戲劇之所常演者為尤多。良以讀小說者猶必略識幾字，粗解文義，始能口講指畫，固非盡人所能辯也。至於戲劇，本來自民間，自鄉村以至市鎮必有神祠，祠之大者必有戲臺，凡民間之祈請報賽，必於此演劇，至於農民收穫之後，演戲酬神，輒於廣場掃地支棚，謂之草臺，召江湖班定期演唱，往往至十數日不止，遠近男婦，襁負兒女，聞風麕集，摩肩企踵，窮日夜不厭。咸同以後，北京之茶園盛興，外省亦起而仿傚，人民持數十錢，即可聽戲一日，歸則逢人津津樂道，眉飛色舞，甚或戟指怒罵，皆劇中故事也。有解事者,或為徵引史傳,正其謬誤,輒掉首不信。故戲劇之力,入人為深。

胡應麟《莊嶽委談》卷下。曰:"今世俗搬演戲文,蓋元人雜劇之變,而元人雜劇之類戲文者,又金人詞說之變也。"又曰:"凡傳奇以戲文為稱也,亡往而非戲也。故其事欲悠謬而無根也,其名欲顛倒而無實也,反是而求其當焉,非戲也。"胡氏此說,可謂知戲矣。

今日崑、弋、皮黃諸戲劇之所搬演,大抵取材於小說及元人雜劇,或雜劇與小說互有之。如《梁山泊》諸劇,出於《水滸傳》,《水滸傳》為羅貫中所作,姓名不見《錄鬼簿》,其人當在元末,或已入明。鍾嗣成《錄鬼簿》自序,題至順庚午,為元文宗至順元年,其後三十七年而元亡。其先已有高文秀等所撰黑旋風及其他梁山人物諸雜劇二十餘本,見《錄鬼簿》及《也是園書目》《太和正音譜》等書。與《水滸傳》或合或不合,而元雜劇之前,已有《宣和遺事詞話》,頗記宋江三十六人事,蓋采自南宋說書人所用話本,猶之三國諸劇,出於宋人之說三分也。吳自牧《夢粱錄》卷二十。曰:"凡傀儡敷演烟粉、靈怪、鐵騎、公案,史書歷代君臣將相故事,話本或講史,或作雜劇,更有弄影戲者,熟於擺布,立講無差,其話本與講史書頗同,大抵真假相半是也。"由此觀之,凡元雜劇之所演,蓋皆脫胎於話本,特話本今不傳,遂莫知其所本耳。

話本既真假相半,及改為雜劇,又復有所增損塗飾,然猶出於文人作者之手,事雖謬而文尚工。洎至明清好事之徒,更取宋元人所寫故事,撰為通俗演義,編為戲劇,以流俗人之所知,易其所不知,遂盡去其古典之詞,務求明白易曉而其事實乃愈變愈舛,去史傳之所紀載者益遠矣。陸放翁詩云:"斜陽古柳趙家莊,負鼓盲翁正作場,死後是非誰管得,滿村聽唱蔡中郎。"戲劇中故事與史不符,亦若此而已。

《記》曰:"凡音者,生人心者也,情動於中,故形於聲,聲成文謂之音。"又曰:"人生而靜,天之性也,感於物而動,性之欲也,物至知知,然後好惡形焉。"是故時無論古今,樂之形於聲者必不遠於人情,發言有美刺,聞聲有喜怒,皆足以覘人情之所好惡焉。元之雜劇,今之戲曲,非即當時之樂乎?聞其聲以辨其詞,考其作者之時與地,知其情之所以動,心之所由起,則其為何所感而發昭昭矣。蔡中郎之盲詞演而為傳奇，是非雖謬於史，而說者謂為薄倖王四而作，見《靜志居詩話》。然則盲詞俚曲，亦必有所為而為，患在後之人不知其本起，故聞其樂，不足以知其政耳。

今戲劇之所搬演，除《東漢》《三國》《水滸》《說岳》《封神》《西遊》諸戲外，尤以演《楊家將》者為多，大約無慮數十本，而《四郎探母》《李陵碑》《紅羊洞》諸劇，以為譚派鬚生所常演，尤盛行一時，雖婦人孺子，無不知有老令公、佘太君、楊六郎者。按其事蹟，率無中生有，與《宋史》及《續通鑑長編》等書多不合。清代學者不讀雜書，莫知其所自出，遂雜引史傳以正之，如翟灝、俞樾、李慈銘諸家，其所考證有是有非，終不能得其根柢。戲劇雖小道，而欲窮其正變，辨其譌謬，非精思博采不為功。

余以為楊業父子之名，在北宋本不甚著，今流俗之所傳說，必起於南渡之後。時經喪敗，民不聊生，恨胡虜之亂華，痛國恥之不復，追惟靖康之禍，始於徽宗之約金攻遼，開門揖盜。因念當太宗之時，國家強盛，儻能重用楊無敵以取燕雲，則女真蕞爾小夷，遠隔塞外，何敢侵陵上國？由是謳歌思慕，播在人口，而令公六郎父子之名，遂盛傳於民間。吾意當時必有評話小說之流，敷演楊家將故事，如講史家之所謂話本者。蓋凡一事之傳，其初尚不甚失實，傳之既久，經無數人之增改演變，始愈傳而愈失其真。使南宋之時，無此類話本，則元明人之詞曲小說，不應失真如此也。

宋元人評話，傳者甚少，《永樂大典》所收數十部，紀昀《閱微草堂筆記》卷十六自注云："優人演說故事，謂之平話，《永樂大典》所收尚數十部。"案：《永樂大典》目錄去聲十六禡話字韻，載第一萬七千六百三十六，至一萬七千六百六十一，凡二十六卷，皆評話，蓋即紀文達所謂數十部，惜不載其細目。今已不存，有無楊家將故事不可知。宋末謝維新《合璧事類後集》卷六十三。云："真宗時楊畋，字延昭，為防禦使，屢有邊功，天下稱為楊無敵，夷虜皆畫其象而事之。"元富大用《事文類聚外集》卷五略同，末多"云以禦鬼疾"五字。案：畋，字樂道，保靜軍節度使重勛之曾孫，進士及第，嘗及湖南傜人之亂，奉使契丹，以曾伯祖業嘗陷虜，辭不行，官至龍圖閣直學士，知諫院，卒，贈右諫議大夫。事詳《宋史》卷三百。本傳及《續通鑑長編》。

畋乃業之姪曾孫，延昭之族孫，雖以文人立邊功，然未嘗官防禦使。楊無敵乃楊業之號，於延昭無與。維新將三人之事互混為一，是真街談巷議目不覩史者之所為。疑由評話家隨意捏合，不求甚解，以至如此。維新陋儒，遂采用之耳。若吾言不謬，則當南宋之末，楊家將故事必已徧傳民間矣。

宋末元初人徐大焯作《燼餘錄》，其甲編曰："興國五年，太宗莫州之敗，賴楊業扈駕，得脫險難。業，太原人，世稱楊令公，仕北漢建雄軍節度使，隨劉繼元降，授右衛大將軍，代州刺史。先是，帝出長垣關，敗契丹於關南，旋移軍大名，進戰莫州，遂為契丹所困。楊業及諸子奮死救駕，始得脫歸大名，密封褒諭，賜賚駢蕃"云云。以下與《宋史·楊業傳》同，故不錄。案：宋太宗伐契丹，敗於幽州，非莫州也，事見《宋史》卷四《太宗本紀》及《續通鑑長編》卷二十。然紀敘極不詳。至楊業父子救駕，則絕不見他書，獨元雜劇及今小說有之耳。蓋官書之所諱言，流傳於故老之口，其事容或有之，未必純出於捏造。大焯又言業長子名淵平，四子名延朗，七子名延嗣，延昭子名宗保，世稱楊家將，則但與小說合，與《宋史》及雜劇皆不同，此必當時之《楊家將評話》如此。惜乎其書已佚，不可復見也。

《評話》既不可見，所可見者元雜劇而已。臧懋循《元曲選》丁集上，有《謝金吾詐拆清風府》一本；戊集下有《昊天塔孟良盜骨》一本；《也是園元明孤本雜劇》第二十二冊，有《八大王開詔救忠臣》《焦光贊活拏蕭天祐》《楊六郎調兵破天陣》各一本，皆不題撰人名氏。考鍾嗣成《錄鬼簿》卷下，著錄方今才人相知者所編樂府，中有朱凱撰《孟良盜骨殖》，王仲元撰《私下三關》各一本。王國維《宋元戲曲考》，歷舉今存元劇目錄以《元曲選》之《昊天塔》，為即朱凱所作，蓋是也。而《私下三關》乃不著於錄。余案謝金吾劇中有六郎白云"我要私下三關，探望母親，走一遭去"，其篇末題目正名云"楊六使私下瓦橋關，謝金吾詐拆清風府"，然則王仲元所撰之《私下三關》，與《謝金吾》劇同實而異名，王氏未之詳考耳。

此五劇之所演，雖非楊家將之全，而大體已具，今即其詞以考其意，如《謝金吾》劇第四折清江引云："謝得當今聖明主，不受姦臣悞，把清風樓重建一層來，着楊六郎元鎮三關去，直把宋江山扶持到萬萬古。”案：鍾嗣成《錄鬼簿》成於至順庚午，自言與王仲元交有年，當仲元作此劇時，宋已亡，元人混一中國已久，而欲扶持宋之江山，至於萬萬世，此何為者耶？豈非因宋屢敗於金元，疆埸日蹙，以至於亡，追思守邊之臣，若盡如楊六郎，則四方守禦，固如金湯，宋可不亡耶？《昊天塔》劇第一折，令公唱云：“你若是和番家忘了戴天讐，可不俺望鄉臺枉做了還家夢。”又云：“須念着父子每情重，休使俺幽魂愁殺這座梵王宮。”第四折楊和尚唱云：“傷也麼情，枉把這幽魂陷虜城。”案：楊業骨殖懸於昊天寺塔上，本無其事。辯詳第四篇。劇中立言所以如此者，疑指楊髡發陵事言之也。初，徽、欽二帝葬五國城，高宗祈請於金人，迎梓宮歸葬。宋末臨安既破，元江南釋教總統楊璉真伽發宋諸陵，徽、欽梓宮內空無一物，只得朽木一段，及木燈檠一枚而已。蓋二帝遺骸，飄流沙漠，初未嘗還，見周密《癸辛雜識》後集。陶宗儀《輟耕錄》卷四記密說略有不同。畢沅《續通鑑》卷百八十四考異據《金史》以為欽宗之柩終於不返，駁密所記為疏舛。其事在至元戊寅，下距嗣成作《錄鬼簿》時，不過五十年。作此劇之朱凱，即為《錄鬼簿》作序者，蓋嘗聞其事而悲之，故託於孟良盜骨殖以寫其意，欲以激厲天下之臣子，毋忘不共戴天之讐，非為楊氏作也。

也是園藏本所存楊家將諸劇，雖不題名氏，觀其風度，實元人所作。如《開詔救忠臣》劇第二折，令公白云：“見如今邊關上，都是這亂臣賊子，倒惹的侵犯大邦也。”六郎唱云：“見如今邊關鬧吵，賊情傳報。”令公白云：“某殺他個拱手而降。”六郎唱云：“我直教那番兵納禮拱皇朝。”《活拏蕭天祐》劇第四折《川撥棹》云：“你今日犯邊疆，統賊兵，起戰場，擺列着戈戟刀鎗，英勇兒郎，改不了醜虜腥羶氣象，撥妖氛，有甚强。”《破天陣》第四折《滾繡毬》云：“也則是託賴着聖明君，百靈助，齊天福大，方顯俺大將軍，用機謀，施展我這雄才，我則待播清風着萬古揚，留名譽在青史載，俺只願的社稷安寧，我保山河永泰。”諸劇詞氣不平如此，必宋遺民之所作也。當是時，國已亡，天下之人猶追恨姦臣，痛詈醜虜，願保山河社稷。幸而此言發於元時，外族不甚通漢文字，無過而問者。使發於清雍、乾之世，必掇赤族之禍，縱幸而不死，亦必不免給披甲人為奴矣。元人敢形之於言,後之人則不敢言而敢怒,中國雖敗亡,而人心終不屈服於强敵,無古今一也。

元人恃其兵力以征服中國,得其地,得其人,而不能得其心,戲劇所表演者如此,民之蓄怒深矣。書曰:"時日曷喪,子及女偕亡。"民欲與之偕亡,故崖山破後,不九十年而天下大亂,遂魚爛土崩而不可救。明太祖興,卒驅之於關外,人心大快,作為詩文,莫不醜詆胡元。閭里之間,沿勝國之遺風,猶喜說楊家將故事。試觀明人著述,如宋濂《楊氏家傳》,稱楊業為宋贈太師中書令,而以延朗之子為充廣;《宋學士文集》卷三十一。王世貞《宛餘編》,卷六。引市巷俚歌謂延昭子名宗保,宗保之子乃名文廣;顧炎武《天下郡國利病書》,載地名楊六郎寨、孟良寨之類者凡數處,見第十七冊。其他山經地志,似此者尤多,流傳之廣可知也。好事之徒,遂依據元劇,加之傅會,編為演義,蓋欲以供說書人登場之用,猶之宋人評話云爾。

此類演義,不知幾家。余所見者凡二本,甲本題《新鐫楊家府世代忠勇演義志傳》,凡八卷五十七回,無第幾回字。始宋太祖受禪登基,終懷玉舉家上太行。《演義》以懷玉為文廣子。稱秦淮墨客校閱,煙波釣叟參訂,皆不知何人。首有萬曆丙午秦淮墨客序,自言於斯傳三致慨焉,則非其所撰著,殆因舊本校閱之而已。此本假之孫君楷第。

乙本封面題《繡像南北宋志傳》,分為前後集,每集皆十卷五十回,自為起訖。前集題《新鐫玉茗堂批點按鑑參補繡像南宋志傳》,研石山樵訂正,織里畸人校閱。自第一回董節度應識興王,董璋。石敬瑭發兵征蜀起,至第五十回宋祖賜宴待劉鋹,曹彬誓衆定江南止,有序一篇,稱織里畸人書於《玉茗堂》。後集題《新鐫玉茗堂批點按鑑叅補北宋楊家將傳》卷一無"北宋"二字,此其卷二以下所題。訂正校閱人與前集同。自第一回北漢主屏逐忠臣,謂呼延廷。呼延贊激烈報仇起,至第五十回楊宗保平定西夏,十二婦得勝回朝止,亦有一序,末署"萬曆戊午中秋日,玉茗主人題"。雖分兩集而敘事前後相貫,實一書也。此本余購得之,今歸輔大圖書館。其前集序曰:"史載有天下之事,傳志之所言,布衣之行也。然鑿譔探奇,奇聞乃隱,馮臆創異,異政未傳,此亦葉公之好,非真龍也。"其言於此書深致不滿。後集序曰:"北宋太祖既沒,神武遂微，志傳所言，則盡楊氏之事，史鑑俱不載，豈其無關政紀，近於稗官曲說乎？《宋史》顯著楊業偉績，獨其一家兄弟妻妹之事，存而弗論，作傳者特於此暢言之云云。”此序不見《玉茗堂全集》，不知是湯顯祖所作否。於楊家將傳，亦頗著微詞，知其所據皆前人舊本而非作序者之所為也。特其書究出於何時，成於何人之手，終不可知耳。

是書前集起於唐明宗天成元年石敬瑭出身，至宋太祖平定諸國止，見後集卷首案語。幾乎包羅五代，但闕朱梁及唐莊宗二十一年之事耳，而名為《南宋志傳》，絕不可解。作者雖非通人，亦不應荒謬至此。及取其書細審之，凡每卷大題及逐葉書口之南宋字，皆與上下文大小不一律，即序末“玉茗堂”三字亦特大。復讀其序有曰：“史載宋太祖行事，類多儒行翩翩，五代以來誼主，及攬《五代傳志》，於正史乃不盡符”云云。不覺恍然大悟。蓋此書舊版本作《五代志傳》，後為書賈剜改為“南宋”字，以與《北宋志傳》相配，而不知其不可通。織里畸人自稱書於某地，亦改為“玉茗堂”，欲與後集之序，並託湯顯祖之名以行。無知妄作，一至於此，可謂心勞日拙者矣。

元雜劇之前必先有話本，前已言之。今所傳《三國志演義》《忠義水滸傳》，蓋即出於元之評話。話本之體，本自真假相半，故章學誠嘗謂《三國演義》，七分實事，三分虛構。見《章氏遺書》外編《丙辰劄記》。《楊家將演義》，是否明人就元之評話所改造，何者錄自元本，何者為所增入，皆不可知。但以楊家將事不如《三國》之多，故僅有三分實事，七分純出於虛構。其人文學遠不如羅貫中，故其運用史傳，不能融會貫通，憑空構造，不能切合情理。元雜劇中之事，此兩本皆有之，而鄙俚又甚焉。自大破天門陣以下，天門陣事，《楊家將演義》在卷四，《北宋志傳》名“南天陣”，在卷七。牛鬼蛇神，無理取鬧，閱之令人作三日惡，其詞句雖頗明順，然文言與白話並用，亦復雅俗不侔，固當等之自鄶，不欲多所論列。惟今之楊家將戲劇，十九出於此書，嘗以兩本比較，似同出一源。但甲本敘事，自楊業起，至楊懷玉止，皆楊氏一家之事。乙本前集自石敬瑭起，純敘國事，後集始及楊家，為不同耳。

乙本前集本名《五代志傳》，乃去朱梁一代及後唐初年之事，突自石敬瑭敘起，其故何也？且何以與後集楊家將事聯合為一耶？非以敬瑭割燕雲十六州以與契丹，開中國無窮之禍，其後靖康之亂，崖山之亡，胥種因於此，故痛恨敬瑭，追思楊業父子不置也耶？其中大事，皆以詩為論斷。第一回詩云："中原離黍亦堪悲，妖孽縱橫社稷危，不過數年緣借助，北胡南指入京畿。"第五回詩云："底事遲疑惱石郎，甘臣胡虜滅天常，潞王未返懷州駕，無奈天心屬晉陽。"又云："君國子民天所命，石郎甘忍事腥羶，中原割與從夷狄，魚肉生靈四百年。"第八回詩云："堂堂中國忽臣夷，屈節卑辭失遠□，缺字。不出半年宗社絕，看將遺事亦堪悲。"第十一回詩云："紛紛五季幾春秋，屈事强胡不自羞，痛恨智疏傾晉社，罪名未易記牙籌。"其詞皆中《春秋》之義，嚴夷夏之防，尤以第五回第二篇為最軒豁呈露，所以歸罪敬瑭者深矣。以與吾後篇所舉劉因、郝經之詩較，若出一口，則《楊家將》之原本，必出自元人評話無疑也。

流傳因果第二

宋元人紀傳編年之書，凡紀楊氏事者，大抵本之國史實錄，今《太宗實錄》僅存十二卷，中多殘闕，故無楊業事。故文有詳略而其辭皆同。其他雜史傳記雖夥，幾無一字及之者，即詩文題詠，亦止有蘇頌、劉敞、蘇轍，過楊無敵祠數詩耳。見後。蓋宋人懲於唐五代藩鎮之禍，又以太祖自殿前都點檢為天子，遂動色相戒，深忌武臣，僅一狄青起行伍，至大位，功名稍盛，韓琦即務摧抑之，歐陽修、劉敞亦以為慮。其重文輕武若斯，國家之所以積弱以至於亡，未必不由於此。況楊業及延朗，雖負重名，未嘗杖鉞專征，功績不甚煊赫。其不為士大夫所稱道，亦固其所。

雖然，此特文人之見耳，至於庶民之好惡，則殊不然。苟有人能為之滅賊殺敵，則仰之如天神，親之若父母，惟恐其不尊且安也。故狄青為樞密使時，京城小民聞青驟貴，相與推說訟詠其材武，每出入輒聚觀之，至壅路不得行，見《續通鑑長編》卷一百八十三。士卒亦指目以相矜誇，見《宋史》卷二百九十《狄青傳》。其為人所企慕如此。金院本中即有

《說狄青》一本，見《輟耕錄》卷十五。元雜劇又有《狄青撲馬》、見《錄鬼簿》。《狄青復奪衣襖車》，見《也是園書目》。各一本，而《五虎平西》小說，至今猶盛行，其端蓋起於宋時。從來士大夫之議論，與流俗不相合，往往如此。士大夫未必是，流俗未必非也。

及至南北宋之交，女真入寇，盜賊蠭起，生民之禍亟矣，殺其父兄，係累其子弟，燬其廬墓，掠其衣食，轉徙流離，置身無所。幸而中興諸將，櫛風沐雨，出死入生，破金人，平流寇，振斯民於水火而登之衽席，其中以岳飛之功為尤高，雖婦人孺子，無不知有岳家軍者。洎秦檜害飛而天下之人心為之不平，說岳之傳，殆即萌芽於此。元雜劇亦遂有《宋大將岳飛精忠》，見《也是園書目》。及《秦太師東窗事犯》，《錄鬼簿》有孔文卿、金仁傑所撰雜劇各一本，《永樂大典》目錄卷一萬二千九百七十九，又有無名氏《秦太師東窗事犯》戲文。蓋因四方之不守而思猛士，且追源猾夏之始，遺恨失於滅遼，於是楊氏父子，亦盛為人所稱說。宋寶祐時謝維新作《合璧事類》，敘楊延昭事譌其名為楊畋，且以其父無敵之名屬之延昭，與元雜劇雖異而妄同。維新之書頗不苟，此條乃荒謬至此，知必采自俚俗傳聞而非出於故書雅記也。案是時元兵方入寇，淮西四川，皆為所陷，楊家將故事之盛行，蓋由於此。然則吾謂其說起於人心之思宋，不既信矣乎？

難者曰：《記》云："雖善無徵，無徵不信，不信民弗從。"子言宋亡之後，人心因仇金元而追恨契丹，想當然耳。於文獻有徵乎？曰：惡在其無徵也。吾嘗讀宋以後人之書矣。《通鑑·後晉紀》卷二百八十。曰："石敬瑭遣間使求救於契丹，約事捷之日，割盧龍一道及雁門關以北諸州與之，契丹主大喜，白其母曰，兒比夢石郎遣使來，今果然，此天意也。"胡三省注曰："自是之後，遼滅晉，金破宋，此下刻本闕十六字。今之疆理，西越益寧，南盡交廣，至於海外，皆石敬瑭捐割關隘以啓之也，其果天意乎？"身之書成於元，其所謂今，指元言之也。西越益寧，南盡交廣者，謂滅宋而有之也。王應麟《通鑑地理通釋》卷十四。石晉十六州考曰："周世宗取瀛、莫二州而十四州終淪於異域，藝祖出幽燕圖示趙普，普以為其難在守。宣和姦臣與女真夾攻，得燕山雲中空城，而故都禾黍，中夏塗炭矣。《易》師之上六曰，小人勿用，必亂邦也。余為之感慨而通釋終焉。"《通釋》自序題上章執徐者,至元十七年庚辰,即宋亡於崖山之明年也。語雖不及元而意與身之同,此非以宋之亡推本於石晉之賂遼歟?

難者曰:身之伯厚,雖終於元,然皆宋之遺老抱西山之節者也,其言如此,既聞命矣。敢問元人之書,亦有徵乎?曰:有之。趙江漢雖生於身之伯厚之前,而以身已入北,《元史》有傳,世固以為元人也。其《再渡白溝詩》云:"瘦馬柴車出白溝,河山依舊繞神州,都將百萬生降戶,換得將軍定遠侯。"《元詩選》癸集甲。白溝為遼宋分界之處,言宋之疆土雖蹙而宗社如故也。江漢先生名復,德安人。元太宗伐宋,以德安嘗逆戰,俘戮其民數十萬,姚樞即軍中求儒生,復在其中,强之使北。見《元史》卷一百八十九《儒學傳》。此詩必入北後過白溝所作。"百萬生降戶",指同時被俘者。是亦以元之侵掠中國,歸咎於遼也。劉靜修因有《渡白溝古詩》云:"只知南北限長江,誰割鴻溝來此處。三關南下望風雲,萬里長風見高舉。萊公灑落近雄才,顯德千年亦英主。十年鐵硯自庸奴,五載兒皇安足數。當時一失榆關路,便覺燕雲非我土。"又云:"漁陽撾鼓鳴地中,鷓鴣飛滿梁園樹。黃雲白草西樓暮,木葉山頭幾風雨。只應漠漠黃龍府,比似愁崗愁更苦。"全篇見後。郝伯常經。有《登昊天寺寶嚴塔詩》云:"燕雲割山河,神州疆理蹙,稱臣又呼父,萬古天王辱。"《陵川集》卷三,此詩前後皆寫景語,故不錄其全篇。又《白溝行》云:"易水南邊是白溝,北人為界海東頭,石郎作帝從珂敗,便割燕雲十六州,世宗恰得關南死,點檢陳橋作天子。漢兒不復見中原,當日禍基元在此。"又云:"孫男北渡不敢看,道君一去何時還。誰知二百年冤孽,移在江南蜀漢間。"又《入燕行》云:"何如石晉割燕雲,呼人作父為人臣,偷生一時快一己,遂使王氣南北分。天王幾度作降虜,禍亂滾滾開其源。"以上二詩,全篇皆見後。此數詩皆以靖康北狩之禍,歸罪石敬瑭。伯常所謂二百年冤孽移在江南者,明明指出宋元之釁,啓於宋人約元攻金以報二帝之冤,自靖康至元憲宗時,不過一百二十餘年,云二百年,舉成數也。後乃敗盟失和,遂至兵連禍結也。其詞皆激昂慷慨,真瀉胸中所欲言,非復尋常弔古而已。靜修又有《白溝七律》云:"寶符藏山自可攻,兒孫誰是出羣雄,幽燕不照中天月,豐沛空歌海内風。趙普元無四言志，澶淵堪笑百年功。白溝移向江淮去，止罪宣和恐未公。”影元本《靜修文集》卷十，“公”原作“平”，據《元詩選》甲集改。“寶符藏山”者，謂宋太祖嘗置封樁庫，積金帛以謀取幽薊，會晏駕不果，見《續通鑑長編》卷十九。故用趙簡子藏符常山事見《史記・趙世家》。以比之，惜其子孫孱弱，不克繼承先志。太祖雖欲取燕而趙普力諫以為不可。澶淵親征，號稱奇功，止是增歲幣以就和，不能大有所為。結句則但責高宗之棄中原，不以宣和海上之盟為非也。夫趙普之諫取燕雲，真宗之與遼盟誓，宋人之所艷稱也。結女真、蒙古以攻遼金，又論者之所深罪也。而靜修之言如此，則以身居異代，無利害之見攖其中，故能深究終始耳。己則不能自強，縱不與之借兵，彼既滅遼取金而與我為鄰，能保其不荐食上國乎？若謂敵不可啓，寇不可玩，則唐嘗用回紇、吐蕃之兵以滅賊而無後患，無他，國猶有人故也。宋之亡不亡，不繫乎借兵與否亦明矣。伯常《峼山陵行》云：“五國興王兵一旅，並滅兩家都一鼓。燕雲忽使遼作金，汴洛遽令齊代楚。乾坤入手肯與人，根本未牢難遂取。漢人且使漢人看，一旦不須煩再舉。”全篇見後。此雖詠金事，而實陳古以刺今。元之不滅宋不止，夫固知之矣，後之力說世祖與宋和，身為之使，不過欲少延中國數年之命以待其有為耳，豈真以為可以弭兵耶？夫靜修、伯常，其祖父皆金之人，身又仕元，而乃係心中國，深恨宋之不能取燕雲，況宋之遺民，抱亡國之痛，未嘗食元之祿者乎？目覩君父之讎，肆然而為帝，行其虐政於天下，忍之則不可，言之則不敢，宜乎發憤於楊六郎、岳武穆，抵掌而談，眉飛色舞以舒其抑鬱不平之氣，觀元雜劇可以知之矣。充此志也，山可移，海可填，日可復中，曾不百年而朱氏興，遂驅胡元，復禹域，此豈一手一足之烈哉，正賴國亡而人心不死，有以致之耳。楊家將事雖雜劇小說，先民之志節，立國之精神存焉，何可非也？

難者曰：趙江漢，宋人也，被俘居燕，非其本心，世祖伐宋，欲使為導，對以不願引他人以伐父母之國，故終不仕元。見《元史》卷一百八十九本傳。衡以陶潛稱晉之例，則江漢不得為元人，其怨元而譏之也固宜。靜修、伯常，元之臣子也，亦為此言，其可乎？曰：靜修，江漢之門人也，悅程朱之道，盡心焉，雖嘗出仕，未幾即辭歸，再徵不復起。蘇天爵言王師伐宋,先生作《渡江賦》以哀之。見《滋溪文稾》卷八《靜修墓表》。余嘗讀其賦,力陳宋之不可伐,因以託諷,蓋以宋為正朔所在,心係乎宋,故不願其亡。首言郝翰林奉使南朝,九年不還,《畿輔叢書》本《靜修文集》卷五。考之於史,宋度宗咸淳四年也。其時襄樊未失,勝負之數未可知,何哀之有?全謝山力言其哀金過於哀宋,見《鮚埼亭外集》卷三十三《書渡江賦後》。吾以為不然。其哀金也,特以先世嘗仕金,不能無興亡之感耳,豈有學為程朱而不明夷夏之防者乎?若夫郝伯常,亦江漢之徒也,《宋元學案》卷九十以伯常為江漢學侶。其學深於《春秋》。《春秋》之義,黜吳楚而內中國,尊王室,大一統,伯常講之熟矣。其所以出而仕元,則見於所作時務篇。其言曰:"堯舜而下,三代而已矣,三代而下,二漢而已矣,二漢之亡,天地無正氣,天下無全才,及於晉氏,夷狄兵爭,中國遂亡,已矣乎,吾民遂不霑三代二漢之澤矣乎。雖然,中國而既亡矣,苟有善者,與之可也,從之可也。故苻秦三十年而中國稱治,元魏數世而四海幾年。嗚呼,後世有三代二漢之地與民,而不能為苻秦、元魏之治者,悲夫!"見《陵川文集》卷十九。其前之所言,《春秋》之義也。後之所言,急於出仕,託於經世行道,不得已之權詞耳。然謂不能為苻秦、元魏之治,則其心未嘗與元也。故力說忽必烈毋攻宋,而譎之以請俟後圖。其後宋人拘之十六年,幾不得脫而後失望焉,然猶改修《三國志》為《續後漢書》,尊蜀為正統,以示不與金元。二子之心,天下人之心也。蓋自有元之極盛以及其衰,始終為民所不與,故靜修伯常之詩作乎上,雜劇小說之文成乎下。觀乎二子委曲以致其義,雜劇小說,詭譎以達其情,此春秋之教,所為亘萬世而不敝者也。彼夫趙孟頫留夢炎之徒,食宋之祿而背之,闇然自媚於元以取富貴,獨何心乎?

難者曰:是皆然矣。敢問楊家將事,除雜劇外,元人之言亦有可徵乎?曰:伯常固言之矣。其《趙簡子廟記》曰:"至宋有國,趙之自出,而宣祖則保州人,其上世陵寢皆在州城之東。及與契丹疆白溝,而保州宿重兵,楊延朗諸將控扼西山而滿城為襟喉。"見《陵川集》卷二十五。伯常固嘗居保,此必覩其遺跡,訪問故老而得之口講指畫者。不然,伯常雖熟於史,何以於久不見稱道之人而忽登之簡牘乎?況乎有徐大焯之《燼餘錄》在,明出楊家將之名,其所紀敘,亦多與小說合。由是觀之，楊家將故事之流行也久矣。雜劇因而成之耳。難者乃默爾而退，不復有言。

附錄

劉因《靜修詩集》前所引靜修詩、伯棠詩多刪節，今錄其全篇，其他詩有相發明者，亦並載焉。予所取靜修詩，與謝山頗不同，觀此則靜修之本志可見矣，其《渡江賦》文繁不錄。

白馬

白馬誰家子，翩翩秋隼飛。袖中老蛟鳴，走擊秦會之。事去欲留名，自言臣姓施。二十從軍行，三十始來歸。矯首望八荒，功業無可為。將身弭大患，報效或在茲。豈不知非分，常恐負所期，非干復讎怨，不為酬恩私。偉哉八尺軀，膽志世所希。惜此博浪氣，不遇黃石師。代天出威福，國柄誰當持，匹夫赫斯怒，時事亦堪悲。卷一。

案：此詠施全刺秦檜事。

渡白溝

東北天高連海嶼，太行蟠蟠如怒虎。一聲霜鴈界河秋，感慨孤懷幾千古。只知南北限長江，誰割鴻溝來此處。三關南下望風雲，萬里長風見高舉。萊公灑落近雄才，顯德千年亦英主。謀臣史臣强解事，枉著渠頭汙吾鼓，十年鐵硯自甯奴，五載兒皇安足數。當時一失榆關路，便覺燕雲非我土。榆，原作"渝"；燕，原作"煙"；依《元詩選》甲集改。更從晚唐望沙陀，自此橫流穿一縷。誰知江北杜鵑來，正見海東青鳥去，漁陽撾鼓鳴地中，鵾鳩飛滿梁園樹，黃雲白草西樓暮，木葉山頭幾風雨。只應漠漠黃龍府，比似愁岡愁更苦。天教遺壘說向人，凍雨頑雲結凄楚，古稱幽燕多義烈，嗚咽泉聲瀉餘怒。仰天人笑東風來，雲放殘陽指歸渡。卷四。

案："謀臣"二句謂桑維翰為石敬瑭畫策，《五代史》歸美晉君臣皆昧於大義，蓋誅絕之罪也。

白鴈行

北風初起易水寒，北風再起吹江干，北風三吹白鴈來，寒氣直薄朱崖山，乾坤噫氣三百年，一風掃地無留殘，萬里江湖想瀟灑，佇看春水鴈來還。卷五。

案：此因伯顏率師滅宋，有感而作也。王惲《玉堂嘉話》卷四云："宋未下時，江南謠云：江南若破，百鴈來過，當時莫喻其意。及宋亡，蓋知指丞相伯顏也。"此作白鴈，疑當時之語本如此，傳者訛作百鴈耳。北風以喻元，初起謂滅金，再起謂侵宋，三吹則破崖山矣。語意以慨歎出之，並局外人不關痛癢者所能道也。

過東安趙宋先塋

五季風煙慘晝霾，渠兒有志亦雄哉，累朝禪策皆虛器，千古黄袍又厲階，文物漢唐今已盡，史編南北更堪哀，荒墳一品知何處，猶遣石麟草半埋。卷九。

案：《長編》卷四十七云："保州保塞縣豐歸鄉東安村，乃宣祖舊里也。"則東安乃村名。太祖之父弘殷，追謚宣祖。此詩蓋悼宋之亡而作。腹聯言五季之後，惟有宋一代，足以媲美漢唐，惜其國亡而文物與之俱盡。時方議分修三史，靜修蓋不以為然，與楊鐵崖《正統辯》同意，楊文見《輟耕錄》卷三。

登武遂北城

神州英氣鬱高寒，臂斷爭教不再連，千古傷心有開運，幾人臨死問幽燕。平生臥榻今如此，百萬私錢亦可憐，咫尺白溝已南北，區區銅馬為誰堅。同上。

案：此亦追恨石晉之賂遼。開運，出帝年號，言帝為遼所虜。五六兩句皆宋太祖事，惜其取燕之未成也。

過東安

干戈天亦厭紛紛，豪聖千年共幾君，太祖無心亦徒說，吳兒有志更誰云。悲歌莫管千秋後，正氣應無一品墳。今古區區等如此，五陵哀鴈入秋雲。《畿輔叢書》本卷九，元刻本無。

感事

高天厚地古今同，共在人形視息中，四海堂堂皆漢土，誰知流淚在金銅。卷十二。

案：此詩編在乙卯元日之前，當是至元十五年戊寅所作，是年宋端宗崩，帝昺遷於崖山，文天祥被執，宋事已無可為，故感而賦此，四海皆漢土，言己亦漢人也，其所感者深矣。金銅，兼用薊子訓及索靖事。

書事五首

當年一線魏瓠穿，直到橫流破國年，草滿金陵誰種下，天津橋畔聽啼鵑。

末句用邵子聞杜鵑事，言宋之亡，起於王安石之變法。

臥榻而今又屬誰，江南回首見旌旗，路人遙指降王道，好似周家七歲兒。

全謝山曰："此尚論陳橋之事之非，而傷天道之好還，其與伯顏得國小兒失國小兒之語，正自不同。"

朱張遺學有經綸，不是清談誤世人，白首歸來會同館，儒冠爭看宋師臣。

謝山曰："此似美家鉉翁之徒而作。"嘉錫案：《文山集》卷十七《紀年錄》曰："宋祥興元年，十月一日至燕，初至，立馬會同館前，館人不受，久之引去一小館云云，"則文山亦嘗至會同館。此詩末二句，似即指文山，家鉉翁之徒，恐不足以當之。

風節南朝苦不伸，泝流直又到崑崙，世宗一死千年欠，此是黃河最上源。

謝山曰："此似斥留夢炎之徒而作。"

唱徹芙蓉花正開，新聲又聽采茶哀。秋風葉落踏歌起，已覺江南席捲來。卷十四。

謝山曰："此其哀之至矣。"

郝經《陵川集》

白溝行

西風易水長城道，老濘查牙馬頻倒，岸淺橋横路欲平，重向荒寒問遺老。易水南邊是白溝，北人為界海東頭，石郎作帝從珂敗，便割燕雲十六州。世宗恰得關南死，點檢陳橋作天子，漢兒不復見中原，當日禍基元在此。溝上殘城有遺堞，歲歲遼人來把截，酒酣踏背上馬行，彎弧更射溝南月。孫男北渡不敢看，道君一向何時還，誰知二百年冤孽，移在江南蜀漢間。歲久河乾骨仍滿，流禍無窮都不管，晉家日月豈能長，當時曆數從頭短，日暮窮途更著鞭，百年遺恨入荒煙，九原重怨桑維翰，五季那知魯仲連。只向河東作留守，奉詔移官亦何疚，稱臣呼父古所無，萬古諸華有遺臭。卷八。

入燕行

南風綠盡燕南草，一桁青山翠如掃，驪珠晝擘滄海門，王氣夜塞居庸道，魚龍萬里入都會，澒洞合沓何擾擾。黄金臺邊布衣客，拊髀激歎肝膽裂，塵埃滿面人不識，骯髒偃蹇虹睨結。九原喚起燕太子，一樽快與澆明月，英雄豈以成敗論，千古志士推奇節，荆卿雖云事不就，氣壓咸陽與俱滅。何如石晉割燕雲，呼人作父為人臣，偷生一時快一己，遂使王氣南北分，天王幾度作降虜，禍亂衮衮開其源。誰能倒挽析津水，與洗當時晉人恥，崑崙直上尋田疇，漠漠丹霄跨箕尾。卷九。

案：此詩極贊燕丹之能報秦，而本集卷七《和陶詩詠荆軻》云："縱使殺一秦，寧無一秦生。呂政方忘燕，忽作繞柱驚，並吞勢不已，舉兵復有名，掃平黄金臺，故鼎入秦庭。"乃以挑釁召禍為荆軻罪，與此篇自相矛盾。蓋《和陶詩》皆使宋被拘，館留儀真時所作，藉以自鳴其不平，此如龍德故宮懷古極斥秦檜之奸邪，而卷四《渡江書事》，乃云"後來秦太師，始悟前王失，尋盟息干戈，好聘堅金石"，亦復前後兩歧。良由處境既異，故立論不同，似矛盾而非矛盾也。

嶆山陵行

五國興王兵一旅，並滅兩家都一鼓。燕雲忽使遼作金，汴洛遽令齊代楚。乾坤入手肯與人，根本未牢難遂取，漢人且使漢人看，一旦不須煩再舉。當時若肯存中國，只向京師留少主。石家父子尚徒勞，今次重來徒浪語。邦昌數月又劉豫，二子猖狂都不悟，誤添麟角欲為龍，刮盡肌膚送兵賦，我為其德爾為讎，百姓嚣嚣怨嗟聚。君親無將將必誅，大寶何人敢叨據。臣節便棄真鹵莽，侈然竟致人神怒。八年辛苦謾經營，兩手歡欣卻分付。祖宗天位爾乃奸，倉皇被執欲免難，嶆山山前齒已冷，道君猶自在三韓。當時傲倖學敬瑭，錯把金源比契丹，地下若逢張孝純，赤汗滿面不敢看。劉豫何須責，邦昌已先爾，莫言從權為社稷，爭忍便受傳國璽。君不見滎陽紀將軍，也會詐作漢天子，漢王既脫不用生，鼎鑊談笑就一死。十卷。

案：此詩寫金人之處心積慮，如見肺肝，金之立齊楚，正視之如走狗，將俟狡兔之死而遂烹之耳，而惜乎亂臣賊子之不悟也。

巴陵女子行有序

己未秋九月，王師渡江，大帥拔都及萬戶解成等，自鄂渚以一軍覘上流，遂圍岳，岳潰，入於洞庭，俘其遺民以歸。節婦巴陵女子韓希孟，誓不辱於兵，書詩衣帛以見意，赴江流以死。其詩悲婉激切，辭意壯烈，有古義士未到者。今並其詩錄於左方。嗚呼，宋有天下三百年，其德澤龐厚，膏於肌膚，藏於骨髓，民知以義為守，不為偷生一時計。其培植也厚，故其持藉也堅，乃知以義為國者，人必以義歸之，故希孟以一女子而義烈如是。彼振纓束髮，曳裾峩冠，名曰丈夫而誦書學道，以天下自任，一旦臨死生之際，操履云為，必大有以異於希孟者矣。余既高希孟之節，且悲其志，作巴陵女子行，以申其志云。卷十，詩不錄。

案：己未者，元憲宗之九年，宋理宗開慶元年也。於時宋元已為敵國，而郝公實元之謀臣，乃其歌頌宋德如此，此所以力勸世祖息兵修好，身為之使，雖被拘囚而不悔者歟？《輟耕錄》卷六言有何巨川者，京師長春宮道士也，會世皇將取宋，乃上疏抗言宋未有可伐之罪，遂命副國信使郝文忠公經使江南，歿於真州。然則當時北方雖久陷金元，而其人心終不忘宋，不獨陵川一人而已。此無他，明於夷夏之防，故不願中國胥而為夷也。考《陵川集》卷十四。有《壽何待制詩》云："歲月閑丹竈，乾坤坐白頭"，則其人乃道士，與《輟耕錄》之言合，附識之於此。

龍德故宮懷古一十三首錄七。

常怪韓王智數多，不從太祖據山河，黃流豈是天為塹，青屋誰知是帝羅。

案：趙普追封韓王，此譏普之諫取燕雲，即劉靜修趙普元無四方志之意。

復國誅讎事豈難，背城借一據河山，汴梁更不回頭望，直送汪黃至浙間。

少康一旅便南奔，畀付英雄國可存，宗澤云亡李綱罷，衣冠不復到中原。

却許邦昌為紀信，渾將秦檜作程嬰，甘心江左為東晉，長使英雄氣不平。

金人不敢駐幽燕，劉豫猶能帝八年，若使汴梁和且戰，關河一半尚能全。

建炎新焰起江東，冤血青城尚幾重。閩越兩王還有後，天教太祖繼高宗。

帥府雄開不即真，宋州躍馬趣曹門，只將京國為根本，百戰能令社稷存。卷十五。

觀以上所錄諸詩，靜修目覩南宋之亡，故哀惋之詞多，伯常不及見，玆之所取，又皆未奉使以前之所作，故猶有屬望之意焉，此其所以異也。至於追恨北宋不取燕雲，及高宗之棄中原南渡，則其意無不同。二子雖不幸而生於元，試取其詩文，玩其辭以逆其志，二子之心，豈願為元人者哉？雖然，不獨二子已也，元人之作，似此者不可勝數，試更取其雜劇小說而觀之，往往取兩宋名將之事，演為話本，被之管絃，莫不欲驅胡虜而安中國。故扮演楊繼業父子，為其能拒遼也，裝點狄青，為其能平蠻也，描寫梁山泊諸降將，為其招安後曾與征遼也，率兵隨童貫征遼，乃楊志之事，《水滸傳》誤，屬之宋江，詳見余《宋江三十六人考實》。推崇岳武穆，為其能破金也，其他牽連以及古之賢臣勇士，皆所以鼓忠義之氣，望中國之復强。由斯以談，當元之世，有心之人，盈天下皆是也，豈徒劉郝二子也哉，特其詞譎而意隱，非熟察之，未易知爾。吾故取二子之詩，附入此篇，以與雜劇小說相發明，庶讀者有以見名臣大儒之所言，皆自天理流出，夫婦之愚，可以與知者，雖盲詞俚曲之中，亦往往有之。由是窮古今之變，考其民風國俗之所以然，知聖人之道，深入人心，春秋大一統尊中國攘夷狄之義，亘萬世而敝，則愛國之心，油然而生矣。

《楊業傳》索隱第三

元順帝至正三年三月，詔修遼、金、宋三史，五年十月書成，見《元史》卷五十一《順帝紀》，及三史卷首。凡七百四十七卷，僅《宋史》一書，已至四百九十六卷，卷帙之繁富如此，費時纔兩年又七月，可謂速矣。遼、金二史，各有所本，今姑不論。其於《宋史》第取宋之國史實錄及諸家傳記，隨意刪改，草率成篇，牴牾漏略，所在皆是，於諸史之中爲最下。後之人以其爲正史也，尊信之與諸史等，凡言口及宋事，輒取而抄撮之，雖有他書，無暇濕讀，其事愈繁，考之愈不易，此宋代故事所以難知也。清代考楊家將者，就余所知，僅翟晴江灝《通俗篇》，卷三十七。俞蔭甫樾《湖樓筆談》，七卷。及《小浮梅閒話》，《曲園雜纂》第三十八李愛伯慈銘《越縵堂日記》，第四十冊《荀學齋日記》戊集上。三家而已。翟氏只引《宋史》，俞氏亦然，其閒話莧不知業六子之外，尚有一子延玉，與業俱死，蓋晚年著書，匆匆檢閱，未能周密也。李氏鈔録本傳，並參考《東都事略》、《十國春秋》、《續通鑑》等書，自爲之注，其考證差詳，而不知吳任臣畢沅之書不足據。《十國春秋》卷一百六《劉繼業傳》亦不知有延玉今具録本傳於此，李氏之注，尚嫌未精，今不復取。輒忘其固陋，仿裴松之注《三國志》之例，襲小司馬補《史記》之名，詳徵史傳，臚列異同，庶讀者有以知楊氏之本末，不至爲小説所誤。其於史學，或亦不無少補云爾。《宋史》卷二百七十二《楊業傳》云：楊業，并州太原人，

《隆平集》卷十七云："楊鄴，或日繼鄴，麟州人"《續資治通鑑長編》四庫館重編本卷九。云："繼業，本名重貴，姓楊氏，重勳之兄，幼事北漢世祖，遂更賜以姓名"案：楊業之名，諸書皆作業，《隆平集》獨作鄴，疑誤也。《通鑑》稱業父信爲麟州土豪，後見。則業固當爲麟州人，北漢劉崇，嘗以其子承鈞無子，壻薛釗生子繼恩，釗死，妻後適何氏，生子繼元，並命承鈞養爲子，見《新五代史》卷七十《東漢世家》。又有劉繼忠，亦承鈞之養子，《續長編》卷九稱繼忠爲孝和弟養子，弟字疑誤，《太平治蹟統類》卷三作孝和弟養子，今從之，《十國春秋》卷一百六亦以繼忠爲睿宗養子，睿宗孝和皇帝者，承鈞謚也。崇賜業姓名爲劉繼業，蓋養爲諸孫，由此移家太原，故《東都事略》卷三十四。及《宋史》，遂以業爲幷州太原人。業不知以何人爲父。考承鈞卒於宋開寶元年，年四十三，見《宋史》卷四百八十二北漢世家。則當生於後唐天成四年，至周廣順元年，劉崇稱帝時，年纔二十有三。業事崇於未稱帝之前，已弱冠。後見則業與承鈞年相若，必不呼之爲父。疑崇以長子湘陰公贇早死無後，養業爲孫。十國春秋以爲睿宗養子，非也。

父信，爲漢麟州刺史。

《東都事略》云："父信事劉氏，爲麟州刺史"《資治通鑑》卷一百九十一。云："廣順二年十二月，初，麟州土豪楊信自爲刺史，受命於周，信卒，子重訓嗣，《考異》曰："崇訓，或作崇勳，世宗實録作崇勳，後蓋避梁王崇訓改名也。"胡氏注云："案《考異》，則重訓當作崇訓。"以州降北漢，至是爲羣羌所圍，復歸款，求救於夏府二州。"又卷二百九十三云："顯德四年冬，十月，北漢麟州刺史楊重訓舉城降，注云，太祖廣順二年，楊重訓以麟州歸款中間必又附北漢也。以爲麟州防禦使。"案：楊信之據麟州，不知何時，《通鑑》追叙之於廣順二年，其時重訓已早嗣立，則信之受命於周，當在廣順元年，其據麟州，必在天福乾佑以前矣。以《東都事略》及《宋史》互證，信之嘗事劉氏無疑，通鑑略之耳。信子重訓，本名崇訓，以此推之，則業本名亦當爲崇貴，其後改崇爲重，蓋避北漢世祖之名。重訓降周後，以周漢世讎，不敢爲崇諱，故《世宗實録》作"崇勳"，入宋後則名重勳，不復改，殆猶念世祖舊恩也。重勛兩度叛漢，蓋出於不得已，然尚有禮於故君如此，況業爲世祖所鞠養者乎。重勳事宋爲保静軍節度使，《宋史》雖無傳，其事見於《續通鑑長編》卷二卷三卷八卷十卷十三。甚詳，《長編》卷二十一，於太平興國五年書保靜軍節劉遇，蓋重勳已卒。錢大昕《廿二史考異》，卷七十七。疑重勳爲卽列傳第三十二之幷州人楊美，因謂美與業蓋昆弟行。錢氏非不見李燾書者，乃指甲爲乙，何其謬耶？

業幼倜儻任俠，善騎射，好畋獵，所獲倍於人，嘗謂其徒日："我他日爲將用兵，亦猶用鷹犬逐雉兔爾"弱冠事劉崇，爲保衛指揮使，以驍勇聞，累遷至建雄軍節度使。

謂其徒，《隆平集》作謂其昆弟。案：業以何時事劉崇不可知，惟業父信死後，業不得立而立其弟重訓，必信死時業已不在麟州矣。業以刺史之子，何至爲人乞養，且劉崇於周廣順元年始稱帝，業父信亦巳於是時受命於周，周漢世讎，信何以遣其子入虎口，致父子各事一國耶。此必崇爲太原尹河東節度使時，信方事漢，欲結援於大邦，故送業於太原以爲質子耳。及信背漢事周，業遂不得歸，信死，重訓以州降北漢，亦以其兄在太原故也。其後重訓復降周，崇終不殺業，且養之爲孫，其待業可謂至厚。宜乎感激思以死報矣。《續通鑑長編》記業在北漢事，自卷九至卷二十。不言爲節度使，然觀元人稱爲楊令公，則業必會領節鉞，以五代方鎮，率兼中書令故也。後唐同光元年，以晉州爲建雄軍，見《舊五代史・莊宗紀》，及《新史・職方考》。周廣順元年，及宋建隆三年，北漢嘗屢攻晉州而不能取，見《新五代史・周本紀》及《宋史・太祖本紀》。未嘗實有其地。業之爲節度使，蓋以侍衛都虞侯遥領，此特加官以賞功耳，宜《長編》之不書也。

屢立戰功，所向克捷，國人號爲無敵。

《續通鑑長編》卷九。云："開寶元年九月，繼元始立，王師已入其境，乃急遣使上表契丹，且請兵爲援，又遣侍衛都虞侯劉繼業、馮進珂，領軍扼團栢谷，以將作監馬峰爲樞密使，監其軍，以下敍繼業出身已見前。馬峰至洞過河，與李繼勳等遇，繼勳，宋河東行營前軍都部署，率師伐北漢。何繼筠以先鋒擊破之，繼筠爲先鋒部署。遂奪汾河橋，薄太原城下”又卷十。云：“開寶二年二月，北漢侍衛都虞劉劉繼業、馮進珂，屯於團栢谷，遣牙隊指揮使陳廷山，領數百騎來偵邏，會李繼勳等前軍至，廷山郎以所部降，繼業、進珂知衆寡不敵，亦領兵奔還晋陽，北漢主怒，罷其兵柄，繼勳等遂圍城。”又云：三月丁未，命李建勳軍於城南，趙贊軍於西，曹彬軍於北，党進軍於東，爲四寨以逼之，北漢人乘晦突門，潛犯西寨，趙贊率衆輿戰，北漢人乃退，劉繼業復以突騎數百犯東寨，黨進挺身逐繼業，麾下數人隨之，繼業走匿壕中，北漢兵出援之，繼業縋入城，獲免。”又云：“五月，太原圍急，郭無爲北漢相。謀出奔，因請自將兵夜擊王師，北漢主信之，選精甲千人，命劉繼業、郭守斌爲之副。已而風雨晦冥，無爲行至北橋，因駐馬召諸將，而劉繼業以馬傷足，先收所部步兵入城矣，守斌迷失道，無爲不能獨前，亦還。”又云：“六月，契丹遣其將南大王來援，屯於太原城下。劉繼業言於北漢主日，契丹貪利棄信，他日必破吾國，今救兵驕而無備，願襲取之，獲馬數萬，因籍太原之地以歸中國，使晋人免於塗炭，陛下長享貴寵，不亦可乎，北漢主不從。”又卷六十。云：“開寶八年正月，北漢主命劉繼業、馬峰攻晉州，武守琦敗之洪洞。”《宋史》卷二百六十。《党進傳》云：“開寶二年，太祖師臨晋陽，置砦四面，命進主其東偏，師未成列，太原驍將楊業領突騎數百來犯，進奮身從數人逐業，業急入隍中，會援兵至，緣縋入城，獲免，上激賞之。”又卷二百七十二。《荆罕儒傳》附其兄孫嗣傳云：“嗣，乾德初，應募爲控鶴卒，從李繼勳討河東，繼勛擇悍勇百人，嗣出行閒請行，進薄汾河，賊將楊業扼橋路，嗣與衆轉戰，賊退，踰橋殺業所部兵千計，射中業從騎，獲旗鼓鎧甲甚衆，業退保城。”《續長編》不言業栀橋戰敗事，略之也。案：《遼史》亦稱繼業在宋號楊無敵，後見與《宋史》合，而詞意似不同。《宋史》本之《東都事略》，其言國人號爲無敵者，《事略》作楊無敵北漢人號之也。業初仕北漢時事，當在路振《九國志》中，《續長編》敍業降宋事，卽據《九國志》。今其書已不完，《東漢臣傳》，東漢卽北漢。僅存五篇，無劉繼業傳。他書亦不載業少年事，其戰功何如不可知。至其爲北漢與宋爲敵，戰功之可見者，如前所述而已。團栢谷之役，及從郭無爲出師，皆不戰而退，汾河扼橋之戰，及東寨之役，皆大敗僅以身免，惡在其爲所向克捷也哉。及觀《長編》叙其歸降事，略曰：劉繼業爲繼元捍太原城，甚驍勇，及繼元降，猶據城苦戰，詳見後。而不詳其苦戰之事，乃知業之戰功湮没者多矣。雖然，北漢之與周宋，苦戰二十餘年，未嘗克一名城，殺一大將，而謂業所向克捷，史官此言，殆非爲業興宋戰而發也。若夫《遼史》所謂業在宋，人號楊無敵者，則宋人號之也，謂其爲宋捍邊，無敵於遼云爾。故雖同一號，自常人觀之，必疑其在北漢與在宋時不同。余嘗考之，業在北漢時之號爲無敵，亦指其對遼，非對宋也。何以言之？業自太平興國四年降宋，至雍熙三年與遼戰死，其閒不過八年耳，而《遼史·耶律斜軫傳》，載斜軫責業曰："汝與我國角勝三十餘年，今日何面目相見。"自雍熙三年上數三十餘年，當在周顯德閒，其前二十餘年，皆業事北漢時也，而謂其已與遼角勝負，然則北漢與宋人之稱業爲無敵，非皆謂其無敵於遼耶？或疑北漢自劉旻開國以至繼元，始終事遼甚恭，烏得有角勝負之事。不知兩國雖和好，而疆埸之閒，豈能必無侵軼。《遼史六卷。穆宗紀》云："應曆四年秋，七月，漢民有爲遼軍誤掠者，遣使來請，詔悉歸之，是歲北漢乾祐七年也。"旻方稱姪受册於遼，而其民即被掠，蓋邊將貪功，以大侵小，遼主知而不問耳。《長編》載業之言曰："契丹貪利棄信，他日必破吾國，夫所謂貪利棄信者，豈獨留漢使者耶。"見歐史《東漢世家》侵掠之事，蓋常有之，但僅偏師擾邊，本非大舉深入，業又驍勇善戰，故能所向克捷也。《長編》又言業老於邊事，洞曉敵情，亦見後。敵者，遼也，老於邊事者，謂業爲漢守邊禦遼，能隨事應變也。由是觀之，業在北漢時，固常與遼角勝負，亦復何疑，特因歐史過求簡潔，《遼史》又草率成書，遂致其事不傳耳。業以一身當遼之兵衝，前後三十餘年，未嘗敗衄，及陳家谷之戰，爲人所牽制，兵敗被擒，卒能從容就義，以一死報國，此豈兩宋孱將庸臣所敢望哉，宜其聲名播在人口，久而不忘歟？

太宗征太原，素聞其名，嘗購求之，既而孤壘甚危，業勸其主繼元降，以保生聚。繼元既降，帝遣中使召見業，大喜，以爲右領軍衛大將軍，師還，授鄭州刺史。

《隆平集》云：“太宗征太原，劉業元降，得鄴甚喜，授以大將軍，數日，遷防禦使知代州。《東都事略》云，太宗征太原，業捍城之東南面，拒城苦戰，及繼元降，太宗聞其勇，欲生致之，令中使諭繼元以招之，業乃北面再拜大慟，釋甲來見，太宗得之大喜，以爲左領軍衛大將軍，師還，除鄭州防禦使。”《續通鑑長編》卷二十。太平興國四年八月云：“初，劉繼業爲繼元捍太原，甚驍勇，及繼元降，繼業猶據城苦戰，上素知其勇，欲生致之，令中使諭繼元，俾招繼業。繼元遣所親信往，繼業乃北面再拜大慟，釋甲來見。上喜，慰撫之甚厚，復姓楊氏，止名業，尋受左領軍衛大將軍，丁巳，以業爲鄭州防禦使。李燾自注云：“據國史楊業傳，乃云孤壘甚危，業勸其主出降以保生聚，繼元既降夕上遣中使召業，得之甚喜，以爲領軍大將軍，師還，乃除鄭州防禦使。制辭云，百戰盡力，一心無渝，疾風靡搖，迅雷罔變，知金湯之不保，慮玉石之俱焚，定策乞降，委質請命，忠於所事，善自爲謀，與《九國志》大不同。案：《五代史》，垂涕勸繼元出降者，但馬峰一人耳，非楊業也。若業勸降，則當與繼元俱出見，何用别遣中使召乎。然當時制辭，不應便失實，又疑制辭意有所在，故特云爾。今但從《九國志》，更須考之。”案：鄭州，即今河南鄭縣。《新唐書》卷四十九下《百官志》云：“安禄山反，諸郡當賊衝者皆置防禦守捉使，乾元元年，置團練守捉使，大者領州十餘，小者二三，大率節度觀察防禦團練使，皆兼所治州刺史。”《職源撮要》無卷數云：“唐防禦使在團練使之下，本朝陞之於上。”據此兩書。防禦使雖兼刺史，而其官位僅次於觀察使，非尋常刺史可比。業除鄭州防禦使，《宋史》乃以爲刺史，誤也。據李燾自注，知《宋史》本傳，純本之宋國史，然謂業勸其主出降，則不甚可據，誠如李氏之言。業果勸降，何爲不與繼元俱出見乎。《隆平集》、《東都事略》皆删去之，是也。然李氏因此疑當時制辭便失實，則又非是。制不言其拒城苦戰，而言定策出降者，王言之體，不得不爾。業聞繼元傳天子之命，卽釋甲來見，則制辭所謂委質請命，善自爲謀，正奬其能應詔而出，非謂其勸主出降也。國史雖誤，制辭固不誤，何謂失實乎。

帝以業老於邊事，復遷代州，兼三交駐泊兵馬都部署，帝密封橐裝，賜予甚厚。

代州，即今山西代縣；三交口，當在三交城外。《太平寰宇記》卷四十。云：并州，為僞漢所據，至皇朝太平興國四年平晉，移州於三交塞，陽曲縣界。《元豐類稾》卷四十九。云：太宗既平太原，以潘美守之，隳舊州，遷於榆次，又命美鎮三交，三交在城北二百里，地號故軍，戎人多由此寇，美率師襲之，遷并州於三交，以美為師焉。《讀史方輿紀要》卷四十。太原府云：三交城，府北五十里。宋《長編》：河東有地名三交，契丹所保，多由此入寇。太平興國中，詔潘美屯三交口，潛師拔之，美積粟屯兵，寇不敢犯。《文獻通考》卷五十九。自注引《職略》云："總管，舊曰部署，因廟諱改焉。"英宗諱"曙"。《續通鑑長編》卷二十。云："十一月，上以鄭州防禦使楊業老於邊事，洞曉敵情。癸巳，命業知代州。"以下與《宋史》同，惟兼三交駐泊兵馬部署，不作都部署。

案：以《宋史》卷二百五十八。《潘美傳》考之，時兼三交都部署者美也，業安得加"都"字乎？

會契丹入雁門，業領麾下數千騎，自西京而出，由小陘至雁門北口，南嚮背擊之，契丹大敗。

《東都事略》云："虜寇鴈門，領數百騎擊之，虜衆大敗。"《續通鑑長編》卷二十一。云："太平興國五年，三月癸巳，潘美言自三交口巡撫至代州，會敵十萬衆侵鴈門，令楊業領麾下數百騎，自西陘至雁門北口，南嚮與美合擊之，敵衆大敗，殺其節度使駙馬侍中蕭咄李，咄李，今本改譯作"多囉"。擒馬步軍都指揮使李重誨，獲鎧甲革馬甚衆。"案：業於此役纔率兵數百，《宋史》云領數千騎，蓋誤。

以功遷雲州觀察使，乃判鄭州代州，自是契丹望見業旌旗，即引去。主將戍邊者多忌之，有譖上謗書，斥言其短。帝覽之皆不問，封其奏以付業。

雲州，在今山西大同縣，石晉時已割入契丹。此遥領耳。《新唐書·百官志》云："開元二十年，采訪處置使分十五道，乾元元年，改曰觀察處置使。"《通典》卷十九。《職官典》云："判者云判某官事，知者云知某官事，皆是詔除而非正命。"《續通鑑長編》又云："十二月丁丑，以鄭州防禦使楊業，領雲州觀察使，仍判鄭州，知代州。"以下與《宋史》同。案：業在代州時，潘美方兼三交都部署，實為戍邊之主将，此所謂忌功上謗書者，蓋即美也。然則無怪戲劇小說痛恨潘美，斥為姦賊矣。

雍熙三年，大軍北征，以忠武軍節度使潘美為雲應路行營都部署，命業副之，以西上閤門使王侁，軍器庫使順州團練使劉文裕，護其軍。

《宋史》卷五《太宗本紀》云："雍熙三年，正月己丑，知雄州賀令圖等，請伐契丹，取燕薊故地。庚寅，北伐，二月壬子，以檢校太師忠武軍節度使潘美為雲、應、朔等州都部署，雲州觀察使楊業副之，出鴈門。"又卷二百七十四。《王侁傳》云："王侁，字祕權，開封浚儀人，父朴，周樞密使。侁太平興國初，數往來西邊，多奏便宜，上多聽用。四年，從征太原。九年，遷西上閤門使，以功領蔚州刺史。王師北征，命為并州駐泊都監，又為雲、應等州兵馬都監。"又卷四百六十三。《外戚傳》云："劉文裕，字以寧，保州保塞人，簡穆皇后，案：建隆元年追謚祖考趙敬為顯祖，妣劉氏為簡穆皇后，見《太祖本紀》，及《宋會要》第六册。即文裕祖姑也。太宗在藩邸，多得親接，後遷軍器庫使。太平興國四年，軍駕征太原，命文裕與通事舍人王侁，分兵控石嶺關，雍熙初，徙屯三交。加領順州團練使。"

諸軍連拔雲、應、寰、朔等州，師次桑乾河，會曹彬之師不利，諸路班師，美等歸代州。

案：自石敬瑭割十六州以與契丹，雲、應、寰、朔皆棄化外，至是始暫得焉。四州並屬今山西省，雲州在大同縣，應州即應縣，寰州在今朔縣東，朔州即朔縣。《讀史方輿紀要》卷四十四。大同府云："桑乾河，府南六十里，源出馬邑縣洪濤山。"《宋史》卷二百五十八。《潘美傳》云："雍熙三年，詔美及曹彬、崔彦進等北伐，美獨拔寰、朔、雲、應等州。”宋《名臣碑傳琬琰集》，下編卷一。引《實錄·潘武惠公美傳》云：“三年春三月，美率師出西陘，與虜遇，追到寰州，破之，暫首五百級，刺史趙彥辛《遼史·聖宗紀》作“趙彥章”。以城降，遂圍朔州，其節度副使趙希贊以城降，轉攻應州，其節度副使文正《宋史·太宗紀》及《長編》卷二十七均作“艾正”。觀察判官宋雄以城降。四月，下雲州，斬首千級，會班師，詔美歸代州。”《續通鑑長編》卷二十七。云：“雍熙三年，三月，曹彬復得涿州，時方炎暑，軍士疲乏，所齎糧又不繼，乃復棄之，還師境上，彬令所部將盧斌擁城中老幼，並狼山而南。彬等以大軍退，無復行伍，為敵所躡，五月庚午，至岐溝關北，敵追及之，當作“虜”。我師大敗。彬等收餘軍宵涉巨馬河，營於易水之南，李繼宣力戰巨馬河上，敵始退，追奔至狐山。丙子，宮苑使王繼恩自易州馳騎至。上始聞曹彬等軍敗，乃詔諸將領兵分屯於邊，召彬及崔彥進、米信入朝，田重進率全軍駐定州，潘美還代州。”《遼史》卷十一《聖宗紀》云：“統和四年，三月甲戌，于越契丹官名。休哥奏，宋遣曹彬、崔彥進、米信由雄州，田重進飛狐道，潘美、楊繼業鴈門道，來侵，岐溝、涿州、固安、新城皆陷。庚辰，寰州刺史趙彥章以城叛，附於宋。辛巳，宋兵入涿州，義順軍節度使趙希贊以朔州叛，附於宋。丁亥，彰國軍節度使艾正，觀察判官宋雄，以應州叛，附於宋。夏四月辛丑，宋潘美陷雲州。癸丑，宋將曹彬、米信北渡拒馬河，與于越休哥對壘挑戰，南北列營長六七里。五月庚午，遼師與曹彬、米信戰於岐溝關，大敗之，追至拒馬河，溺死者不可勝紀，餘衆奔高陽，又為遼師衝擊，死者數萬，棄戈甲若丘陵。挽漕數萬人，匿岐溝空城中，圍之，壬申，以皇太后生辰縱還。癸酉，班師。”又卷八十三。《耶律休哥傳》云：“統和四年，宋復來侵，其將范密、此人《宋史》未見，恐有誤。楊繼業出雲州，曹彬、米信出雄易。取岐溝涿州，陷固安，置屯。時北南院奚部未至，休哥力寡，不敢出戰，設伏林莽，絕其糧道。曹彬等以糧運不繼，退保白溝，案：此即《長編》所謂還師境上。月餘復至，休哥以輕兵薄之，伺其蓐食，擊其離伍單出者，且戰且卻，由是南軍自救不暇，結方陣，塹地兩邊而行，凡四日，始達於涿。聞太后軍至，彬等冒雨而遁，太后益以銳卒追及之，彼力窮，環糧車自衛，休哥圍之。至夜，彬、信以數騎亡去，餘衆悉潰，追至易州東，太后旋旆。"又《耶律斜軫傳》云："統和初，宋將曹彬、米信出雄易，楊繼業出代州，太后親帥師救燕，以斜軫為山西路兵馬都統，繼業陷山西諸郡，各以兵守，自屯代州。斜軫至定安，遇賀令圖軍，擊破之，追至五臺，斬首數萬騎，遂取蔚州。賀令圖潘美復以兵來，斜軫逆於飛狐，擊敗之，宋軍在渾源應州者皆棄城走。"又卷八十五。《耶律題子傳》云："統和四年，宋將楊繼業陷山西城邑，題子從北院樞密使耶律斜軫擊之，敗賀令圖於定安。"又《耶律諧理傳》云："統和五年，五當作四宋將楊繼業來攻山西，諧理從耶律斜軫擊之，常居先鋒，偵候有功。"又《耶律奴瓜傳》云："統和四年，宋將楊繼業來侵，奴瓜為黄皮室糺都監，擊敗之，盡復所陷城邑。"案：《宋實錄》以雲、應、寰、朔之功，盡歸之潘美，《長編》及《宋史》皆從之，故《楊業傳》亦止言諸軍連拔諸州，不云業也。及考之《遼史》，惟《本紀》曾云："潘美陷雲州"，其他諸列傳，則數言楊繼業陷山西諸郡，美不與焉。蓋美為主將，宋之史臣據奏報書之，故歸功於美。遼人親與業搏戰，第知将兵者為楊業，此其所以不同歟。業戰功甚鉅而美尸其名，已令人不平，及其攻下諸郡，置兵屯戍後，全師而歸。據《斜軫傳》。其後重至朔州，僅為取四州之民，本不須決戰，乃為王侁輩所逼，出師未捷，以身殉之，其可惜也夫。

未幾，詔遷四州之民於内地，令美等以所部之兵護之。時契丹國母蕭氏，與其大臣耶律漢寧，南北皮室，《遼史・百官志》，太宗選天下精甲三十萬，為皮室軍。及五押惕隱，惕隱，亦契丹官名。領衆十餘萬復陷寰州。

《長編》云："八月，初徙雲、朔、寰、應四州民，詔潘美、楊業以所部兵護送之。"以下與《宋史》同。《遼史・聖宗紀》云："統和四年，六月甲寅，斜軫奏復寰州。"又卷七十一。《后妃傳》云："景宗睿知皇后蕭氏，諱綽，小字燕燕，生聖宗，景宗崩，尊為皇太后，攝國政。統和元年，上尊號曰承天皇太后，二十七年崩。后習知軍政，澶淵之役,親禦戎車,指麾三軍,賞罰信明,將士用命。"案:耶律漢寧之名,不見《遼史》,既言攻陷寰州,疑即耶律斜軫。但考《長編》,卷七十九。大中祥符五年,嘗引王曾即王曾《行程錄》。曰:"幽州有開泰寺,魏王耶律漢寧造。"而《斜軫傳》不言封魏王,不知果一人否。

業謂美等曰:"今遼兵益盛,不可與戰,朝廷止令取數州之民,但領兵出大石路,告雲朔州守將,俟大軍離代州日,令雲中之衆先出,我師次應州,契丹必來拒,即令朔州民出城,直入石碣谷,遣强弩千人列於谷口,以騎士援於中路,則三州之衆保萬全矣。"侁沮其議曰:"領數萬精兵而畏懦如此,但趨雁門北川中,鼓行而往。"文裕亦贊成之。

遼兵益盛,《長編》作"寇鋒益盛",《宋會要》第九十七册《職官》六四及第一百七十八册兵八。作"賊勢甚盛",當從《會要》。《方輿紀要》卷四十四。山西應州云:"大石口,州南三十里,亦與代州繁峙縣接界,宋雍熙三年,耶律斜軫已陷寰州,勢甚盛,楊業遇之,欲領兵出大石路,直入石碣谷以避其鋒。"雍正《朔州志》卷三《古蹟》。云:"石碣谷口,在州南五十里彈石山内,宋將楊業,領兵出西陘大石路擊契丹,兵入石碣谷,即此。"案:鼓行而往,《長編》卷二十七。及《宋會要》均作"鼓行而往馬邑",考《方輿紀要》卷三十九。云:"《唐志》,西陘,關名也,在雁門山上,東西山巑峭拔,中有路,盤旋崎嶇,絕頂置關,謂之西陘關,亦曰雁門關,西北去朔州馬邑縣七十里,南去代州三十里。"此所引《唐志》,兩《唐書·地理志》《元和郡縣志》皆未見,不知何書。據此,則雁門去馬邑及代州皆甚近,業自代州出兵,故王侁欲其但趨雁門,鼓行而往馬邑。《宋史》删去"馬邑"二字,則所謂"鼓行而往"者,欲何往耶?

業曰:"不可,此必敗之勢也。"侁曰:"君侯素號無敵,今見敵逗撓不戰,得非有他志乎?"業曰:"業非避死,蓋時有未利。徒令殺傷士卒而功不立。今君責業以不死,當為諸公先。"

當為諸公先,《宋會要》前後兩叙此事,均作"當為諸公先死爾",即率帳下騎馬自石峽路趨朔州。《長編》作"當為諸公先死耳",乃引兵自石峽路趨朔州。《隆平集》《東都事略》作"非愛死也，特殺傷士卒而功不可立爾”，即自石朱路趨朔州。蓋皆本之宋國史而稍不同。元人修史，率意删改，去其趨朔州一句，下文忽言其將行，不知所行者究為大石路耶，抑雁門耶？叙事如此，將使讀者何所考也。石朱路，蓋即石峽路，《方輿紀要》卷四十四。云：“石硤路，今崞縣石硤口也。”

將行，泣謂美曰：“此行必不利。業太原降將，分當死，上不殺，寵以連帥，授之兵柄，非縱敵不擊，蓋伺其便，將立尺寸功以報國恩。今諸君責業以避敵，業當死於敵。”因指陳家谷口曰：“諸君於此張步兵强弩，為左右翼以援，俟業轉戰至此，即以步兵夾擊救之，不然，無遺類矣。”

寵以連帥，謂雲州觀察使，授之兵柄，謂雲應路副都部署。非縱敵不擊，當先死於敵，兩“敵”字，《宋會要》均作“虜”，蓋國史原文如此。今《宋史》出於元人之手，故諱言“虜”。然《長編》亦作“敵”，則疑後人所改也。《方輿紀要》云：“陳家谷，在朔州南，亦南通忻、代二州之道也。”

美即與侁領麾下兵陳於谷口，自寅至巳，侁使人登托邏臺望之，以為契丹敗走，欲爭其功，即領兵離谷口，美不能制，乃緣交河西南行二十里。俄聞業敗，即麾兵却走。

[雍正]《朔州志》云：“托邏臺，在州西南五十里，寧武陽方口西山，即宋王侁使人望楊業進戰處。”契丹敗走，《長編》作“敵敗走”，《宋會要》作“虜寇敗走”。交河，《長編》《宋會要》及《太平治蹟統類》卷三。均作“灰河”。

《方輿紀要》云：“灰河，在朔州南三里，源出寧武軍山口，北流至洪崖村，伏流十五六里湧出，經城南，至馬邑縣入桑乾河。”《水經注》：“馬邑川會桑乾水而注㶟水”，即此河矣。

業力戰，自午至暮，果至谷口，望見無人，即拊膺大慟，再率帳下士力戰，身被數十創，士卒殆盡，業猶手刃數十百人，馬重傷不能進，遂為契丹所擒。其子延玉亦没焉。

遂為契丹所擒，《隆平集》《東都事略》均作“為虜所獲”，《宋會要》作“遂為虜所擒”，此亦元史臣所改。其子延玉亦没焉，《長編》及《太平治蹟統類》,作"其子延玉與岳州刺史王貴俱死焉"。業初為敵所禽,貴親射殺數十人,矢盡張空拳,又擊殺數十人,乃遇害。《宋史》移王貴事於後,又為作附傳,故此處删去。然《長編》稱岳州刺史王貴者亦誤,據《隆平集》《東都事略》及《宋史》,貴乃淄州刺史,非岳州也。考是時尚有岳州刺史賀懷浦,與業俱死,《長編》删去懷浦之名,因誤以其官加諸王貴,而《治蹟統類》從之耳。《宋史·外戚傳》云:"賀令圖,父懷浦,孝惠皇后兄也,仕軍中,為散指揮使,太平興國初,出為岳州刺史,領兵屯三交。雍熙三年,從楊業北征,死於陣。"《宋會要》第三十四册禮四十四。《賻贈類》,特恩加賜者,有岳州刺史賀懷浦,與業同陣歿,賜錢百貫,絹百疋,酒二十瓶,羊十五口,《長編》蓋以懷浦首謀北伐見《令圖傳》中。以致僨軍辱國,故削其名,然能與業同死,亦談楊家將事所當知者。元雜劇《開詔救忠》。所謂副帥賀懷簡,即是此人,但言其謀害楊業父子,則又似王侁,撲朔迷離,誤人觀聽,故附考之於此。延玉與其父同没於陣,元雜劇《孟良盜骨》及《開詔救忠》。及小說,謂業被圍時,七郎延嗣突圍出求救,被潘仁美害死,即因此事而傅會,但本傳後文稱延浦為次子,則延玉當是長子,非七郎也。

業因太息曰:"上遇我厚,期討賊捍邊以報,而反為奸臣所迫,致王師敗績,何面目求活耶?"乃不食三日死。

因太息曰上,《長編》及《治蹟統類》均有"業既被擒"四字。迫,《長編》及《統類》作"嫉",下有"逼令赴死"一句。

案:業言為奸臣所嫉,逼令致死。"奸臣"二字,實指潘美,非謂王侁、劉文裕也。考之《長編》,卷二十。太平興國四年八月,命潘美為河東三交口都部署以捍契丹,是年十一月,始命業知代州,兼三交駐泊兵馬部署,實隸美之部下。宋之都部署,即古之大都督,實當元帥之任,但為部署,則裨將耳。《長編》及《宋史》,言業在代州時,主將忌之。潛上謗書,斥言其短。案:是時主將並無他人,實即潘美,史臣以美功名甚盛,故諱其姓名,業知為美所不容,故曰為奸臣所嫉。朔州之役,業本不欲戰,王侁面責其逗撓,劉文裕亦從旁附和,而美無一言,豈非素惡其人,坐觀成敗乎?業不得已,乃引兵出以至於敗,故曰逼令致死。美以忌功妒名,遂置國事於不顧,奸臣之目,非美而誰。不然,侁及文裕雖為護軍,而實美之偏裨,侁為雲應等州兵馬都監,文裕率兵屯三交,皆應受美節制。美何所畏忌,不發一言耶?蘇轍《欒城集》卷十六。有《古北口楊無敵廟詩》,其收句曰:“我欲比君周子隱,誅彤聊足慰忠魂。”案:晉周處,字子隱,《通鑑》卷八十二。云:“元康六年夏,以梁王彤為征西大將軍,都督雍、涼二州諸軍事。秋八月。秦雍氐羌悉反,立氐帥齊萬年為帝,御史中丞周處彈劾不避權戚,梁王彤嘗違法,處按劾之。冬十月,詔以處為建威將軍,隸安西將軍夏侯駿,以討齊萬年。七年春,正月,齊萬年屯梁山,有衆七萬,梁王彤、夏侯駿使周處以五千兵擊之。處曰:‘軍無後繼,必敗,不徒亡身,為國取恥。’彤駿不聽,逼遣之,自旦戰至暮,弦絕矢盡,救兵不至,處遂方戰而死。朝廷雖以尤彤而亦不能罪也。”潘美時以檢校太師代國公,為雲、應、朔等州都部署,猶之司馬彤以梁王為大將軍,都督雍、涼二州諸軍事也。故子由以彤之逼周處比美之逼楊業,可謂維妙維肖。若謂此言實斥王侁,則侁輩不過區區一監軍使,僅可與夏侯駿並論,惡得比之藩王為主帥者耶?子由欲誅美以慰業之忠魂,則當宋之時,無不知美實致業於死。作雜劇小說者習聞其說,故詈美不遺餘力。李慈銘不曉其故,遽以小說為悖謬,不知小說往往出於輿論,街談巷議之言,庸可盡廢乎?何面目求活耶,《長編》作“何面目求活於異地”,《治蹟統類》作“何面目求活於敵人”,《宋會要》作“何面目於虜中求活哉”,惟《會要》為國史原文,餘皆後人所改。三日死下,《會要》多“天下寃之,聞者皆為流涕”二句。《宋史・太宗本紀》云:“雍熙三年,五月丙子,召曹彬、崔彥進、米信歸闕,命田重進屯定州,潘美還代州,徙雲、應、寰、朔吏民及吐渾部族分置河東京西,會契丹十萬衆復陷寰州,楊業護送遷民遇之,苦戰力盡,為所禽,守節而死。”《續通鑑長編》卷三十。云:“端拱二年,春正月,知制誥田錫奏疏曰:近代侯伯,各有廳直三五十人,習騎射為腹心,每出入敵陣,得以隨身,後來不敢養置。昨楊業陷陣,訪聞亦是無自己腹心,以致為敵人所獲。”又卷四十六。云："咸平三年，吏部郎中直集賢院田錫上疏曰：往年楊業擊契丹，侯延廣守靈州，人多稱之，若見今節度防團刺史諸司使副中，因賞罰激勸，豈無楊業、侯延廣輩，為國家立功勳也。"《遼史·聖宗本紀》云："統和四年，七月，丙子，樞密使斜軫遣侍御涅里底幹勤哥奏復朔州，擒宋將楊繼業，及上所獲將校即綬誥勑。辛卯，斜軫奏大軍至蔚州，設伏以待敵至，縱兵逆擊，追奔逐北，至飛狐口，遂乘勝入寰州。宋將楊繼業初以驍勇自負，號楊無敵，北據雲、朔數州。至是引兵南出朔州三十里，至狼牙村，惡其名不進，左右固請乃行，遇斜軫，伏四起，中流矢墮馬被擒。瘡發，不食三日死，遂函其首以獻。詔詳穩轄麥室，傳其首于越休哥以示諸軍，仍以朔州之捷宣諭南京平州將吏，自是宋守雲應諸州者，聞繼業死，皆棄城遁。"又《耶律斜軫傳》云："統和初，皇太后稱制，益見委任，為北院樞密使，以下敘宋將曹彬等出兵事，已見前。斜軫聞繼業出兵，令蕭撻凜伏兵於路，明旦繼業至，斜軫擁衆為戰勢，繼業麾幟而前，斜軫佯退，伏兵發，斜軫進攻繼業敗走，至狼牙村，衆軍皆潰，繼業為流矢所中，被擒。斜軫責曰：'汝與我國角勝三十餘年，今日何面目相見？'繼業但稱死罪而已。初，繼業在宋，以驍勇聞，人號楊無敵，首建梗邊之策，至狼牙村，心惡之，欲避不可得，既擒三日死。"殿本《宋史·楊業傳》考證云："案：《遼史·耶律斜軫傳》，繼業被擒，但稱死罪，與《宋史》本傳迥異，蓋曲筆也。"《方輿紀要》云："宋雍熙三年，楊業自應州石硤路趨朔州，與護軍王侁等期會於陳家谷口，既而業與契丹耶律斜軫戰敗，趣狼牙村。侁不得業報，登托邏臺望無所見，以為契丹敗退，欲爭其功，領兵離谷口，緣交河西南而進，行二十里，聞業敗，即卻走。業轉戰至暮，至谷口托邏臺死焉。狼牙村，或曰即今朔州西南十八里之洪崖村。"案：《方輿紀要》此節，係綜合宋、遼《史》以為文，叙事極為詳盡，惟業被擒後，不食三日然後死，似非死於托邏臺。[雍正]《朔州志》卷四。紀村莊，有紅崖兒，卷三山川類作"紅崖兒村"。在州東北，當即所謂洪崖村，又有狼兒村，在城西南，《紀要》謂在州西南十八里，則狼牙村，疑即狼兒村，非洪崖村也。《遼史·耶律奚低傳》

云："便弓馬，勇於攻戰，統和四年，為右皮室詳穩，時宋將楊繼業陷山西郡縣，奚低從樞密使斜軫討之，凡戰必以身先，矢無虛發，繼業敗於朔州之南，匿深林中，奚低望袍影而射，繼業墮馬。先是軍令須生擒繼業，奚低以故不能為功。"又《耶律休哥等傳》論曰："宋乘下太原之銳，以師圍燕，繼遣曹彬、楊繼業等分道來伐，是兩役遼亦岌岌乎殆哉。休哥奮擊於高梁，敵兵奔潰，謂太平興國四年，宋太宗敗於幽州。斜軫擒繼業於幽州，旋復故地，宋自是不復深入，社稷固而邊境寧，雖配古名將，無愧矣。"又卷八十五。《蕭撻凜傳》云："統和四年，宋楊繼業率兵由代州來侵，攻陷城邑，撻凜以諸軍副都部署從樞密使耶律斜軫敗之，擒繼業於朔州。"又《耶律題子傳》云："當斜軫擒繼業於朔州，題子功居多。"案：《遼史》以繼業之攻山西為一大事，故大書特書不一書，史臣論贊，至以耶律斜軫之擒繼業，為功在社稷，其震而驚之如此。業之威名為虜所畏服，可以想見。此元、明之人，恨宋之亡，所以盛稱無敵楊令公者歟？雖然，與楊業戰者斜軫及蕭撻凜輩耳，而元雜劇以為韓延壽，考其姓名，不見於史，惟[乾隆]《一統志》卷二十九遵化府。云："韓昌，字延壽，遼大都督，墓在玉田東南，旁有豐碑，字畫剝蝕，僅得其時代官職姓名。"則韓延壽實有其人，流俗傳聞，亦不盡無因也。畢沅《續通鑑卷三十。考異》云："楊業之死諸書月日不同。《宋史·本紀》云：'五月，契丹十萬衆復陷寰州，楊業苦戰力盡，為所禽，守節而死。'此因五月有岐溝之敗，連屬及之，其實業之死，不在五月也。《東都事略》云：'秋八月，雲州觀察使楊業與契丹戰，死之。'李燾《長編》《契丹國志》亦繫其事於八月，此因八月贈業為太尉，追叙其死事之本末，非真死於八月也。《遼史·聖宗紀》作七月丙子，樞密使色珍即斜軫之改譯。奏復朔州，禽宋將楊繼業。又云辛卯，色珍奏楊繼業被禽，瘡發，不食三日死。是《遼史》亦無定日，要不出七月耳。至贈官自在八月，今並書之。"案：《長編》雖叙此事於八月，然於上冠以一"初"字，明其事本不在八月也。畢氏謂業死不出七月，其說至確。史不載業年壽，但言弱冠事劉崇，若如余所推測，事在漢隱帝以前崇未即位時，見前。則至雍熙三年，已閱三十六載，業死時年當五十餘。蘇頌《魏公集》卷十三。《和仲巽過古北口楊無敵廟詩》云："漢家飛將領熊羆，死戰燕山護我師，威信仇方名不滅，至今遺俗奉遺祠。"劉敞《公是先生集》卷二十八。《楊無敵廟》原注：在古北口，其下水西流。案今本注無末五字，此據《遼史拾遺》引補。詩云："西流不返日滔滔，隴上猶歌七尺刀，慟哭應知賈誼意，世人生死等鴻毛。"蘇轍《欒城集》卷十六。《古北口楊無敵廟詩》云："行祠寂寞寄關門，野草猶知避血痕。一敗可憐非戰罪，太剛嗟獨畏人言。馳驅本為中原用，嘗享能令異域尊，我欲比君周子隱，誅彤聊足慰忠魂。"顧炎武《昌平山水記》卷下。云："古北口城北門外，有宋楊業祠，業以雍熙中為雲中觀察使，契丹陷寰州，遇於雁門北陳家谷口，力戰不支被擒，不食三日死，忠矣。然雁門之北口，非古北門口也，祠於斯者誤也。"厲鶚《遼史拾遺》卷十四。云："鶚案古北口楊無敵祠，顧氏以為誤。考劉原父蘇子由二詩，在奉使時作，則祠創自遼可知。無敵忠義，感動敵境，又何論古北口之非陳家谷也。"紀昀《槐西雜志》二。云："楊令公祠在古北口內，祀宋將楊業。顧亭林《昌平山水記》，據《宋史》，謂業戰死長城北口，當在雲中，非古北口也。考王曾《行程錄》已云，古北口內有業祠，蓋遼人重業之忠勇，為之立廟。遼人親與業戰，曾奉使時，距業僅數十年，豈均不知業戰歿於何地？《宋史》則元季托克托所修，距業遠矣，似未可據後駁前也。"案：業與遼人戰敗之處，《宋史》以為陳家谷口，《遼史》以為狼牙村，總之皆離朔州不遠，不在古北口，顧氏之言是也。然古北口之楊無敵廟，建於遼人，詠於宋人之詩，絕非後人所附會。厲氏以為遼人感其忠義而立廟，不必在其戰死之處。今考蘇頌之詩云"漢家飛將領熊羆，死戰燕山護我師"，蘇子由之詩云，"行祠寂寞寄關門，野草猶知避血痕"，若業實死於朔州，則安得謂之死戰燕山？且其去古北口亦遠矣，安得有血痕在？吾嘗綜合諸書而觀之，業但戰敗於陳家谷，非死於陳家谷也。遼人曾下令軍中，必欲生擒繼業，見《耶律奚低傳》。蓋愛其忠勇，欲俟其屈服而後重用之，如後來康保裔王繼忠之比。既已陣擒其人，自必遣兵押送，致之燕京，使面其虜主。業求死不得，乃絕食自戕，經三日之餓，遂死於古北口耳。此雖不見紀載，然原父子由之詩，與史何異？業既死，遼人傳其首以示諸軍。故有血痕之句。顧氏以為楊業之祠，不當在古北口，其殆未之思也。紀氏引王曾《行程錄》云："古北口内有業祠。"考王曾此錄，又名上契丹事，各書所引多刪節，莫備於《長編》卷七十九。所載，其文但云："過朝鯉河，亦名七度河，九十里至古北口，兩旁峻崖中，有路僅容車軌，口北有鋪，彀弓連繩，本范陽防阨奚契丹之所，最為隘束。"如是而已，未嘗言有楊業祠，紀氏不知何以誤記。且謂《宋史》為元人所修不可據，不知《宋會要》《隆平集》《東都事略》《續通鑑長編》《太平治蹟統類》等書，大抵出於《三朝國史》，無不相同。《遼史》本紀所書，則出於耶律斜軫之奏報。《宋史》縱不可據，豈此諸書亦不可據乎？凡讀古人書，當實事求是，若不參稽博考，而第以私意測之，未有不羣疑满腹者也，豈獨楊業一事已哉？業死後，不知曾否歸葬。[乾隆]《一統志》卷十一保定府。云："楊業墓在唐縣西北一百十里，相傳業戰没葬此。"明釋鎮澄《清涼山志》卷二。云："令公塔，在九龍岡，宋楊業忠死，子五郎收骨建塔。"皆傅會不足信。至元人雜劇，以為業死後，番人取其骨，懸之昊天寺塔上，尤為誕妄。《日下舊聞考》卷五十九。引元《一統志》云："遼道宗清寧五年，秦越大長公主捨第為寺，既成，以大昊天寺為額。"清寧五年，即宋仁宗嘉祐四年，上距太宗雍熙三年楊業戰死之歲，七十三年矣，業之骨已朽，尚安得懸之塔上。是真齊東野人之語，而《畿輔通志》，卷一百七十八。於昊天寺條下，引梁清標詩，有"黄塵餘霸氣，白骨冷幽州"之句，並自注云："俗傳寺舊有塔，遼以貯楊無敵骨。"以戲劇之詞，形之歌詠，可謂俗語不實，流為丹青矣。

帝聞之痛惜甚，俄下詔曰："執干戈而衛社稷，聞鼓鼙而思將帥，盡力死敵，立節邁倫，不有追崇，曷彰義烈。故雲州觀察使楊業，誠堅金石，氣激風雲，挺隴上之雄才，本山西之茂族。自委戎乘，式資戰功。方提貔虎之師，以效邊陲之用，而羣帥敗約，援兵不前，獨以孤軍，陷於沙漠，勁果猋厲，有死不回，求之古人，何以加此。是用特舉徽典，以旌遺忠，魂而有靈，知我深意。可贈太尉大同軍節度，賜其家布帛千匹，粟千石。大將軍潘美降三官，監軍王侁除名隸金州，劉文裕除名監登州。”

《宋會要》第三十四册。禮四十四。《賻贈類》云：“雲州觀察使楊業，雍熙三年八月，北征陣歿，賜絹布各百疋，粟一十石。”案：此不知何日事，其賻贈之數，與本傳不同。蓋初聞業死時之所賜也。《會要》同卷。稱凡觀察使卒，賜錢三百貫，絹布各二百疋，酒五十瓶，羊五十口。業以觀察使殉節，所賜絹布，乃較善終者減半，又無錢與羊酒，反不如同時陣没之賀懷浦，見前。雖加賜粟，亦甚少，其待之之薄如此，知業此時必為人所讒謗矣。其後贈官賜厚賻，並嚴譴潘美等，《長編》敘之於八月辛亥，是月丁酉朔，辛亥為月之十五日，蓋其事久而始明，是必有人為之申雪矣。否則羣帥失約，援兵不前，潘美必不肯自言，帝何以知之。此中經過，諸史並不書。惟光緒十年。《續修岢嵐州志・節婦類》，有楊業妻折氏，注云：“業，初名繼業，仕北漢，任犍為節度使，犍為，乃“建雄”之誤。娶折德扆女，後歸宋，賜姓楊。折性敏慧，嘗佐業立戰功，號“楊無敵”。後業戰死於陳家谷，潘美王侁畏罪，欲掩其事，折上疏辯夫力戰獲死之由，遂削二人爵，除名為民。”潘美未嘗除名，此誤。其不及劉文裕者，以文裕本非主謀也。此書雖修於清末，然［乾隆］《保德州志》卷二。敘折氏事，所引《岢嵐志》，已與此同，知其遠有因襲，非出杜撰，揆以當日情事，必是如此，孰謂方志必不可信哉？美既陷業於生前，又欲誣之於身後，其用心不可謂非奸邪？宜乎作雜劇者增飾其罪狀，欲得而甘心也。《宋史・潘美傳》云：“美獨拔寰、朔、雲、應等州，詔内徙其民，會遼兵奄至，戰於陳家谷口，不利，驍將楊業死之，美坐削秩三等，責授檢校太保。《宋會要》作“檢校太尉”，誤。明年，復為檢校太師，知真定府。未幾，改都部署，判并州，加同平章事，數月卒。”《名臣碑傳琬琰集》引《實錄・潘美傳》云：“俄受詔遷四州之民於内地，會戎人奄至，與戰不利，喪驍將楊業。八月，詔曰：‘忠武軍節度檢校太師潘美，位處殿邦，任隆分閫，總貔貅之族，執金鼓之權，昨以雲、朔吏民，不忍委於戎虜，因令南徙，俾總援兵，經塗非賒，精甲甚衆，不能申明斥堠，謹設隄防，陷此生民，失吾驍將，據其顯咎，合正刑書，尚念久在邊陲，累分憂寄，爰伸念舊，特示從輕，可削三資，為檢校太保。’”《宋史·王侁傳》云：“侁性剛愎，以語激楊業，業因力戰陷於陣，侁坐除名，配隸金州，事載《楊業傳》。會赦移均州團練副使，淳化五年召還，道病，至京師卒。”又《外戚·劉文裕傳》云：“從潘美北征，坐陷失驍將楊業，削籍配隸登州，事具業傳。歲餘，上知業之陷由王侁，召文裕還，俄起為右領軍衛大將軍，領端州團練使。踰月，遷容州觀察使，出為鎮州兵馬部署，端拱元年，卒於屯所。”

業不知書，忠烈武勇，有智謀，練習攻戰，與士卒同甘苦。代北苦寒，人多服氈罽，業但挾纊，露坐治軍事，傍不設火。侍者殆僵仆，而業怡然無寒色。為政簡易，御下有恩，故士卒樂為之用。朔州之敗，麾下尚百餘人，業謂曰：“汝等各有父母妻子，與我俱死，無益也，可走還報天子。”衆皆感泣不肯去。淄州刺史王貴，殺數十人，矢盡遂死，餘亦死，無一生還者。聞者皆流涕。

為政簡易下，《長編》有“吏民愛”之一句。“俱死無益也”下，《長編》云：“儻敵人散去，尚可還報天子者。”《治蹟統類》作“儻鳥獸散”云云。案：業意欲其麾下四散逃生，故曰儻鳥獸散，尚可還報天子，此時契丹之兵甚盛，安得遽散去。今本《長編》，疑後人所妄改，《宋史》作“可走還報天子”，則鳥獸散之意自在其中，較舊文為優。業麾下雖盡死，然王貴賀懷浦之衆，必有逃歸者，否則業太息之語，對麾下之言，無人傳述，史臣安得聞之耶？

業既殁，朝廷錄其子供奉官延朗為崇儀副使，次子殿直延浦、延訓，並為供奉官，延瓌、延貴、延彬，並為殿直。

延瓌，各本俱作“延環”，今從影元本。《長編》及《治蹟統類》均作“錄其子供奉官延朗等五人，及貴子二人”。案：據本傳業有子七人，除延玉先戰死外，業殁後，朝廷錄其六子，而《長編》止言五人者，《長編》卷一百三十五。載慶曆三年詔書云：“蔭長子孫，皆不限年，諸子孫須年過十五”，此制疑早已有之。業死時延彬年蓋尚幼，故贈官詔書中，止錄五人。延彬之官，蓋後來所加恩。《宋史》卷一百五十九。《選舉志》云:“陰補之制,樞密使副使宣徽節度使,子西頭供奉官,期親右侍禁,餘屬自右班殿直以下第官之。”延昭不應先為供奉官,蓋其時制尚未定,延浦以下,則用節度使例也。其時尚無左右侍禁,侍禁置於淳化二年,見《長編》卷三十九。故延瓌等得殿直。徐大焯《燼餘錄》云:“雍熙三年,業副潘美北伐,會蕭太后領衆十萬犯寰,業出戰,死之,長子淵平隨殉,次子延浦,三子延訓,官供奉,四子延環,此字疑後人據通行本所妄改。初名延朗,五子延貴,並官殿直,六子延昭,從征朔州功,加保州刺史,真宗時,與七子延彬,初名延嗣者,屢有功,並授團練使。延昭子宗保,官同州觀察,世稱楊家將。”案:雜劇及小說,所叙七子之名,彼此互異。大焯此條所記,延浦以下與《宋史》同,而以延玉為淵平,四郎為初名延朗,七郎初名延嗣,則又與小說合。兩小說叙七人之名亦不盡同,惟此三人及六郎延昭相合。但小說謂延嗣為潘美亂箭射死,而此謂與延昭同立功,又復不同,其實皆不可信。大焯宋末人,元初尚存,見卷首明李模題記。其言蓋采自《楊家將話本》,未嘗考之國史也。惟所載諸子次第,乃頗有據。史稱延浦為次子,則延玉必是長子,延昭為六郎,則其排行必第六,故其次序如此。民間之流傳亦有不誣者,此類是也。李慈銘注曰:“業娶府州永安軍節度使折德扆女,今山西保德州折窩村,有大中祥符三年折太君碑,即業妻也。西北人讀折音如蛇,故稗官家作佘太君,以折窩村為社家村,又傅會為蛇太君委蛻不死。”案:業妻為折德扆女,已見前所引《岢嵐州志》。更考[乾隆]《一統志》,卷一百二十二保德州陵墓類。及《保德州志》,卷二古蹟類。均有折太君墓,在州南四十里折窩村,而[光緒]《山西通志》,卷五十六陵墓門。顧不甚信,其言曰:“案:德扆守府州,屢敗北漢兵,宋乾德中卒,而業是時則北漢將也,存以備考。其意以為業為北漢之臣,而德扆與北漢為敵,疑業不應娶其女也。”不知德扆在周宋之間,固屢破北漢兵。而當漢隱帝乾祐二年,固府州團練使也。見《舊五代史》卷一百二十五《折從阮傳》。德扆之年,已三十有三,《宋史》卷二百五十三《折德扆傳》云乾德二年卒,年四十八。其女當亦十六七矣。業是時纔弱冠,見前“弱冠事劉崇”句下。年齡正相當，北漢世祖以天子叔父為河東節度使，德扆方求援繫之不暇，何為不可以女妻業乎？若謂德扆後來與漢為敵，漢必不復用業，則業弟重勳，亦屢叛漢，且破其兵，見《通鑑》及《長編》。漢主尚不以為嫌，何有於妻父哉！李氏所言大中祥符三年之折太君碑，從來不見著錄。光緒時，高郵夏寶晉夏嘗為絳縣令，見胡聘之《山右石刻叢編後序》。作《山西金石錄》，始列其目，今亦未見拓本。畢沅《關中金石記》，卷六。有《折克行神道跋》云，世以此碑為折太君碑，考太君德扆之女，楊業之妻也，墓在保德州折窩村，非此也。然則向來所謂折太君碑，皆出誤傳，夏氏殆亦沿其誤歟。然畢氏考克行碑為政和六年所立，而夏氏謂太君碑立於大中祥符三年，則又似非一碑矣。疑不能明，容俟再考。蛇太君委蛻不死，今所見小說並無其文，李氏所謂稗官家，不知何書也。《隆平集》云：“北代之役，曹彬岐溝之敗，死者甚衆，彬貶右驍衛上將軍。及鄴陷没，潘美削官三資，時雍熙三年之春夏也。此與《宋史·太宗本紀》以為五月者合。是年十二月，復命劉廷讓再舉北伐之兵，而全軍陷於君子館，廷讓馬斃，三易馬，始以身免。三將繼衂，沿邊瘡痍之卒不滿萬計，料鄉兵城守，皆不習戰事，僅自固而已。深祁德州既常不守，魏博之北，彫弊為甚。”案：觀《遼史》之論耶律斜軫，《隆平集》之論楊鄴，知遼之所以存，宋之所以弱，皆係於業之死，業之一身，有關於天下亦大矣。此所為謳歌歎息，徧於民間，久而不衰也歟？《隆平集》此論在鄴傳末，故附於此。

《楊延昭文廣傳》索隱第四

延昭，本名延朗，後改焉。

《隆平集》云：“鄴之子延朗，其後緣聖祖諱，而改曰延昭。”《東都事略》云：“延朗，下一字犯聖祖名，改為延昭。”《續通鑑長編》卷七十九。云：“大中祥符五年，冬十月，戊午，九天司命上卿保生天尊，降於延恩殿。閏十月己巳，上天尊號曰聖祖上靈高道九天司命保生天尊大帝。壬申,詔聖祖名上曰玄,下曰朗,不得斥犯。”案:六郎本名延朗,其改名之故,明白如此,而雜劇小說,乃以為六郎名景,又作延景。字彥朗,又作“彥明”。已不可解。雜劇又稱五郎楊朗,於五臺山興國寺出家。見《昊天塔》劇中,小說則以五郎為延德,而以延朗為四郎。釋鎮澄《清涼山志》,遂謂樓觀谷有五郎祠,楊業第五子出家處,見卷二。又謂宋沙門睿見,即楊五郎之師。僧徒無識,固無足責。乃[乾隆]《一統志》卷一百十六。從而實之曰,太平興國寺,宋釋睿見居此,相傳為楊延朗之師,《欽定清涼山志》卷十六。亦同。不知宋太宗所為造寺者,名睿諫,不名睿見,有傳在宋沙門延一《廣清涼傳》中。卷下。五郎出家之事,别無所出,獨見於雜劇小說耳。況延朗之為六郎,明見史傳,何曾出家?以官修之書,誕妄至此,豈不大可笑哉?此本不足辯,以世人多不讀史,聊復著之以戒後學。

幼沈默寡言,為兒時,多戲為軍陣。業嘗曰:“此兒類我。”每征行,必以從。太平興國中,補供奉官。

《隆平集》及《事略》均云:“以業蔭以《事略》作“用”。補供奉官。”案:此必太平興國五年業遷觀察使以後事,延玉此時已得官與否不可知,延昭以第六子,獨先延浦等得官,蓋業以其從征善戰,故以其名上聞也。

業攻應朔,延昭為其軍先鋒,戰朔州城下,流矢貫臂,鬭益急。

案:此雍熙三年三月圍朔州時事,延昭是時年二十有九,其年七月業戰死,不知延昭是否從行,抑留代州也。

以崇儀副使出知景州,時江淮凶歉,命為江淮南都巡檢使。

景州舊屬河間府,即今河北景縣。《宋史》卷六。《真宗紀》云:“咸平元年,夏四月旱,五月甲子,幸大相國寺祈雨,升殿而雨。二年三月丙辰,江浙發廩振饑。閏月丁亥,以久不雨,帝諭宰相曰,凡政有闕失,宜相規以道,毋惜直言。戊子,幸太一宫天清寺祈雨,壬辰雨。丙午,詔江浙饑民入城池漁采,勿禁。是歲,江浙廣南荊湖旱,分使發粟振之。三年二月,京畿旱,慮囚,癸酉,大雨。是歲,畿内江南荆湖旱,並振之。”又卷六十六。《五行志》云:“咸平元年春夏,京畿旱,又江浙淮南荆湖四十六軍州旱。二年春,京師旱甚,又廣南西江浙荆湖及曹單嵐州淮陽軍旱。三年春,江南頻年旱。”案:咸平初,江淮頻年大旱,然二年秋冬間,延昭已移保州,其前又嘗知定遠,則其為江淮南都巡檢使,當在咸平元年。

改崇儀使,知定遠軍,徙保州緣邊都巡檢使,就加如京使。咸平二年冬,契丹擾邊,延昭在遂城,城小無備,契丹攻之甚急,長圍數日,契丹每督戰,衆心危懼,延昭悉集城中丁壯登陴,賦器甲護守。會大寒,汲水灌城上,旦悉為冰,堅滑不可上,契丹遂潰去,獲其鎧仗甚衆。

定遠軍,即今河北東光縣治,清屬河間府。保州,即今清苑縣,清為保定府治。《續通鑑長編》卷一百五十一。云:“保州廣信安肅軍,自五代以來,别領兵萬人,號緣邊都巡檢司,以知州軍為使。”咸平二年冬,《隆平集》及《東都事略》均無“冬”字。會大寒,作“偶大寒”。契丹遂潰去,作“虜遂解去”。契丹每督戰,《長編》卷四十五。作“戎母親督戰”。戎母,謂遼承天太后。契丹遂潰去,作“敵乃潰去”。此後人所改。李燾自注云:“此事《實録》不記其月日,今附見廉良河破敵之後。”《遼史》卷十四。《聖宗紀》云:“統和十七年,九月己亥,南伐。冬十月癸酉,攻遂城不克。”案:此事因《實録》不記其月日,故宋人胥不得其時,《長編》不獲已,附於九月甲辰之後,《宋史》獨知為二年冬者,以有遼之舊史可考也。《方輿紀要》卷二十。保定府安肅縣條下云:“遂城廢縣,縣西二十五里,戰國時燕之武遂也。魏主詡北魏孝明帝。孝昌中,營州陷,永熙二年,置南營州於此。隋開皇初廢南營州。十八年,改置遂城縣,屬易州,唐因之。五代時周復三關,此為沿邊要地。宋咸平二年,契丹攻遂城,宋將楊延昭登陴固守,契丹引去。是時安肅遂城,最為敵衝,景德初,改為廣信軍。”

以功拜莫州刺史。時真宗駐大名,傅潛握重兵頓中山,延昭與楊嗣石普屢請益兵以戰。潛不許。

宋之莫州,即今河北任邱縣治,舊屬河間府。《續通鑑長編》

云:“咸平二年,秋七月,上聞契丹將入寇,甲申。以馬步軍都虞候忠武節度使傅潛,為鎮定高陽關行營都部署。十二月甲寅,車駕發京師,甲子,次大名府,丙子,詔諭百官各上封章,直言邊事。於是工部侍郎集賢學士錢若水言,今傅潛領數萬雄師,閉門不出,坐看敵人俘掠生民,上則辜委任之恩,下則挫銳師之氣。軍法曰,臨陣不用命者斬,今若申明軍法,斬潛以徇,然後擢取如楊延朗楊嗣者五七人,增其爵秩,分授兵柄,使將萬人,閒以彊弩,今分路討除,孰敢不用命。契丹聞我將帥莫不用命,退則亦死,豈不懼哉?懼則豈獨思遁,抑亦來歲不敢犯邊矣。”又卷四十六。云:“咸平三年,正月癸未,以獎州刺史楊嗣為保州刺史,如京使楊延朗為莫州刺史,崇儀使叙州刺史带御器械石普,為洛苑使,賞擊退敵騎之功也。”

及潛抵罪,召延昭赴行在,屢得對,訪以邊要,帝甚悦,指示諸王曰:“延昭父業,為前朝名將,延昭治兵護塞,有父風,深可嘉也。”厚賜遣還。

《續通鑑長編》云:“乙酉,鎮定高陽關行營都部署,馬步軍都虞候忠武節度使傅潛,削奪官爵,流房州。潛二子内殿崇班從政從範,亦除名随父流所,仍籍没其家貲。先是上駐大名既踰旬,邊捷未至,且聞驍將楊延朗楊嗣石普輩屢請益兵,潛不之與,有戰勝者,潛又抑之不以聞,繇是大怒,召潛赴貝冀路行營。潛至冀州,乃遣高瓊單騎即軍中代之,令潛詣行在,至則下獄,罪當斬,詔特貸其死。”案:《長編》此下載延昭入對事,與《宋史》同,惟《長編》於延昭未更名以前,皆稱延朗,《宋史》盡易為“延昭”,叙事之辭,猶之可也,如此條帝指延朗以告諸王,乃當時口語,其時尚未更名,安得呼為延昭乎?

是冬,契丹南侵,延昭伏鋭兵於羊山西,自北掩擊,且戰且退,及西山伏發,契丹衆大敗,獲其將,函首以獻,進本州團練使,與保州楊嗣并命。帝謂宰相曰:“嗣及延昭,並出疎外,以忠勇自效,朝中忌嫉者衆,朕力為保庇以至於此。”

團練使,見《楊業傳》注。《續通鑑長編》卷四十八。云:“咸平四年，夏四月，乙巳，以保州刺史楊嗣，莫州刺史楊延朗，并為本州團練使。上謂宰相曰：‘嗣及延朗，並非疎外，以忠勇自效，朝中忌嫉者衆，朕力為保庇，乃及於此。’時嗣與延朗，並為緣邊巡檢，勇於戰鬥，以名稱相上下，邊人謂之二楊。先是上特召嗣入朝，面授團練使，嗣言臣久與延朗聯職，一旦驟居其上，願且守舊官。上嘉嗣之退讓，即命延朗亦為團練使，仍命嗣持告命就賜之。”李燾自注曰：“《楊延朗傳》云：‘三年冬，契丹復來寇，延朗伏鋭兵於羊山西，自北掩擊，且戰且退，及西山，伏發，敵衆大敗。鑊敵將，函首以獻，進團練使，與楊嗣並命。’又《王漢忠傳》云：‘敵大寇中山，大當作入。漢忠率諸將陣於野，未戰，敵遁，追斬甚衆，獲其貴將，加殿前副都指揮使。’案：上去年春，自大名還京師，至今年春，《契丹傳》《會要》《本紀》《實錄》並不載敵復入寇事，其復入寇，乃四年冬，不知延朗及漢忠所獲敵將，果在何時。延朗與漢忠同獲一人，或各獲一人，皆不可知也。據《楊嗣傳》乃緣嗣讓，初不緣破敵有功，而漢忠為殿前副都指揮使，據《實錄》《本紀》，則與高瓊、葛霸同遷，亦不言獲敵將於中山也。疑延朗及漢忠所獲敵將，當是二年冬及三年春上在大名時，或四年冬事，二傳誤載耳，今皆不取。”

案：李燾所引諸列傳，皆宋王旦、王曾等所修《三朝國史》也。考《遼史·聖宗紀》，自統和十八年即咸平三年。正月詔諸軍各還本道以後，至十九年冬十月南伐以前，并無與宋攻戰之事。國史之誤，李燾辯之甚明，而今之《宋史》，仍一一照錄，無所改正，《王漢忠傳》，見《宋史》卷二百七十九。可見元人修史，止作鈔胥而已，並《長編》等書，亦不肯一考也。

又案：真宗言嗣與延朗，朝中忌嫉者衆，則忌延朗者不止一人，第不知為誰某，而雜劇小說，乃謂樞密使王欽若，本遼之間諜，故謀殺六郎，為遼除害，委巷之言，無稽已甚。此蓋宋之遺民，追思寇準澶淵之功，恨欽若之進讒，遂醜詆毒詈，衆惡皆歸。觀《輟耕錄》卷二十五。所錄金院本名目，其諸雜院爨中，已有打王樞密爨，則欽若之供人笑罵，由來已久，可見街談巷議，雖傳聞失實，尚不失是非之公。人之多言，亦可畏也。《長編》卷五十。又云：“咸平四年,十一月,先是保州團練使楊嗣,莫州團練使楊延朗,西上閤門使李繼宣,入内副都知秦翰,並為前陣前鋒鈐轄,分屯静戎威虜軍。及是會師於威虜,延朗、嗣輕騎先赴羊山,繼宣與翰,分左右隊,各整所部,翰全軍亦往,繼宣留壁齊羅,止以二騎繼進,至則延朗、嗣適為敵所乘,繼宣逐之,環山麓至其陰,繼宣馬中矢斃,凡三易乘,進至牟山谷,大破之。延朗、嗣初頓齊羅,既而退保威虜,繼宣獨與敵角,薄暮始至威虜。"李燾自注云:"案此,則《楊延朗傳》以羊山之捷,為三年冬,其誤審矣。"《宋史》卷二百六十。《楊信傳》云:"信,瀛州人,弟嗣,再知保州有戰功。咸平初,領獎州刺史,與敵人戰於廉良。斬首二千級,以功真拜保州刺史,召還,授本州團練使時,楊延昭方為刺史,嗣言嘗與延昭同官,驟居其上,不可,願守舊官,上嘉其讓,乃遷延昭官。嗣與延昭久居北邊,俱以善戰聞,時謂之二楊。"案:嗣與延昭雖同時齊名稱二楊,然嗣為瀛州楊信之弟,延昭乃麟州楊信之孫,本非同族。《燼餘錄》乃謂業第七子延彬,本名延嗣,與延昭同立功,並授團練使。是誤以嗣為延昭之弟,野史之不足信如此。

五年,契丹侵保州,延昭與嗣提兵援之。未成列,為契丹所襲,軍士多喪失,命李繼宣、王汀代還。將治其罪,帝曰:"嗣輩素以勇聞,將收其後效,即宥之。"

《續通鑑長編》卷五十二。云:"咸平五年,五月,先是契丹入寇保州,緣邊都巡檢使深州團練使楊嗣,莫州團練使楊延朗,率兵禦之,部伍不整,為敵所襲,士馬多失亡。戊午,徙定州鈐轄西上閣門使李繼宣,為緣邊都巡檢使,内殿崇班王汀副之。召嗣及延朗赴闕,引見詰責,將按其罪,謂殿前都指揮使高瓊等曰:'嗣、延朗素勤藎,勇於戰鬬。今特宥之,庶收其後效也。'按宥其罪,仍為莫州團練使。"

六年,契丹復侵望都,繼宣逗遛不進,坐削秩,復用延昭為都巡檢使。

望都,宋屬中山府,即今河北望都縣,舊屬保定府。《宋史》卷七。《真宗本紀》云:"咸平六年四月,契丹來侵,戰望都縣,副都部署王繼忠陷於敵。"《太平治蹟統類》卷四。云:"望都,契丹兵衝也。"《續通鑑長編》卷五十五。云:"咸平六年,六月癸酉,以莫州團練使楊延朗為保州威虜静戎軍沿邊都巡檢使,代李繼宣也。望都之敗事在是年四月。契丹剽略郡縣,繼宣壁徐河,散衆數千隊薄威虜,威虜魏能與戰,走之,久而繼宣始至。又寇静戎,副使王汀請分兵自将襲賊,繼宣不許。雖日出遊騎偵賊勢,屢徙塞而未嘗出戰,為能及汀所發,乃詔還。令樞密院問狀,繼宣自西上閤門使康州刺史責授如京副使,汀先領閤門祗候,亦坐落職。"

時講防秋之策,詔嗣及延昭條上利害,又徙寧邊軍部署。

《續通鑑長編》卷五十四。云:"自望都之失利也,上日訪禦戎之策,或言楊嗣楊延朗久戍邊練武事,遂詢以謀略,而所上不適機要。"案:《長編》以此事附於咸平六年五月之末,其六月,延朗始代李繼宣為都巡檢使,本傳敍次先後互易,與《長編》不同。又《長編》及《治蹟統類》並謂嗣及延昭所上謀略不適機要,而本傳不言,《楊嗣傳》且云:"明年與防秋之策,條陳北面利害,以其練達邊事,出為鎮定高陽關三路後陣鈐轄。"夫既練達邊事,即安得謂之不適機要?蓋宋之國史,不欲言二人之短,有意曲成其美耳。《長編》卷五十六。景德元年六月,令寧邊軍部署楊延朗壁静戎軍東條下,自注云:"楊延朗去年六月癸酉,以莫防謂莫州防禦使。為保州,威虜静戎軍緣邊都巡檢,代李繼宣。八月甲寅,猶在保州,不知何時改授寧邊軍。十月甲子,以寧邊軍經蕃寇,蠲其夏秋税,或延朗改授,政在此時。又案:今年正月庚戌,平虜城火,謝德權至寧邊,會孫全照同按其狀,則今年正月,全照猶為寧邊軍部署也。或延朗即代全照者,不然延朗雖有此命,尋復故,當考之。"又是年七月,以鄭州防禦使魏能為寧邊軍路部署條下,自注云:"《魏能傳》云,能以鄭防出為寧邊軍部署,案:六月庚辰,楊延朗實為寧邊部署,不知能即代延朗者否,又不知延朗徙何官。"案:李燾於延朗遷寧邊軍之月日,鈎稽考核,至為詳密,此即春秋編年紀事之法,後人修史者多不講此,《宋史》尤甚,故讀之不易了然。《太平寰宇記》卷六十八。云:"寧邊軍,本定州博野縣,皇朝雍熙四年於此建軍。”案:即今河北蠡縣治,舊屬保定府。

景德元年,詔益延昭兵滿萬人,如契丹騎入寇,則屯静安軍安,當作“戎”,詳見後。之東。令莫州部署石普,屯馬村西以護屯田,斷黑蘆口萬年橋敵騎奔衝之路,仍會諸路兵掎角追襲,令魏能、張凝、田敏奇兵牽制之。時王超為都部署,聽不隸屬。

《太平寰宇記》云:“静戎軍,本易州宥戎鎮,太平興國六年升為軍。”案:即明清之安肅縣,今為河北徐水縣治。《續通鑑長編》卷五十六。云:“景德元年六月,上謂宰相曰:‘今年北面防秋兵馬,已各有制置。順安静戎軍,先開河道屯田,導治溝洫,以為險阻,蓋欲保庇邊民,俾其耕植。今聞戎人欲自西路入寇,必先分兵堙塞此溝洫河道,静戎順安軍屯兵既少,難於赴援,若果為敵所堙塞,即異時修復,倍為煩費。況此設險之計,蓋邊臣上言,因從其請,朕嘗諭之,若羣寇犯邊,須别為備禦,此險亦不足恃,平時賊騎偵邏,即有所限隔,自訖役以來,邊民得遂耕種,頗亦安堵,朕熟計此,若必須固護河渠,即至時令莫州部署石普,移兵馬屯村西,寧邊軍部署楊延朗,壁静戎軍之東,此下有李燾自注,已見前。兩軍屯田,庶獲無虞,且可以斷黑蘆口萬年橋敵騎奔衝之路,及會諸路兵犄角追襲,其地里稍遠,難於守護處,縱為賊所湮塞,異時修復,人亦自無異議,卿等以為如何。或難於分兵守護,亦無固必也。’李沆等咸以為便。庚辰,詔諭延朗及普等,仍益延朗兵滿萬人,務申嚴斥候以備侵軼。又詔北面緣邊州軍河渠隄堰,及屯田溝洫,宜令所在常切固護,毋使廢墮。”又卷五十七。云:“景德元年,閏九月,寇準言邊奏敵騎已至深、祁以東,緣三路大軍在定州,魏能、張凝、楊延朗、田敏等,又在威虜軍等處,東路别無屯兵,乞先發天雄軍步騎萬人駐貝州,令周瑩、杜彦鈞、孫全照部分。”案:寇萊公以景德元年七月,拜參知政事,不踰月,遂入相,其時楊延朗方為寧邊軍部署。考之《長編》等書,萊公平生議論及於延朗者,僅此而已,其他並無關涉,而元明人雜劇小説,演楊家將事者,常好牽引萊公以為穿插,何也?蓋因萊公澶淵之役,能使遼人屈服請和,延朗之在邊防,亦深為契丹所畏憚,宋亡之後,遺民思之不置,故因楊六郎以念及寇萊公，又因萊公而追恨王欽若，雜劇小說從而裝點之，此所以楊家將故事之中，常見寇準姓名也。方契丹求和時，萊公欲勿許，且畫策以進曰，如此可保百年無事，真宗不許。見《長編》卷五十八。《宋史全文》載陳瑩中之言曰："當時若無寇準，天下分為南北矣。寇準之功不在於主親征之說，而在於當時畫策欲百年無事之計。向使其言獲用，不惟無慶曆之悔，亦無靖康之禍矣。"《宋史全文》余未見，此就《長編》卷五十八後人附注中引用。余案：和議將定時，延朗亦欲扼其歸路，盡殲其兵，直取幽易數州，此其意猶萊公也。使二人之言獲用，豈惟無靖康之禍，亦不至有崖山之敗，此宋之遺民，所為追念二公不置，形於盲詞俚唱也歟。又卷五十八。云："景德元年，冬十月丁酉，詔威虜軍魏能，保州張凝，北平寨田敏等，率所部兵屯定州。先是詔能凝敏，及邊都巡檢楊延朗，分握精騎，俟敵至，則深入以牽其勢。王超嘗請四人悉隸所部，上以本設奇兵，撓其心腹，若復取裁大將，則四人無以自效，令不受超節度，超既赴行在，乃詔敏等移屯。"

延昭上言，契丹頓澶淵，去北境千里，人馬俱乏，雖衆易敗。凡有剽掠，率在馬上，願飭諸軍扼其要路，衆可殲焉。即幽、易數州，可襲而取。奏入不報，乃率兵抵遼境，破古城，俘馘甚衆。

《續通鑑長編》卷五十八。云："十二月乙未，華斌自敵寨還，華斌為澶州馬舖小校，宋人遣之入遼，持手詔賜宋降臣王繼忠者。王繼忠具奏北朝已嚴禁樵采，仍乞詔張凝等無使殺傷北朝人騎。上謂輔臣曰：'昨黨徇羣議，發大軍，會石普楊延朗所部，屯布緣河諸州，邀其歸路，以精銳追躡，腹背夾攻，則彼必顛沛矣。朕念矢石之下，殺傷且多，況求結歡盟，已議俞允，今張凝等出兵襲逐，但欲絕其侵擾耳。'左右皆稱萬歲。延朗嘗言：'敵頓澶淵，去境北千里許，人馬罷乏，雖衆易敗。凡所剽掠，悉在馬上，願飭諸軍扼要要路掩殺。其兵殲，則幽易數州可襲取也。'奏入，不報。延朗獨率所部兵抵契丹界，破古城，俘馘甚衆。"此下有李燾自注，今移入後條。《方輿紀要》卷四十四。蔚州靈丘縣條下云："《通志》，此明之《山西通志》。縣西二十里，有蕭太后城，其南二里，有楊六郎城，止一面，俗傳楊六郎與蕭后兵相距處。”［乾隆］《一統志》，卷一百九。大同府古蹟云：“六郎城，在廣靈縣西南四十里，相傳宋楊延朗屯兵所築，遺址尚存。又有古城，在縣南三里，相傳秦王所築。”又云：“蕭太后城，在靈丘縣西南三十里，相傳遼太后駐兵於此。”又同卷。關隘云：“石門口，在靈丘縣東二十里，壁立直上，徑最險隘，舊名隘口關，宋楊延朗嘗守此。”案：延朗此時本駐威虜軍，見上條引寇準語。威虜即宋遂城縣，見《寰宇記》卷六十八。今之河北徐水縣也。本安肅縣，民國三年改。其地距山西廣靈、靈丘皆不遠。延朗所破之古城，蓋即廣靈縣南之古城，故其屯兵所築之城猶在。澶淵之戰，遼承天太后實親御戎車，指揮三軍，蓋曾與延朗相距，故有蕭太后城。史傳所言，證之地志而益明，非無稽之談。乾隆《廣靈縣志》，卷末。乃謂廣邑在宋時没於荒服，延昭絕無在此築城屯兵事，可謂拘墟之見矣。《方輿紀要》《一統志》所載六郎遺蹟甚多，恐出附會，今皆不取，獨此數條確鑿可據，故錄之。

及請和，真宗選邊州守臣，御筆錄以示宰相，命延昭知保州，兼緣邊都巡檢使。

《續通鑑長編》卷五十八。華斌自敵寨還條下，自注云：“明年正月，詔延朗實再任緣邊都巡檢，而本傳脱略，今附見。”又卷五十九。云：“景德二年，春正月，上以河北守臣宜得武幹善鎮静者。乙卯，命莫州團練使楊延朗知保州，同命者馬知節等，共十一人，今不具錄。上親錄其姓名付中書，且曰：‘朕如此裁給，當否，卿等共詳之。’畢士安曰：‘陛下所擇，皆才適於用，望付外施行。’從之。”案：宋《三朝國史》延朗本傳，只言命延朗知保州，而不言兼都巡檢，今《宋史》具載之，則元之史臣，亦嘗小有補苴矣。《長編》又云：“殿前都虞候康州防禦使曹璨。為鎮定兩路副都部署，治鎮州。鈐轄四員，分二員赴定州，如定州有軍事會議，令璨暫赴之。其緣邊巡檢楊延朗，止令在保州，遣同巡檢往來巡警，如有羣盜，會兵剪滅，即率麾下往赴，荆嗣亦如之。”荆嗣，罕儒之從孫，已見《楊業傳》注。案：延朗知保州及兼都巡檢，皆在二年春，本傳以為元年春，誤也。

二年,追敍守禦之勞,進本州防禦使,俄徙高陽關副都部署,在屯所九年。

《隆平集》云:"徙高陽關副都部署,在屯九年,官至英州防禦使卒。"案:延昭之進本州防禦,徙高陽關,《長編》皆不書,但於二年正月己巳書云,孫全照、張旻、秦翰並以戰守功加檢校官及封邑,除悉推恩有差,延朗之進防禦使,當在此時。又其年五月辛亥,高陽關副都部署張凝卒,延朗蓋繼其任。《隆平集》《東都事略》及《長編》,皆言官至英州防禦使。英州之除,本傳不言,殊為疏略。《方輿紀要》卷十二。保定府安州高陽縣條下云:"高陽關在縣東,志云,謂《高陽縣志》。在縣之三叉口社,一名草橋關,五代周顯德六年,收復三關。建為高陽關砦,即三關之一也。宋屬順安軍,與瓦橋、益津互相聯絡,而高陽實為根本,控扼幽、薊,戍守特重。"

延昭不達吏事,宮中牒訴,常遣小校周正治之,頗為正所罔,因緣為姦,帝知之,斥正還營而戒延昭焉。大中祥符七年卒,年五十七。

《隆平集》云:"延昭於吏事非所長,軍中牒訴,皆決於小校,上知而不責,第戒飭小校而已。"《續通鑑長編》卷八十二。云:"大中祥符七年,春正月,甲午,高陽關言副都部署英州防禦使楊延昭卒。延昭,即延朗也。"案:五十七,《隆平集》作五十六,蓋以其入七年正月僅七日而卒,是歲正月戊子朔。故不數之,然《東都事略》亦作年五十七。

延昭智勇善戰,所得奉賜悉犒軍,未嘗問家事。出入騎從如小校,號令嚴明,與士卒同甘苦。遇敵必身先,行陣克捷,推功於下,故人樂為之用。在邊防二十餘年,契丹憚之,目為楊六郎。

《隆平集》及《東都事略》並云智勇善戰,沈默寡言。出入騎從之上,《隆平集》有"奉己簡質"一句,《事略》作奉己簡易,《長編》作性質素。"號令嚴明"下,《隆平集》及《事略》作"同士卒甘苦,寒不披裘,《事略》作衣。暑不張蓋"。《長編》則作"與士卒同甘苦,寒不冒絮,暑不執蓋"。案:《長編》所用蓋《國史》原文,惟不冒絮,乃為與士卒同甘苦,若但不披裘,則為士卒者孰能有裘耶。"樂為之用”下,《隆平集》及《事略》均有“威震《事略》作“振”。異域”一句。契丹憚之,《隆平集》作“虜情畏服”,《事略》作“虜人畏之”。

及卒,帝嗟惜之,遣中使護櫬以歸。河朔之人,多望柩而泣。錄其三子官,其常從門客亦試藝甄敍之,子文廣。

《隆平集》云:“詔錄其子傳永、德政、文廣有差,門客不類,亦試藝而官之。”案:觀此,乃知文廣為延昭第三子,其兩兄之名獨見於此,乃《元雜劇·破天陣》,謂六郎之子名宗保,其《楊家將》小說,則或謂文廣為宗保之弟,《北宋志傳》。或謂宗保之子,《楊家將演義》。又各不同。豈所謂楊宗保者即傳永、德政兩人中之一耶?然兩人皆默默無聞,安得如雜劇小說之所云云也。王世貞《宛委餘編》,卷六。引市巷人俚歌,亦謂延昭子宗保,宗保子文廣征南,陷南中。其言與《演義》同,要之皆不足辯。又案:元雜劇謂六郎所部有二十四指揮使,皆勇敢善戰。其中焦贊、孟良二人,因常見楊家將戲中,故尤為人所稱道。考《元史》卷一百五十三。《焦德裕傳》云:“遠祖贊,從宋丞相富弼鎮瓦橋關,遂為雄州人。”然則宋時實有焦贊其人者,其從富弼鎮瓦橋關,蓋慶曆四年八月,弼以樞密副使出為河北宣撫使時事。見《宋史》十一《仁宗紀》。上距大中祥符七年楊延昭之死,不過三十年,其部將固宜尚在,雜劇之言,不可謂之盡無稽也。孟良雖不見於史,然《天下郡國利病書》第十七册。云:“孟良寨,在廣昌縣城東三十里前,宋孟良在此,“在”字疑誤。故名。”此事亦見[乾隆]《一統志》卷三十。《方輿紀要》卷十四。引《定州志》云:“嘉山絕頂有孟良砦,相傳宋將孟良屯兵處。”[乾隆]《一統志》卷一百十三。忻州古蹟云:“州西北七十里有孟良城。”乾隆《代州志》卷一。云:“崞陽縣武堡,有楊六郎寨,宋都巡檢使楊延昭守陽武峪,驍勇善戰,遼人憚之。時部將孟良、焦贊同守焉。地志雖多傅會,然遺蹟之多如此。”以焦贊之事例之,或亦實有其人耶。附注於此,以資談柄。

文廣,字仲容,以班行討賊張海有功,授殿直。

案:《長編》卷一百五十一。云:“右侍禁郭逵謂賊曰,我班行也。”《揮麈前錄》卷二。云:“舊制樞密使知樞密院子弟,皆補班行。故富鄭公文潞公之子,皆為閤門祗候。則班行蓋即所謂三班使臣,三班院所管供奉官以下武職見《宋會要》第六十六册。皆得稱之。"然《宋史》卷一百六十九。《職官志》記武臣敍遷之制,三班借職轉三班奉職,三班奉職轉右班殿直,右班殿直轉左班殿直。文廣以班行有功始授殿直,則此所謂班行,蓋單指奉職借職之類。《續通鑑長編》卷一百四十二。云:"慶曆三年,八月辛酉,詔陝西比有賊張海、郭邈山,羣行剽劫,州縣不能制,其令左班殿直曹元喆、張宏,三班借職黎遂,領禁兵往捕之。"又卷一百四十五。云:"十二月,韓琦既至陝西,琦時為陝西宣撫使。召謝雲行等將沿邊土兵入山捕張海等,邵興興,光化軍叛卒。以無援竄入興洋,被殺。張海相繼殲衂,擒捕餘黨殆盡,關輔遂安堵矣。"

范仲淹宣撫陝西,與語,奇之,置麾下。

《續通鑑長編》卷一百五十。云:"慶曆四年,六月壬子,參知政事范仲淹,為陝西河東路宣撫使。"又卷一百五十四。云:"五年,春正月,乙酉,右諫議大夫參知政事范仲淹為資政殿學士,知邠州,兼陝西四路緣邊安撫使。"又卷一百五十七。云:"五年,十一月乙未,詔以邊事寧息,盜賊衰止,知邠州范仲淹罷陝西四路安撫使。"

案:《宋史》卷十二。《仁宗紀》,不書安撫使之拜罷,仲淹因已罷政事,故改宣撫為安撫,本傳作"陝西四路宣撫使",尤謬。

從狄青南征,知德順軍,為廣西鈐轄,知宜、邕二州。累遷左藏庫,带御器械。

《十朝綱要》卷六。云:"皇祐四年四月,廣源州蠻儂智高反,襲陷横山寨。五月乙巳朔,陷邕州,自稱仁惠皇帝,改元啓曆,引兵沿江東下,遂連陷横、貴、龔、原誤襲。藤、梧、封、康、端八州,圍廣州。七月壬戌,智高引兵去廣州,九月庚申,智高陷昭州。庚午,命樞密副使狄青宣撫荆湖路,提舉廣南經制賊盜事,將兵討智高。十月丁丑,智高陷賓州。五年,正月己酉,狄青至賓州,戊午,狄青敗智高於歸仁鋪,大破之,斬首五千餘級,智高棄邕州,奔大理。己未,青按兵入城,智高自起至平,幾一年,至和二年,八月,儂智高死於大理。”案:狄青征儂智高始末,《長編》卷一百七十二至一百七十四。紀載最詳,其中無文廣之事。廣西臨桂龍隱巖潛真洞,有磨崖刻平蠻三將題名,載入《粤西金石略》。卷二。三將者,狄青、孫沔、余靖也。三將之下,諸將官姓名,亦無文廣,然其文云,凡從行將佐文武官二百三十一員,其多如此,則固不可勝載,文廣蓋僅随軍差遣,或已赴德順任,不在將官之列,自不得題名,其功亦遂不顯矣。《長編》太繁,《十朝綱要》最簡明,故取以為注。《元豐九域志》卷三。云:“德順軍,慶曆三年,以渭州籠竿城置。”[乾隆]《一統志》,卷二百一。甘肅平涼府古蹟云:“隴干故城,在靜寧州東。”

案:静寧州,今改静寧縣。廣西鈐轄,本當作廣南西路兵馬鈐轄,此乃簡稱。《宋史》卷一百二十。《職官志》云:“鈐轄,掌治軍旅。凡訓練教閲賞罰之事皆掌之。”宋宜州,即今廣西宜山縣,邕州,即今廣西邕寧縣治。《職官志》卷一百二十二。云:“左藏庫使轉文思使,有功,轉莊宅使。”《翰苑新書》卷六。引《會要》云:“唐於左右藏分東西庫,國初止一庫,太平興國,分為二庫。”《職官志》卷一百十九。云:“宋初選三班以上,武幹親信者佩櫜鞬御劍,或以内臣為之,止名御带。咸平元年,改為带御器械。”《通考》卷五十八。云:“舊制,外任带御器械,過闕朝見,不宿衛。”

治平中,議宿衛將,英宗曰:“文廣名將後,且有功。”乃擢成州團練使,龍神衛四廂都指揮使,遷興州防禦使,秦鳳副都總管。

宋成州,屬陝西秦鳳路,即今甘肅成縣治。案:文廣既為宿衛將,必不到成州任,考范鎮《東齋記事》卷二。云:“殿前司捧日,天武,馬軍司龍衛,步軍神衛,謂之上四軍,各有左右廂,廂各三軍。以上數句,今本有衍文脱字,用《翰苑新書》所引校改。每軍五指揮,備有都指揮使一員。”凡遷至軍指揮使,遥領團練,文廣之為成州團練使,正是遥領,即宋人所謂遥郡也。《翰苑新書》卷六。引范蜀公《蒙求》云:“端拱初,以龍衛左廂都指揮使孔守正練習軍旅,特置龍神衛四廂都指揮使以寵之。”宋興州,屬利州路,即今陝西略陽縣治。史炤《通鑑釋文》卷二十。云："後周武帝以王謙為益州總管,總管之名始見此,隋唐因之,或加大總管。"《通考》卷五十九。云："宋朝馬步軍都總管,以節度使充,副總管以觀察以下充。有止一州者,有數州為一路者,有帶兩路三路者,或文臣知州,則管勾軍馬事,舊相重臣,亦為都總管。"

案:《安陽集·韓魏公家傳》,卷七。敘熙寧元年事,中有公委秦鳳帥馬仲甫,興置甘谷堡之語,則當時秦鳳路都總管,當是馬仲甫,而以文廣為之副也。

韓琦使逐篳篥城,文廣聲言城噴珠,率衆急趣篳篥,比暮至其所,部分已定,遲明,敵騎大至,知不可犯而去。遺書曰:"當白國主,以數萬精騎逐汝。"文廣遣將襲之,斬獲甚衆。或問其故,文廣曰:"先人有奪人之氣,此必争之地,彼若知而據之,則未可圖也。"

《長編紀事本末》卷八十三。云:"治平四年十一月,命韓琦判永興軍,兼陝府西路經略安撫使。"又云:"熙寧元年,七月乙亥,名秦州新築大甘谷塞曰甘谷城,即篳篥城也。先是韓琦遣李立之馳奏,請修篳篥城。樞密院難曰:'篳篥是秦州熟户地土,將來興置一兩處,接連古渭,又須添屯軍馬,計置糧草,復如古渭之患。'琦復奏曰:'竊觀先世圖制匈奴,患其西兼諸國,故表河列郡,謂之斷匈奴右臂,隔絕南羌。今西夏所據,蓋多得匈奴故地,自昔取一時之計,棄廢靈州以來,因失斷臂之勢。故德明元昊更無憚,得以吞噬西蕃,以至其甘、凉、瓜、肅諸郡,至寶元初,始敢僭號,遂一向攻脅秦渭諸蕃。近年西人復將西市城修葺,建為保泰軍,只去古渭寨一百二十里,去漢界之近如此,自前未有也。所以久在西陲諳知邊勢者,皆謂城篳篥,則可通雞川、古渭,通成外禦之勢,隔絕西人併吞古渭一帶諸蕃,與瞎藥木征青唐等族之患。若謂其修城之後,又積兵聚糧之費,臣以為不然。蓋篳篥既城,則秦州、三陽、伏羌、永寧、來遠、寧遠諸寨,皆在近裏,可以均勻抽减逐寨之兵,往彼屯泊,更有創置酒稅,課利相兼。'詔從之。初,秦鳳副都總管楊文廣,受韓琦檄築篳篥城。"以下與《宋史》略同。文廣,業之孫也。

《編年綱目備要》卷十八。云:"秋七月,城篳篥。初,秦州生户為諒祚劫而西徙,有空地百里,名篳篥,知州馬仲甫,請城而耕之,韓琦從其說。"《宋史》卷三百三十一。《馬仲甫傳》云:"拜天章閣待制,知瀛州、秦州、古渭介青唐之南,夏人在其北,中通一徑,小警則路絕。仲甫得篳篥城故址,自雞川砦築堡,北抵南谷,環數百為內地,賜名甘谷堡。"案:篳篥城之役,創議者知秦州馬仲甫,主持其事者,經略使韓琦,而率兵往就其地興工者,文廣也。《宋史》於文廣及馬仲甫兩傳,敍事各不相謀,非參考羣書,幾不知為一事矣。《續通鑑長編拾補》卷三,考證甚詳。《九域志》卷三。云:"秦州天水郡,熙寧元年,置甘谷城,州西北一百八十五里。"案:秦州即今甘肅天水縣,文廣所聲言之噴珠,無考。

詔書褒諭,賜襲衣帯馬。知涇州鎮戎軍,為定州路副總管,遷步軍都虞候。

《九域志》卷三。云:"鎮戎軍,至道元年,以原州故平高縣地置。"案:即今甘肅固原縣治,清為固原州,屬平凉府,定州,即今河北定縣。《宋史》卷一百六十六。《職官志》云,殿前司,都指揮使副都指揮使都虞候各一人。都指揮使,以節度使為之,而副都指揮使都虞候以刺史以上充,馬步軍亦如之。

遼人争代州地界,文廣獻陣圖,並取幽燕策,未報而卒,贈同州觀察使。

《編年綱目備要》卷十九。云:"熙寧七年,三月,遼使蕭扈來爭河東地界。九月,遼使蕭素來,遣劉忱、吕大忠,與之共議於代州。"《續通鑑長編》卷二百五十六。云:"熙寧七年,十一月丁酉,定州路副都總管步軍都虞候楊文廣卒,贈同州觀察使。文廣時獻陣圖,及取幽燕狀,未報也。"《宋會要》第五十一册儀制第十一。云:"步軍都虞候興州防禦使楊文廣,熙寧八年閏四月,贈同州觀察使。"案:楊業與契丹角勝三十餘年,卒之慷慨捐軀,以身殉國。子延朗於澶淵之役,請飭諸軍扼其歸路,襲取幽、易等州。孫文廣,亦獻策取幽燕。雖功皆不成,而祖孫三世,敵愾同仇,以忠勇傳家,誠將帥中所稀有。由是楊家將之名,遂為人所盛稱,可謂豹死留皮,殁而不朽者歟?愛國之心,人所固有,後之人何樂而不為也!

宋江三十六人考實

序

宋宣和間，宋江等三十六人起兵梁山濼，梁山濼即梁山泊，段玉裁《說文解字》注云“濼、泊，古今字”。馳騁山東，“官軍”莫敢嬰其鋒；其後受招安，又率其衆從攻方臘，此北宋末年一大事也。顧習見之史籍，如《東都事略》《宋史》諸書，皆語焉不詳。其見於《徽宗紀》《張叔夜傳》及《侯蒙傳》者，皆不過數十百字，其疏略可知。至元、明之際，《水滸傳演義》行世，描寫宋江諸人事蹟，極精細生動。明胡應麟嘗記“嘉靖、隆慶間，某鉅公案頭左置《南華經》，右置《水滸傳》”。又“某名士為《水滸》作歌，謂‘奄有丘明、太史之長’”，可謂風行一時，譽滿人口矣。清初文人如金聖歎，人瑞。亟推許《水滸傳》，以之與《史記》《國策》並論，而以施耐菴擬莊周、屈原，猶是推闡明人之意；復以意改竄原書為七十回，刪去以後之事，於未刪諸回，悉施評點，盛加稱譽，其書益不脛而走。於是鄉里婦孺，幾無不知有宋江等聚義梁山濼之事矣。顧承學之士，雖喜其文辭之工，而疑其事之出於張大傅會，返而求諸史籍，則又記載簡略，不能得其本末。通行之書，僅《宣和遺事》敘述為詳。其書雖出宋、元間，讀者以其為小說也，羣疑其史料價值，無以遠過於《水滸傳》，不肯置信。其南宋初年之史籍，如《三朝北盟會編》《建炎以來繫年要錄》《續通鑑長編紀事本末》諸書，記事較詳史料較多者，則遲至清末，刊本始通行。明、清兩代，僅恃鈔本流傳，為不經見之祕籍。偶有寓目者，亦多半注意宋、金間和戰以及兩宋間諸關鍵問題，罕留意於宋江聚義之事者。以故，說部所傳宋江起兵本末，以及其受招安後與攻方臘之事，無人肯置信，並不信其曾結砦於梁山濼。於是縱橫一時之英雄，無人能確切言其事蹟者。嗜讀《水滸傳》者，於其本事茫昧無所知，不審其為出於文人虛構，抑或有所依據。斯於此一文學名著之研究，有所未盡，居嘗引為遺憾焉。

案：記載宋江事最早而最詳者，無過於《宣和遺事》。其書雖出於宋、元間，距宣和時已遠，然其敘事實有所本。吳自牧《夢粱錄》謂"說話有四家數，小說名銀字兒，如煙粉、靈怪、傳奇、公案、朴刀、桿棒、發發踪參'發發踪參'四字，不可解。但《夢粱錄》所根據之《都城紀勝》，則為'發跡變態'，而宋、元話本，又都改'態'為'泰'。之事"；又有談經、講史、商謎三家，見卷二十。周密《武林舊事》卷六，記諸色伎藝人，亦有此四家。其所講之書，謂之話本。自牧謂"凡傀儡敷演煙粉、靈怪、鐵騎、公案、史書歷代君臣、將相故事話本"，又謂"影戲、話本與講史書者頗同，大抵真假相半"是也。《宣和遺事》蓋合小說、講史兩家話本若干篇為之，故前後頗不聯貫。其演宋江公案者，當屬於小說家，殆南宋人所為也。

宋高宗偏安江左，居嘗以欣賞諸色伎藝自娛，尤喜小說。《繫年要錄》卷一百六紹興六年。注引趙甡之《中興遺史》曰："睿思殿祗候李絪者，能謳詞，善小說，主養飛禽。"《武林舊事》卷六記小說人朱脩、孫奇隸德壽宮，皆其證也。《三朝北盟會編》卷一百四十九云："紹興元年十二月，邵青受招安。先是杜充守建康時，有秉義郎趙祥者，為青所得，青受招安，祥始得脫身歸，乃依於內侍綱。綱善小說，上喜聽之。綱思得新事編為小說，乃令祥具說青自聚衆已後蹤跡，並其徒黨及強弱之將，本末甚詳。編綴次序，侍上則說之。故上知青可用，而喜單德忠單德忠為邵青部下統制官，勸青受招安者。之忠義。"可見小說喜演草澤英雄故事，所謂鐵騎公案也。邵青聚衆之時，聲勢不廣，影響不大，且人尚生存，猶得編為話本，況宋江之聲稱赫然者乎！其綴成小說，流行民間，無足怪者。

夫話本既真假相半，自不能純構虛詞。故《宣和遺事》記"花石綱"、"生辰綱"、"閻婆惜"事，雖未必曲折如真，至於江等聚義梁山濼及受招安後率兵與攻方臘，則必不容誣。然《遺事》之寫宋江，反不如內侍綱所編邵青蹤跡之詳。蓋其書本講史之體，意在演說南北宋興亡，不為宋江而作。故取小說家梁山濼話本，刪除繁文，存其大略耳。楊維楨《東維子集》卷六有《送朱女史桂英演史序》曰："朱氏名桂英，家住錢塘，世為衣冠舊族，善記稗官小說，演史於三國、五季，因延致舟中,為予說道君艮嶽及秦太師事。”觀此可以知元代講史風氣,及《宣和遺事》之所由作矣。

夫宋江興兵山東時之徒黨,據《宋史·侯蒙傳》所記,《宣和遺事》所講述,僅三十六人而已。宋、元之際,有偽撰江題壁詞者,造為“六六雁行連八九”之語,詳本文宋江條。是為一百八人之說所由起,當亦出於說話人之手。元人雜劇頗有據以扮演梁山濼故事者。至元末明初,《水滸傳》出,於一百零八人鋪敘尤詳。其寫宋江等事,與《宣和遺事》,有合有不合。蓋《遺事》所據者,三十六人話本;雜劇及《水滸》所據者,百八人話本,又各以己意有所增飾,故不能盡同。胡應麟謂“施某於故書中得宋張叔夜禽賊招語一通,備悉一百八人所由起”見《莊嶽委談》下。者妄也。本無一百八人,安所得招語乎?

宋江受招安後,即率師隨童貫攻方臘,與劉鎮等攻幫源洞,破之,擒方臘所署置之將相,事見《三朝北盟會編》《十朝綱要》《續通鑑長編紀事本末》諸書。《宣和遺事》謂“宋江和那三十六人歸順宋朝,收方臘有功”,最得其真。《水滸傳》百回本謂宋江先破遼,後擒方臘,已失其實。然宣和四年,童貫伐遼,楊志實將“選鋒軍”以從,即宋江之兵也。但此役敗而非勝,江又不在行間耳。《水滸》移甲就乙,將後作前,固小說之常態,其事不可謂無因,疑為宋、元間說話人所增益,而《水滸》從之。至其他各本,又有平田虎、王慶兩事,則全出杜撰,毫無影響,蓋明代人所羼也。

余自少有歷史癖。讀《水滸傳》,喜其敘事之曲折逼真:凡所描寫之人物,皆各具性情,各有面目,胥能與世情契合。顧以讀書不多,頗疑其事實之出於虛構,則亦漠然視之,不復措意也。中年以後,從事考史之業,讀書漸多,得見《三朝北盟會編》《建炎以來繫年要錄》《通鑑紀事本末》諸書,見有關宋江諸人事蹟,足以訂證《宣和遺事》《水滸傳》諸書者,隨手摭錄,日久積成篇帙。比而觀之,知諸說部書所敘,大體有所依據,真假相半。即其傅會緣飾之處,亦多推本於宋、元社會風習,初非嚮壁虛造。詳加考索,不僅於北宋末年震鑠一時之英雄事蹟,可以粗明大概;即《水滸傳》所用之名辭、典制,昔所認為難於索解者,至是亦漸能得其真義矣。其後讀黃以周《通鑑長編拾補》,甚佩其援引詳博，考據精審。於宋江起兵山東之事，能訂正舊說之訛誤，使北宋末年之重要史實，復白於後世，有昭然發蒙之功。因取吾之所記錄者與《拾補》比勘，則吾所記者或為黃氏所遺。其宋、元人文集、筆記所記典制、風習與《水滸傳》所敘故事相關涉者，則以非宋江等個人行事所關，非黃氏所措意，故亦不遑論及。清人其他考證著作，偶爾牽涉及宋江梁山濼者，大抵為隨筆摭拾，非經意之作，故因襲前人者十恆八九，鮮所訂正；甚且治絲而棼，轉增訛謬。因即就吾所筆記者，益擴充而采摭之。如是者累年，積稿達四五萬言。一九三九年十二月勒為一篇，布之於《輔仁學誌》，第八卷第二期。竊自謂於宋江等聚義梁山濼以及相關之事，搜輯略備。於研究《水滸》者，或能有所裨益。刊布已後，今既十五年矣。同好者頗不以為謬。比來年衰多病，不復能在課室從事講論，端居多暇，以讀書自遣，所得關於梁山濼記載日益多。視舊作約增萬餘言。舊時《學誌》印本，早已無復餘存。因取舊稿重加訂補，以成此篇。海內同好，苟於愚之所綴輯，匡正誤謬，補益其所未逮，使讀《水滸》者，於其書敘述所及，咸能通解無復疑滯，此又研究小說文學者之所蚤夕跂望，非特愚一人之厚幸也。綴輯既竟，因復推論今本《水滸傳》故事之根據，與夫故事之所由流傳，以當本篇之緒論焉。

一九五三年九月余嘉錫記

凡 例

余作此文草創粗就，孫君子書楷第告我，嘗欲作“梁山濼考”未成，僅抄撮史志若干條，並以康熙、光緒兩朝《壽張縣志》見借。遂采康熙志入梁山濼條下，並錄孫君考證一條於注中。蓋至是已數易稿矣。雖迭經修改，徵引差詳，猶以未得陳泰、陸友仁兩詩出處為憾。質之吾友陳援庵先生，為從所藏《所安遺集》及《元詩選》內檢出見示。《所安集》抄本，余所未見；《元詩選》則曾翻閱而未得者也。因復采掇著於篇，並誌其事於此以志謝焉。大雅宏達，與吾同好，儻能匡其不逮，如二君子，是所望也。

史言“宋江以三十六人橫行河朔”，而不著其誰某，獨見於《宣和遺事》《癸辛雜識》，然姓名綽號，互有不同。《誠齋樂府》采《遺事》作雜劇，此亦孫君子書見示者。而其次第名號頗異；《七修類稾》所引《雜識》，又與今本大異。諸家考證，益治絲而棼，今著其異同，列為一表，以清眉目。

此篇之意，在援引史傳以明稗官小說街談巷議之所由來，故凡三十六人姓名事蹟見於史傳者，悉加采取。案：《宣和遺事》次第，分條臚列。然纔得十有四人耳。仍題為三十六人者，舉其原數，以見所考不止宋江也。

宋江徒黨本只三十六人，其謂別有七十二地煞合為一百八人者，乃後起之說耳。七十二人中，如彭玘、李忠之徒，姓名雖見於史傳，概不采入。惟因龔聖與作《燕青贊》，有“太行春色，有一丈青”之語，諸家遂疑梁山濼中果有一丈青其人，此則淆亂事實，不可以不辯。今具列建炎初馬皋妻一丈青之事，附於十四人之末，以祛其惑。

凡人之綽號，皆取俚俗打諢之語，故曰諢名。三十六人綽號，人多不曉。考之宋人俗語，往往可解，輒臚舉例證，加以詮釋。至於明白易解者，不復詞費。其所不知，蓋闕如也。

《宣和遺事》於宋江及三十六人之外，尚有一丈青李橫一人。《遺事》謂宋江作梁山濼首領時，晁蓋已死，若其說可信，似當以李橫補其闕。考南北宋間實有李橫其人，嘗為黃河掃兵，後入桑仲之黨。紹興初，仲為襄陽鎮撫使，以橫知鄧州。仲死，橫繼其任，舉兵攻偽齊，復汝州潁昌府，遷京西招撫使，傳檄收復東京，旋為偽齊所敗，併失襄陽。歸朝後，以其軍屬張俊。三十一年金主亮南侵，以橫權都統制，敗於瓜洲鎮。事見《宋史·高宗紀》。《建炎以來繫年要錄》始見卷四十三，終於卷一百九十五、《三朝北盟會編》始見卷一百五十，終於卷二百三十八。紀之尤詳。余嘗輯其事蹟為一編，繼念橫本不在三十六人之內，史傳之李橫，是否卽梁山之一丈青不可知，且其事又太多，僅《繫年要錄》一書已至三十餘條，嫌於喧賓奪主，故遂刪去，而記其大略於此。

此篇所列十有四人，除宋江外，考其平生事蹟，可確定為梁山濼降將者，楊志，史斌疑卽史進。二人而已。龔聖與贊大刀關勝，盛稱其義勇，亦可信其卽濟南死節之關勝。其餘諸人，雖見於史傳，姓名時代亦復相合。然人之同時同姓名者正復不少。宋時武人，多喜名"勝"、名"順"、名"俊"、名"横"、名"青"，而名"進"者尤多。裒各書所見，可得數百人。其名既如是之同，若其姓又為張、王、李、趙，則名氏皆易同，無由別其為一人二人也。今於顯有可疑者，附著案語，餘但條舉事蹟，以俟論定。蓋與其過而廢也，寧過而存之耳。

凡考史事，須明其地理。《宣和遺事》及《水滸傳》，皆言宋江聚衆於梁山濼，其事雖不見史傳，然元人詩文中已明言之，明、清諸家地理書亦紀之甚詳，舊說相傳，決非誣妄。自明築沙灣以後，梁山之下，無復滴水，致啟後人之疑。故既備列諸家之說，復徵引史志，參互考證，以著其疆域，明其變遷焉。

三十六人

《宋史》卷三百五十一《侯蒙傳》："宋江寇京東，蒙上書言：江以三十六人横行齊魏，官軍數萬，無敢抗者。"《宣和遺事》亨集：士禮居刻本作上下兩卷，此據商務印書館活字本。"是時鄆城縣官司得知，帖巡檢王成領大兵弓手前去宋公莊上捉宋江。爭奈宋江已走在屋後九天玄女廟裏躲了。那王成跟捕不獲，只將宋江的父親拿去。宋江見官兵已退，走出廟來，拜謝玄女娘娘。則見香案上一聲響喨，打一看時，有一卷文書在上。宋江纔展開看了，認得是個天書，又寫着三十六個姓名。"姓名見後表。

案：宋江三十六人，史不言其姓名。僅《建炎以來繫年要錄》有一史斌為宋江之黨，詳見後史進條。餘皆不可考。自《宣和遺事》及《龔聖與贊》，始有三十六人姓名綽號，然已大同小異。《水滸傳》演為小說，與二書又不盡同。龔氏贊以宋江為首，《遺事》宋江在三十六人之外，而皆有晁蓋；《水滸傳》則首宋江無晁蓋；《遺事》明言宋江到梁山濼時，晁蓋已死。然則所謂"江以三十六人横江齊魏”者，固當無晁蓋矣。《遺事》又云：“宋江道，今會內只少了三人。那三人是花和尚魯智深，一丈青李横黄刻本、活字本此處均作“張横”，與下文不合。明刻一百二十回本《忠義水滸傳》引作“李横”，今從之。鐵鞭呼延綽。”又云：“朝廷命呼延綽為將統兵，投降海賊李横等出師收捕宋江等，屢戰屢敗。朝廷督責嚴切，其呼延綽却帶領得李横反叛朝廷，亦來投宋江為寇。……這三人來後，恰好是三十六人數足。”而天書三十六人姓名內，無所謂一丈青李横者。案：史稱“江以三十六人横行齊魏”，“以”者能左右之也，則宋江之外當尚有三十六人。《遺事》亦稱張叔夜招誘宋江和那三十六人歸順宋朝，則宋江自不在三十六人之內，而晁蓋已死，實只三十五人，益以李横乃足其數。《龔聖與贊》無李横、杜千而有晁蓋者，非也。故三十六人姓名，當以《遺事》為近是。特李横名不在天書之內，宋江不當先知其姓名，此則記敘之疏。事非信史，不足深論，且《遺事》自相矛盾之處不止此。如敘運花石綱十二指使有關勝，而天書內作關必勝；晁蓋等八個大漢，劫蔡京生日禮物，有阮進、阮通、阮小七，而天書內作阮小七、阮小五、阮進皆是也。余欲考三十六人事實，不得不先考定其姓名，而諸事之參互如此。自郎瑛以下，為之考證者，又自生枝節，轉益譌謬，故列為一表，附於此篇之後，覽者得以詳焉。

周密《癸辛雜識續集》上：“龔聖與作《宋江三十六贊》並序曰：‘宋江事見於街談巷語，不足采著，雖有高如李嵩輩傳寫，士大夫亦不見黜。余年少時壯其人，欲存之畫贊，以未見信書載事實，不敢輕為。及異時見《東都事略》中載《侯蒙傳》有書一篇，陳制賊之計云：“宋江以三十六人横行河朔、京東，官軍數萬，無敢抗者，其材必有過人，不若赦過招降，使討方臘，以此自贖，或可平東南之亂。”余然後知江輩真有聞於時者。於是即三十六人，人為一贊，暫不錄。而箴體在焉。’”

案：龔開字聖與，號翠巖，山陽人，博學好古，遊戲翰墨，為山水人物尤卓絕，事蹟見程敏政《宋遺民錄》卷十引《姑蘇志》，及吳萊《桑海遺錄》序。此序載《淵穎集》卷十二。又湯垕《畫鑑》云：“近世襲聖與先生名開，淮陰人，讀書為文，能成一家法；畫馬專師曹霸，得神駿之意；畫人物亦師曹韓；畫山水師米元暉，梅菊花卉雜師古作。卷後必題詩，或贊跋，皆新奇。”是則聖與既善畫人物，又喜題贊。此三十六贊，蓋自畫而自贊之，所謂李嵩輩傳寫者，言傳神寫照也。意謂為宋江等作圖畫，前人已有為之者，非自我作古耳。近人據此以為李嵩有寫梁山濼故事之書，非也。聖與生於宋末，其時民間所傳江輩軼事必尚多。聖與以為街談巷語，不足采著。而史學著述，如《續通鑑長編》之類，又復流傳未廣，聖與蓋未之見。故僅就《東都事略》所載者，想像而為之贊，不足見江輩生平。特所著姓名綽號，為足資考證耳。

陳泰《所安遺集補遺·江南曲》序：“余童丱時，聞長老言宋江事，未究其詳。至治癸亥英宗至治三年。秋九月十六日，過梁山泊舟，遙見一峯，嶫嶫雄跨，問之篙師曰，此安山也。昔宋江事處按此句有脫誤。絕湖為池，闊九十里，皆蕖荷菱芡，相傳以為宋妻所植。宋之為人，勇悍狂俠，其黨如宋者三十六人。至今山下有分贓臺，置石座三十六所，俗所謂‘來時三十六，歸時十八雙’，意者其自誓之辭也。始予過此，荷花彌望，今無復存者，惟殘香相送耳。因記王荆公詩云：‘三十六陂春水，白首想見江南。’味其詞，作《江南曲》原注：曲因蠹損無存。以敘遊歷，且以慰宋妻植荷之意云。”

案：陳泰字志同，號所安，茶陵人，元延祐二年進士，官龍南令卒。見卷末成化癸巳玄孫章後序。始余讀魯迅《小說史略》，見其引此序“宋之為人，勇悍狂俠”語，因求《所安集》觀之，而《四庫全書》本、譚鍾麟刻本、涵芬樓秘笈影印舊抄本，皆無此序。吾友陳援庵聞之，示我以所藏陸心源寫本。其卷末補錄詩十餘首，此序在焉，後有正德壬申來孫琦跋，陸氏自言從成化本補寫，其實是正德本耳。因亟采錄於此。序言其黨如宋者三十六人，可見江在三十六人之外，與《宋史》及《宣和遺事》並合。“來時三十六，去後十八雙”，亦見《遺事》，謂是宋江題於旗上之語，得此足以互相發明。《遺事》及《水滸》不言宋江有妻，今言宋妻植荷，尤可謂逸聞矣。考蘇魏公《譚訓》云:“曹門外一巷數十家,夏末,梁山泊諸道,載蓮子百十車,皆投此巷,鎚取蓮肉,貨於蓮子行。”魏公仁宗時人,則梁山泊之有荷花舊矣,或池中之荷為宋妻所植耳。[乾隆]《一統志》卷一百二十九,“安山在泗水縣東南三十五里。”唐宋地理書皆不言有此山。觀序所言分贓臺,似不在梁山而在安山。然考劉基《誠意伯文集》卷十七《分贓臺詩》云:“突兀高臺累土成,人言暴客此分贏,飲泉清節今寥落,可但梁山獨擅名。”則此臺當在梁山。豈宋江當時分據兩山,皆有分贓臺耶?序文既有脫誤,無以定之。

郎瑛《七修類稾》卷二十五:“史稱宋江三十六人橫行齊魏,官軍莫抗,而侯蒙舉討方臘。周公謹載其名贊於《癸辛雜識》,羅貫中演為小說。但貫中欲成其書,以三十六為天罡,添地煞七十二人之名,又易尺八腿為赤髮鬼,一直撞為雙鎗將,以至淫辭詭行,飾詐眩巧,聳動人之耳目,是雖足以溺人,而傳久失其實也多矣。今特書其當時之名三十六於左。”姓名見表。

案:郎氏此條,僅取《癸辛雜識》與《水滸傳》相較,考證殊不詳審。如“七十二地煞”之說,元曲中已有之。見後宋江條。劉唐之綽號,《宣和遺事》已作赤髮鬼,而郎氏皆謂始於羅貫中,知其未嘗參考他書也。又其所列三十六人次序,與《龔聖與贊》大異。吳學究作吳用,花和尚無姓名,李應作李英,皆與今本不同,豈所見為別一本耶?俞樾《小浮梅閒話》即《曲園雜纂》之第三十八卷。勦襲郎氏之說,引為《癸辛雜誌》。周密書名“雜識”不名“雜誌”,此亦襲郎氏之誤。今故列郎氏所載三十六人姓名於表,資參考焉。

胡應麟《少室山房筆叢》卷四十一《莊嶽委談》下:“世所傳《宣和遺事》極鄙俚,然亦是勝國時閭閻俗說。中有南儒及省元字面。又所記宋江三十六人,盧俊義作李俊義,楊雄作王雄,關勝作關必勝,其餘俱小不同。”

案:元有漢人、南人之分,《宣和遺事》引《南儒詠史詩》,一在前集上清寶籙宮成後,一在後集欽宗悔不用種師道之言後。固似元人之語。若“省元”則正是宋時進士第一人之稱。宋制試進士於禮部,謂之省試，其奏名第一者，謂之省元。《文獻通考》卷三十《選舉考》云："開寶八年，覆試禮部貢院合格舉人王式等於講武殿內，以王嗣宗為首。蓋自是年始有殿試、省試之分，省元、狀元之別云。"可以為證。謂之省者，宋之禮部，屬尚書省也。明無尚書省，故稱舉人之試於禮部為會試，中式之第一名為會元。應麟因不解省元之稱，誤以為"行中書省"之省，遂認為元人語矣。《宣和遺事》引呂省元宣和講篇，在前集卷末。中有"全燕之地，我太祖、太宗百戰而不能取"云云，明是宋人手筆。而《通考》卷三十三所載有宋一代省元姓名，並無姓呂之人，頗為疑竇。考《愛日精盧藏書志》卷二十，有舊鈔本《皇朝大事記》，首題"黃甲省元肇慶府學教授溫陵呂中講義"。中為淳祐七年進士，見黃虞稷跋。是年省元為馬廷鸞。蓋流俗好諂，稱人每逾其分，故於登進士第者率稱為省元，不必真第一人也。宣和講篇，即《大事記》講義之一篇，呂中《大事記》，今尚有傳鈔本，余未之見，當求其書考之。安得因此指《遺事》為元人書乎？《遺事》全書皆作宋人口胳，陳泰序所引"來時三十六，歸時十八雙"，陸友仁詩所言碣石村，見宋江條。皆見於書中。可見元初已盛行。惟其兩引南儒詩，疑出於國亡以後遺民之手耳。

陸容《菽園雜記》卷十四："鬬葉子之戲，其形制一錢至九錢各一葉，一百至九百各一葉。自萬貫以上，各圖人形。萬萬貫呼保義宋江，千萬貫行者武松，百萬貫阮小五，九十萬貫活閻羅阮小七，八十萬貫混江龍李進，七十萬貫病尉遲孫立，六十萬貫鐵鞭呼延綽，五十萬貫花和尚魯智深，四十萬貫賽關索王雄，三十萬貫青面獸楊志，二十萬貫一丈青張橫，九萬貫插翅虎雷橫，八萬貫急先鋒索超，七萬貫霹靂火秦明，六萬貫混江龍李海，五萬貫黑旋風李逵，四萬貫小旋風柴進，三萬貫大刀關勝，二萬貫小李廣花榮，一萬貫浪子燕青。"

案：余十餘歲時，尚見此紙牌於開封，大抵為城市婦女所酷嗜，可見梁山濼故事之深入民間矣。

又案：褚人穫《堅瓠癸集》卷一引潘之垣《葉子譜》云："葉子始於崑山，用《水滸》中人名角觝戲耳。"黎遂球《運掌經》云："署之以宋江之徒者，必勇敢忠義然後能勝，而又非徒讀書者所能知，故署之以不知書之人。”又引李東琪《紙牌說》云：“自二十萬以至萬萬數極矣。有其資者數擬乎封君，可以帝制，故尊之以宋江也。”

王士禛《居易錄》卷二十四：“宋張忠文公招安梁山濼榜文云：‘有赤身為國不避兇鋒拏獲宋江者，賞錢萬萬貫，雙執花紅；拿獲李進義者，賞錢百萬貫，雙花紅；拏獲關勝、呼延綽、柴進、武松、張清等者，賞錢十萬貫，花紅；拏獲董平、李進者，賞錢五萬貫，有差。’今鬭葉子戲，有萬萬貫、千萬貫、百萬貫、花紅遞降等采，用叔夜榜文中語也。”

案：張叔夜榜文，不知見於何書，王氏既未引書名，余徧考之，終不得其出處。榜文於三十六人中，臚舉九人姓名，盧俊義作“李進義”，呼延灼作“呼延綽”，與《宣和遺事》合。關勝不作“關必勝”，張清不作“張青”，與龔聖與贊合。惟李進不見於他書，據《莜園雜記》，乃知為“李俊”之誤也。使此榜果出於叔夜，則梁山濼史料之可信者孰過於此！然余有疑焉者，宋時官司尋常懸賞告捕，多不過數千貫。仁宗時，趙元昊稱兵，天下騷動，陝西經略使夏竦揭榜塞上，購元昊頭，纔五百萬貫。見孔平仲《談苑》卷一。徽宗時，方臘舉兵，建號改元，朝廷降御筆賞格，募生擒或殺獲方十三者，僅白身補横行防禦使，銀絹各一萬匹兩，錢一萬貫，金五百兩。見《續通鑑長編紀事本末》卷百四十一。紹興十年，金人渝盟，詔募有能生擒兀朮者，亦不過除節度使，賜銀帛五萬匹兩，田千頃，宅一區而已。見《繫年要錄》卷一百三十五。今宋江等聚衆水泊，聲勢尚遠不及方臘，而賞錢竟高出夏皇帝、金四太子數十倍不止，何其輕重不倫之甚也？且北宋皇祐、治平間，天下歲入僅一億萬以上。此據《宋史》卷一百七十九《食貨志》及《文獻通考》卷二十四引曾鞏議經費。考李心傳《朝野雜記》卷十四，謂“混一之初，天下歲入緡錢千六百餘萬，其後日增月廣，至熙豐間，合苗役易稅等錢，所入乃至六千餘萬”與此不同。徽宗時歲入總額不可知，第就宣和元年諸路上供錢物計之，纔一千五百四萬二千四百一十四貫疋兩耳此據《通考》卷二十三引止齋陳氏所列諸路細數總計之如此。如挐獲宋江一人之賞錢,便至萬萬貫,是已抵仁、英兩朝一歲之收入,而罄當時天下上供之錢,尚不足償其五分之一也,古今寧有此政體?堂堂官府榜文,豈葉子格兒戲之比乎?此必後之人不諳典故,造作語言,漁洋不考而誤載之,所謂"俗語不實,流為丹青"者也。

翟灝《通俗編》卷三十七:"《癸辛雜志》當作識。載龔聖與《三十六人贊》,備列名號,較小說多孫立、晁蓋,無公孫勝、林沖;其吳學究不著名;尺八腿、一直撞,綽號大異;鐵鞭先鋒、賽關索、金槍班,小異;先後次序尤多不同。《宣和遺事》盧俊義作李俊義,楊雄作王雄,關勝作關必勝,並載'花石綱'等事,皆似是《水滸》事本,而呼保義等號無之。"

案:黄刻本及活字本《宣和遺事》,三十六人皆有綽號,且云:"宋江看了人名,末後有一行字寫道,'天書付天罡三十六員猛將,使呼保義宋江為帥。'"則並宋江綽號亦明著之矣。不識翟氏何以云然。

俞樾《茶香室叢鈔》卷十七:"《癸辛雜識》載龔聖與作《宋江等三十六人贊》,名號與世所傳,小有異同。鐵天王今作"託塔天王",然其贊有'頑鐵鑄汝'之句,則當時固作"鐵"矣。尺八腿、一直撞地,亦與今異。"

案:俞氏此條不誤,與其所著《小浮梅閒話》,直抄《七修類稾》者不同。然亦似未見《宣和遺事》者,可怪也。

宋江三十六人名號、次第異同表:

余初取《宣和遺事》《龔聖與贊》《水滸傳》《七修類稾》制為此表,既脫稿,將付印矣。孫君子書示我以周憲王《誠齋樂府》豹子和尚自還俗雜劇,大致與《宣和遺事》同,而次第不合,其綽號姓名,亦復小異,遂取原表,增入《誠齋樂府》一闌,備參考焉。凡各書名號與《水滸傳》不同者,字下以一圈識之。

《宣和遺事》	《龔聖與贊》	《水滸傳》	《誠齋樂府》	《七修類稟》
呼保義宋江不在三十六人內	〔一〕呼保義宋江	〔一〕呼保義宋江	宋江不在三十六人內與《遺事》合	〔一〕宋江
〔一〕智多星吳加亮	〔二〕智學星吳學究	〔三〕智多星吳用	〔一〕智多星吳加亮	〔三〕吳用
〔二〕玉麒麟李進義	〔三〕玉麒麟盧俊義	〔二〕玉麒麟盧俊義	〔三〕玉麒麟李義不作李進義。與《遺事》不同	〔四〕盧俊義
〔三〕青面獸楊志	〔二六〕青面獸楊志	〔一七〕青面獸楊志	〔四〕青面獸楊志	〔二五〕楊志
〔四〕混江龍李海	〔一六〕混江龍李俊	〔二六〕混江龍李俊	〔五〕混江龍李海	〔一八〕李俊
〔五〕九紋龍史進	〔一七〕九文龍史進	〔二三〕九紋龍史進	〔七〕九紋龍史進	〔六〕史進
〔六〕入雲龍公孫勝	無	〔四〕入雲龍公孫勝	〔八〕入雲龍公孫勝	無
〔七〕浪裏百跳張順百跳黃刻作白條。此從活字本	〔一〇〕浪裏白跳張順	〔三〇〕浪裏白跳張順白跳通行本作白條此從明本	〔九〕浪裏白跳張順白不作百	〔一五〕張順
〔八〕霹靂火秦明	〔一九〕霹靂火秦明	〔七〕霹靂火秦明	〔一一〕霹靂火秦明	〔二〇〕秦明

《宣和遺事》	《龔聖與贊》	《水滸傳》	《誠齋樂府》	《七修類稾》
〔九〕活閻羅阮小七	〔五〕活閻羅阮小七	〔三一〕活閻羅阮小七	〔一〇〕活閻羅阮小七	〔一〇〕阮小七
〔一〇〕立地太歲阮小五本書又作阮通	〔二五〕立地太歲阮小五	〔二九〕短命二郎阮小五	〔一二〕立太歲阮小五少一地字	〔九〕阮小五
〔一一〕短命二郎阮進	〔一二〕短命二郎阮小二	〔二七〕立地太歲阮小二	〔一三〕莽二郎阮進短命作莽	〔八〕阮小二
〔一二〕大刀關必勝本書又作關勝	〔四〕大刀關勝	〔五〕大刀關勝	〔一四〕大刀關必勝	〔五〕關勝
〔一三〕豹子頭林沖	無	〔六〕豹子頭林沖	〔一四〕豹子頭林沖	無
〔一四〕黑旋風李逵	〔二〇〕黑旋風李逵	〔二三〕黑旋風李逵	〔六〕黑旋風李逵	〔二一〕李逵
〔一五〕小旋風柴進	〔二一〕小旋風柴進	〔一〇〕小旋風柴進	〔一六〕小旋風柴俊進作俊	〔七〕柴進
〔一六〕金槍手徐寧	〔三五〕金槍班徐寧	〔一八〕金槍手徐寧	〔一七〕金槍手徐寧	〔三三〕徐寧
〔一七〕撲天雕李應	〔三六〕撲天雕李應	〔一一〕撲天雕李應	〔一八〕撲天雕李應	〔三四〕李英
〔一八〕赤髮鬼劉唐	〔六〕尺八腿劉唐	〔三〕赤髮鬼劉唐	〔一九〕赤髮鬼劉唐	〔一一〕劉唐
〔一九〕一撞直董平	〔二八〕一直撞董平	〔一五〕雙槍將董平	〔二〇〕一撞直董平	〔二七〕董平
〔二〇〕插翅虎雷横	〔二二〕插翅虎雷横	〔二五〕插翅虎雷横	〔二一〕插翅虎雷横	〔二二〕雷横

《宣和遺事》	《龔聖與贊》	《水滸傳》	《誠齋樂府》	《七修類稾》
〔二一〕美髯公朱同	〔二三〕美髯公朱仝	〔一二〕美髯公朱仝	〔二二〕美髯公朱彤同作彤	〔三〇〕朱仝
〔二二〕神行太保戴宗	〔二三〕神行太保戴宗	〔二〇〕神行太保戴宗	〔二三〕神行太保戴宗	〔二三〕戴宗
〔二三〕賽關索王雄	〔二七〕賽關索楊雄	〔三一〕病關索楊雄	〔二四〕賽關索王雄	〔三六〕楊雄
〔二四〕病尉遲孫立	〔九〕病尉遲孫立	在地煞內姓名綽號皆同	〔二五〕病尉遲孫立	〔一四〕孫立
〔二五〕小李廣花榮	〔一八〕小李廣花榮	〔九〕小李廣花榮	〔二六〕小李廣花榮	〔一九〕花榮
〔二六〕沒羽箭張青	〔七〕沒羽箭張清	〔一六〕沒羽箭張清地煞內別有菜園子張青	〔二七〕沒羽箭張青	〔一二〕張青
(二七)没遮攔穆橫	(三一)没遮攔穆橫	(二四)没遮攔穆弘	(二八)没遮攔穆橫	(三一)穆橫
〔二八〕浪子燕青	〔八〕浪子燕青	〔三六〕浪子燕青	〔二九〕浪子燕青	〔一三〕燕青
〔二九〕花和尚魯智深	〔一三〕花和尚魯智深	〔一三〕花和尚魯智深	花和尚魯智深不言位次。又作豹子和尚	〔三五〕花和尚不言其姓名
〔三〇〕行者武松	〔一四〕行者武松	〔一四〕行者武松	〔三二〕行者武松	〔三六〕武松
〔三一〕鐵鞭呼延綽	〔一五〕鐵鞭呼延綽	〔八〕雙鞭呼延灼	〔三〇〕鐵鞭呼延綽	〔二二〕呼延焯
〔三二〕急先鋒索超	〔二四〕先鋒索超	〔一九〕急先鋒索超	〔三一〕急先鋒索超	〔三四〕索超

《宣和遺事》	《龔聖與贊》	《水滸傳》	《誠齋樂府》	《七修類稾》
〔三三〕拚命二郎石秀黄本作三郎	〔三二〕拚命三郎石秀	〔三三〕拚命三郎石秀	〔三三〕拚命二郎石秀	〔三二〕石秀
〔三四〕火船工張岑	〔一一〕船火兒張横	〔一八〕船火兒張横	〔三四〕火船攻張岑工作攻	〔一六〕張横
〔三五〕摸着雲杜千	無	在地煞内作模着天杜遷	〔二〕摸着雲杜遷	〔二〕無
〔三六〕鐵天王晁蓋	〔三四〕鐵天王晁蓋	在地罡地煞外作托塔天王	〔二〕鐵大王晁蓋天作大	〔二〕晁蓋
一丈青李横在三十六人外	無	無地煞内別有一丈青扈三娘	無	無
	〔二九〕兩頭蛇解珍	〔三四〕兩頭蛇解珍	無	〔二八〕解珍
	〔三二〕雙尾蝎解寶	（三五）雙尾蝎解寶	無	〔二九〕解寶

案:《宣和遺事》,刼蔡太師金珠者八人,晁蓋、吴加亮為首。運花石綱者十二人,楊志、李進義為首。及先後入梁山濼,落草為寇,以晁蓋為首領,蓋死而吴加亮、李進義繼之。故其次第,吴加亮一,李進義二,楊志三,晁蓋以先死附於末。其事雖不知信否,而實南宋人話本之舊。自《龔聖與贊》以下各書,皆失其初意矣。

凡史家敘事之書,一經刪修重纂,輒往往失真。況於小説,本非實錄,則其輾轉傳會,愈久而愈失其初意,此事所宜然。如《水滸傳》所敘梁山濼事,持較《宣和遺事》,其增益之處不具論;若其所修飾改易,可決其去事實益遠。即以三十六人姓名言之,其中有阮小二、阮小五、阮小七三人。除阮小七同稱活閻羅外,《水滸傳》之"立地太歲"阮小二,

《遺事》作"短命二郎"阮進;《水滸傳》之"短命二郎"阮小五,《遺事》於玄女《天書》內作"立地太歲"阮小五,而其敘劫蔡大師生日禮物八個大漢姓名,則稱為阮通。八人內有阮進、阮通、阮小七。蓋小二、小五、小七,乃其弟兄之行第,而非名也。故除小七之名不傳外,餘二人皆自有其本名,而"短命二郎"之綽號亦必不當屬之阮小五。奚以明其然耶?宋人小說如《夷堅志》之類,稱人行第者甚多。《紹興十八年同年小錄》《寶祐四年登科錄》,凡進士姓名下,均載行第,有稱大幾者,有稱小幾者。又有初幾、重幾、再幾、百幾、千幾、萬幾其他字樣。蓋以為輩行之識別也。如紹興王佐榜即十八年榜。三甲第九人李承第大八,五甲第一百十三人喻邦佐第小二。一甲第七人葛郚,三甲第七人蹇駒,四甲第十三人蒲堯仁,五甲第十四人范時中均第小五是也。又有即以行第為小名小字者,如四甲第四十二人毛介,第三九,小字三九;第七十四人方琯,第念五,小名念五哥是也。阮氏三雄蓋以行第為小字,其人固當自有本名,《遺事》所載者是也。且阮進排行既是小二,則"短命二郎"之號自應屬進而不得移小五亦明矣。由是觀之,《宣和遺事》雖未必可信,要與宋時民間傳說,或尚不至大相遠,而《水滸傳》之增改,直是以意為之而無所據也。其他如吳加亮、李進義、李海、一撞直名號之異同,皆可以此類推。

呼保義宋江

李埴《十朝綱要》卷十八:"宣和元年十二月,詔招撫山東盜宋江。"

案:史不載宋江起事之年,《水滸傳》敘事無年月。《宣和遺事》敘楊志、晁蓋等同往梁山濼落草為寇,事在宣和二年五月。其後宋江殺閻婆惜,事發始投晁蓋,則江之入梁山濼,當在是年六七月以後矣。今據《十朝綱要》,則元年已降詔招安,安得二年五月後方起事乎?李埴為燾之子,其書蓋即《長編》之目錄,《長編》所據者,國史日歷,最為可信。《宣和遺事》出於街談巷語,不足據也。元年有詔招安撫,而江至三年始降,知《水滸》所載兩次招安不成,固非純出虛構矣。夫必官軍不能捕討,然後降詔招安,其勢已張甚。然則江之起,當在宣和紀元以前。《讀史方輿紀要》謂"宋政和中,宋江結砦於梁山濼",其言必有所本。考《宋史》卷四百六十八《楊戩傳》云:"有胥吏杜公才者,獻策於戩,……括廢隄棄堰荒山退灘,及大河淤流之處,皆勒民主佃,……號為西城所。梁山濼,《宋史》"梁"誤作"築",今改正。古鉅野澤,縣亘數百里,濟鄆數州賴其蒲魚之利,立租算船納直,犯者盜執之。"此時江必尚未至梁山。使江已結砦於此,戩安能就其地算船租乎?故江之起,當在政和四年以後,或所結山砦,即因戩所築,逐官吏而據之也。《十朝綱要》此條及《方輿紀要》,從未經人引用,余故表而出之,亦《讀史》者所不廢也。

方勺《泊宅編》卷下:據《稗海》本。"宣和二年十月,睦州青溪縣堨村居人方臘,託左道以惑衆。……十二月四日,陷睦州。初七日,天章閣待制歙守曾孝藴以京東賊宋江等出青、齊、單、濮閒,有旨移知青社。一宗室通判州事,守禦無策。十三日,又陷歙州。"

案:此可見宋江當時聲勢之盛,致朝廷有東顧之憂。孝藴《宋史》卷三百十二附《曾公亮傳》,不載宋江事。羅願《新安志》新安郡即歙州。卷九牧守題名:"曾孝藴,天章閣待制,二年宣和。十月八日到官,十二月移知青州。"

《宋史》卷三百五十一《侯蒙傳》:"進尚書左丞中書侍郎,……罷知亳州,旋加資政殿學士。宋江寇京東。蒙上書言:'江以三十六人横行齊魏,官軍數萬,無敢抗者,其才必過人。今清谿盜起,不若赦江使討方臘以自贖。'帝曰:'蒙居外不忘君,忠臣也。'命知東平府,未赴而卒。"

案:據《宋史》卷二十一《徽宗紀》,蒙罷中書侍郎在政和七年十月。《東都事略》卷一百三《侯蒙傳》云:"尋出知亳州,旋除資政殿學士,提舉崇福宫。"餘同《宋史》。惟"齊魏"作"河朔","居外不忘君"作"君閒不忘君","命知東平府"作"起知東平府"。蓋蒙知亳州未久,即罷職奉宮祠,此書上於奉祠之日,不在亳州任,故云居閒,《宋史》誤也。方臘以宣和二年十月起事,蒙書當上於十月以後,蓋即《泊宅編》所言宋江等出青、齊、單、濮之時。元年有詔招撫,而江不降,其事旋寢,故蒙復有此請。於是朝廷以曾孝蘊知青州,蒙知東平,皆以備江,且謀招撫也。以諸書所載江事觀之,江之徒黨,少亦數千。此但言三十六人者,意欲盛言江之才能,故僅舉其首領耳。

汪應辰《文定集》卷二十三《顯謨閣學士王公墓誌銘》:"公諱師心,字與道,世為婺州金華人,登政和八年進士第,授迪功郎,海州沭陽縣尉。時承平久,郡縣無備。河北劇賊宋江者,肆行莫之禦。既轉略京東,徑趨沭陽。公獨引兵要擊於境上,敗之,賊遁去。"

案:梁玉繩《瞥記》卷七引此文,刪去"登"字,及"進士第"以下二十一字,直以師心之敗宋江為政和八年事,非也。師心雖以政和八年授官,然是年必不能即到沭陽。蓋宋人初授官者,例須待闕。亦謂之待次,或須次,需次。凡待某人之闕者,非其人死或去官,則必待其任滿始得到任。官以三年為一任,高宗建炎間始改為二年,見《宋史》卷一百十一《選舉志》。有待至兩三任以上者。《續長編》四百九十載蔡京疏云:"三歲一舉,無慮萬計,員多闕少,五歲而後調一官。"周煇《清波雜志》卷一云"選人改秩,今當員多闕少時,須次動六七年"是也。洪邁《夷堅志》中敘此類事甚多,不可勝數。今姑舉兩事證之。其《支癸志》卷十云:"天台王居敬謁劉樞幹問命。既退,改為居安,再詣劉肆。劉喜曰:'今名甚利,幾於魁天下,而須待闕十年以上。'王默嗤笑其妄:曰:'烏有在魁甲,而需久次之理。'"由此觀之,可見登第授官者,亦須待闕也。又《三志己》卷五云:"陳茂英以乾道己丑登第,為長興尉。淳熙乙未,方赴官。"與師心出身官職皆同,尤為切證。己丑為乾道五年,十年改元淳熙,其二年歲在乙未,是已待闕六年矣。師心以政和八年登第,是年改元重和,明年又改宣和,其到沭陽尉任,當在宣和元二年間,蓋所待者猶近闕也。墓誌云:"宋江既轉略京東,徑趨沭陽。"考宋江以宣和三年二月曾進攻京東、江北,入楚、海州界。見後。海州在楚州東北一百二十五里。見《元豐九域志》卷五。由楚至海,沭陽為必經之路。江"徑趨沭陽",即在此時。蓋其前鋒順道經過,志不在此,故為師心所敗,要亦不過斬首數級耳。不然,江所至官軍數萬無敢抗者,張叔夜雖以奇計敗江,尚用兵千餘人。師心區區一縣尉,所將不過士兵、弓手百數十人,烏能敗之乎?

張守《毘陵集》卷十三《祕閣修撰蔣圓墓誌銘》:"未幾,徙知沂州,宋江嘯聚亡命,剽掠山東一路州縣,大振,吏多避匿,公獨修戰守之備,以兵扼其衝。賊不得逞,祈哀假道。公嘸然陽應,偵食盡,督兵鏖擊,大破之。餘衆北走龜、蒙間,卒投表請降。或請上其狀。公曰:'此郡將職也,何功之有焉。'"《宋史》卷二十二《徽宗紀》:"宣和三年二月,甲戌,降詔招撫方臘。……是月,方臘陷處州。淮南盜宋江等犯淮陽軍,遣將討捕,又犯京東、江北,入楚、海州界;命知州張叔夜招降之。"

案:據招降之語觀之,知徽宗嘗命叔夜招撫宋江。會江為叔夜所敗,遂承詔出降,即移軍隸童貫攻方臘。蓋猶用侯蒙前議也。

《東都事略》卷十一《徽宗紀》:"宣和三年,二月,方臘陷楚州。淮南盜宋江犯淮陽軍,又犯京東、河北,入楚、海州。夏,四月,庚寅,童貫以其將辛興宗與方臘戰於青溪,擒之。五月,丙申,宋江就擒。"

案:方臘未嘗陷楚州,"楚"當作"處",以字形相近而誤。《事略》此節敘事謬甚。宋江為張叔夜招降後,即從童貫攻方臘,四月率師次幫源洞,六月破臘衆於上苑洞,皆有明文可考。五月正江與臘馳驅鏖戰之時,安得就擒乎?

《十朝綱要》卷十八:"宣和三年二月,庚辰,宋江犯淮陽軍,又犯京東、河北路,入楚州界。知州張叔夜招撫之,江出降。"

案:"楚"下當有"海"字,傳寫脱去。江之攻淮陽入海州,非庚辰一日事也。蓋江以是日降,遂牽連書之耳。云"張叔夜招撫之",可與《宋史》互證。

《續宋編年資治通鑑》卷十八:"宣和二年十二月,盜宋江犯淮陽及京西、河北，至是入海州界，知州張叔夜設方略討捕招降之。”

案：陳均《九朝編年綱目備要》卷二十九，與此同。黄以周等《續資治通鑑長編拾補》卷四十二云：“據諸史所書招降宋江事，俱在三年二月，而《續宋編年資治通鑑》獨繫之是年十二月，疑不無舛錯。”此書題李燾撰，雖非燾書，然實宋末坊賈就燾《長編》删節為之，陳均書亦大體本之《長編》，皆不當有誤。考童貫之授江浙宣撫使攻方臘，《長編紀事本末》繫之宣和三年正月癸卯，而《宋史·徽宗紀》則繫之二年十二月丁亥，《北盟會編》亦以為“宣和二年，貫率劉延慶、劉光世、辛企宗、宋江等軍往討之。”見後。使江之降在三年二月，則方貫出師之時，江尚未降，安得率之以往？疑江實以二年十二月末降於叔夜，而於次年正月隨貫出師。諸史謂三年二月始降者，傳聞異辭也。然李植為燾之子，所撰《十朝綱要》，亦書三年二月，不應故與其父立異。《長編》原書既亡，無所折衷，仍當存疑。

《宋史》卷三百五十三《張叔夜傳》：“……以徽猷閣待制再知海州。宋江起河朔，轉略十郡，官軍莫敢嬰其鋒，聲言將至。叔夜使間者覘所向。賊徑趨海瀕，劫鉅舟十餘，載鹵獲。於是募死士得千人，設伏近城，而出輕兵距海誘之戰。先匿壯卒海旁，伺兵合，舉火焚其舟。賊聞之，皆無鬬志。伏兵乘之，禽其副賊，江乃降。”

案：諸史皆不言“禽其副賊”，獨見於此傳。金聖歎因《水滸傳》言盧俊義坐第二把交椅，遂影射此事，改第七十一回“梁山泊英雄排坐次”為“英雄驚惡夢”，謂俊義夢見為張叔夜所縛，而一百七人情願歸附朝廷。後人習焉不察，亦以為《宋史》所言“副賊”，必盧俊義也。不知《宣和遺事》所載三十六人姓名，第一名為吴加亮，第二名始為李進義，而宋江為之帥。《龔聖與贊》則宋江第一，吴學究第二，盧俊義第三，是宋人無以俊義為宋江之副者。若果稗史可信，則張叔夜所禽“副賊”，當是吴加亮而非俊義也。俊義、加亮皆無他事可考，故不別為專條，附辯之於此。

《東都事略》卷一百八《張叔夜傳》：“以徽猷閣待制出知海州，會劇賊宋江剽掠至海，趨海岸，劫巨艦十數。叔夜募死士千人，距十餘里，大張旗幟，誘之使戰。密伏海旁，約候兵合即焚其舟。舟既焚，賊大恐，無復鬭志，伏兵乘之，江乃降。”

案：李幼武《宋名臣言行續錄》卷三，全與此同。

徐夢莘《三朝北盟會編》卷八十八：“張叔夜，字嵇仲，有文武大材。起知海州，破羣盜宋江有功。”

又同卷引張叔夜家傳《以病乞致仕宮觀劄子》：“臣本無技能，徒以片文隻字，誤歷華近。逮出守海壖，會劇賊猝至，偶遣兵斬捕，賊勢挫衄，相與出降，蒙恩進秩。”

《宋會要》第一百七十七冊：兵十二第二十六葉。“宣和三年五月三日，詔：‘近緣諸州郡守臣，間非其人，以致盜賊竊發。唯徽猷閣待制知海州張叔夜，直龍圖閣知龔慶府錢伯言，直龍圖閣知密州李延熙，能責所部斬捕賊徒，聲績著聞，寇盜屏跡，宜各進職一等，以為諸郡守臣之勸。’”

《北盟會編》卷五十二引《中興姓氏奸邪錄》：“宣和二年，方臘反睦州，陷溫、台、婺、處、杭、秀等州，東南震動。以貫童貫。為江浙宣撫使，領劉延慶、劉光世、辛企宗、宋江等軍二十餘萬往討之。”

楊仲良《續資治通鑑長編紀事本末》卷一百四十一：“宣和三年四月戊子，初，童貫與王稟、劉鎮兩路預約會於睦、歙間，分兵四圍，包幫源洞於中，同日進師。至是王稟等已復睦州，將至洞前，劉顯顯當作鎮。等已復歙州，駐軍洞後。且密諭之，尅日既定，當縱火為號，見焚燎煙升，則表裏夾攻，仍面縛偽囚，上副御筆四圍生禽之策。劉鎮將中軍，楊可世將後軍，王渙統領馬公直並裨將趙明、趙許、宋江，既次洞後。而門嶺崖壁峭，坂險徑危，賊數萬據之。劉鎮等率勁兵從間道掩擊，奪門嶺，斬賊六百餘級。是日平旦入洞後，且戰且進，鳴鏑縱火，焚其盧舍。稟等自洞前望燎煙而進。稟領中軍，辛興宗領前軍，楊維中領後軍，總裨將王淵、黃迪、劉光弼等與劉鎮合圍夾攻之。賊二十餘萬衆，腹背抗拒，轉戰至晚，凶徒糜爛，血流丹地。火其盧萬間。王稟以奇兵斬賊五千四十六級。劉鎮等兵斬賊五千七百八十餘級。生禽四百九十七人,脅徒老稚數萬計,並釋之,而未得僞酋方臘。翌日搜山。庚寅,王稟、辛興宗、楊惟忠,生擒方臘於幫源山東北隅石澗中,並其妻拏、兄弟、偽相、侯王三十九人。振旅赴杭州宣撫司。”

《三朝北盟會編》卷二百十二,《林泉野記》曰:“宣和三年,方臘反,光世別將一軍自饒趨衢、婺,出賊不意,戰多捷。臘走入清溪洞。光世遣諜察知其要險,與楊可世遣宋江並進,擒其偽將相,送闕下。”

案:此條諸家考證無舉及之者。

《十朝綱要》卷十八:“六月,辛丑,辛興宗、宋江破賊上苑洞。”

案:《宋史》卷四百六十八《童貫傳》《宋會要》第一百七十六册,兵第十。《續宋編年資治通鑑》卷十八及《泊宅編》《青谿寇軌》諸書,敘方臘事,均一字不及宋江。蓋以江非大將,故略之耳。然里巷傳聞,固皆知江有隨攻方臘事,南宋說話人遂編入小說。如《宣和遺事》之類。作《水滸傳》者,從而鋪張之,盡以戰績歸之於江。自金人瑞評《水滸傳》,僅取其前七十一回,金併原本第一回入楔子,故其書七十回,實原本之七十一回也。僞撰盧俊義一夢以結之,託為施耐庵古本,而謂招安以下諸事為羅貫中所續,詆為“惡札”。其書盛行,幾於家絃户誦,致後來考證家,如畢沅、俞樾等,皆不信江曾預攻方臘。今以《長編》《紀事本末》諸書考之,江之從攻方臘無疑。其戰績雖不如《水滸傳》所云,然非不預其事者。幫源洞形勢,以洞後為最險,而江與劉鎮諸軍實次洞後。於時分兵兩路,前後夾攻。其率先入洞縱火者,後路軍也。而江實隸後軍,且“擒其偽將相,送闕下”,又有上苑洞之捷。則江降後實曾隸屬童貫參與攻方臘之役。特以偏裨隸人麾下,史紀之不詳耳。其盛為後來人所傳稱,不盡無因也。

《宣和遺事》亨集:“各人統率强人,各人,謂宋江等。略州劫縣,放火殺人攻奪淮陽、京西、河北三路二十四州八十餘縣,劫掠子女玉帛,擄掠甚衆。此下敘呼延綽等三人投宋江及江往東岳還願事,今略去。朝廷無其奈何,只得出榜招諭。有那元帥姓張名叔夜的,是世代將門之子,前來招誘宋江和那三十六人歸順宋朝,各受武功大夫誥敕,分注諸路巡檢使去也。因此三路之寇悉得平定。後遣宋江收方臘有功,封節度使。"

案:《遺事》此節敘事皆有所本,不甚失實。惟宋江僅縱橫十郡,無二十四州之多;張叔夜是知州,非元帥;皆不免誇大其詞。至謂三十六人初降即授武功大夫,宋江以裨有功,遽建節鉞,皆太優,非故事。當攻方臘時,劉光世以鄜延路兵馬都監蘄州防禦使自將一軍,方臘事定,僅授耀州觀察使。王淵以故將為先鋒,論功纔授閤門宣贊舍人。均見《宋史》卷三百六十九本傳。江之戰功不高於二人,安得獨授節度使?《宋史》卷一百十九《職官志》曰:"宣和末,節度使五六十人,議者以為濫。"注曰:"親王皇子二十六人,宗室十一人,前執政二人,大將四人,外戚十人,宦者恩澤計七人。"宋江之資格與此各項皆不相當,其不得為節度使亦明矣。蓋小說類多緣飾,不可以史例繩之也。《遺事》敘宋江事止於此,不言其究竟。考之諸書,方臘事定後,亦更不及江一字。觀宣和四年童貫伐遼,江不從行,而以楊志代將,見後楊志條。疑江於攻臘後,不久即死矣。方南北宋之際,天下多事,江之為人,非甘於老死牖下者,使其不死,必不脫身兵間。而《北盟會編》《繫年要錄》,於靖康、建炎間諸將及草莽英雄,紀述甚詳,獨不見江姓名。江於此時非已死即遠貶,宜乎《水滸傳》有飲御酒被毒之說也。《遺事》又謂:"宣和五年七月一日,太史奏毛頭星現。帝謂張商英曰:'今宋江叛於山東,方臘反於荊、楚,妖星現於燕北,天下紛紛,何時定乎?'"其說大誤。江之降,臘之死,至是皆已二年有餘,安得復為此語?其書雜采傳說,前後牴牾不合,類如此。

楊慎《升菴詞品拾遺》:"《甕天脞語》載宋江潛至李師師家,題一詞於壁云:'天南地北,問乾坤何處可容狂客。借得山東煙水寨,來買鳳城春色。翠袖圍香,鮫綃籠玉,一笑千金值。神仙體態,薄倖如何銷得。　回想蘆葉灘頭,蓼花汀畔,皓月空凝碧。六六雁行連八九,只待金雞消息。義膽包天,忠肝蓋地,四海無人識。閒愁萬種,醉鄉一夜頭白。'小詞盛於宋,而劇賊亦工如此。"

案:《甕天脞語》《宋史·藝文志》《千頃堂書目》《補元史藝文志》皆不著錄,亦不見於各家藏書目,蓋已久佚。胡應麟《少室山房筆叢》卷四十一《莊嶽委談》下。引《詞品》此條論之云"此即《水滸》詞,楊謂甕天,或有別據",則應麟亦未見其書也。乃近人所著書如孫壁文《新義錄》之類,其卷八十五引《甕天脞語》。輒從《詞品》或《筆叢》轉錄,而諱所自來,一似其書尚存者,其實莫知《甕天脞語》為何等書,亦不辨何人所作也。考明鈔本《說郛》涵芬樓排印本。卷五十七,錄有邵桂子姓名上下注曰"宋末國初,字玄同,嚴陵人。"《雪舟脞語》,其書名下注云:"一卷,先名《甕天脞語》。"又考《萬姓統譜》卷二百三云:"邵桂子,字德芳,淳安人,號玄同,吳攀龍之子也。鞠於所養,因從其姓。博學宏祠,文聲大著,登咸淳七年進士第,任盧州教授。棄官歸隱,鑿池構軒其上,名曰雪舟。所著有《雪舟脞錄》《雪舟脞談》《雪舟脞稾》,傳於世。又嘗作忍、默、恕、退四卦以自警。晚年遊松江,遂居脩竹鄉。及終,乃歸柩淳安之諫坡,葬焉。"《宋詩紀事》卷七十五有邵桂子,敘其仕履,與《姓譜》同。是其人為宋末遺民,入元高蹈不仕者。故《說郛》錄其書十條,多黍離故國之思。但無升菴所引宋江事。案:百回本《水滸》第七十二回中,却有此詞,字句與《詞品》同。孫壁文疑為明代人附託。不知邵桂子非明代人。若謂《脞語》本無此詞,出於升菴杜撰,則邵氏著書於元初,必有刻板行世,故陶南村及升菴皆得而見之。升菴雖好偽撰古書,恐不至依託近代人小說以取敗露也。若其詞則為宋、元間人所擬作,決不出於宋江之手。何者?江以三十六人橫行河朔,見於《宋史》及《東都事略·侯蒙傳》。他如《宣和遺事》及《龔聖與贊》、陳泰《江南曲》、陸友仁《題畫贊詩》見後。亦只言三十六人,無所謂七十二地煞者。至元曲中乃有兩說,一仍為三十六人見《元曲選甲集》下,無名氏撰《爭報恩》。一則有三十六人大夥七十二小夥,亦見高文秀《雙獻功》。為《水滸傳》所本。今此詞中"六六雁行連八九"句,即指一百八人言之,是宋末元初已有此說。此必南宋說話人講說梁山濼公案者,嫌其人數不多,情事落寞,不足敷演,遂增益為一百八人,以便鋪張。好事者復撰此詞以實之。信為宋江所作者固失之不考,疑為明代人所附託者,亦非也。

《七修類稾》卷二十五:"宋江三十六人,周公謹載其名於《癸辛雜志》,羅貫中演為小說,有替天行道之言。今揚子、濟寧之地,皆為立朝,據是逆料當時,非禮之禮,非義之義,江必有之,自異於他賊也。"

案:民間迷信祠祀,多出於小說。明時《水滸傳》已盛行,故為宋江立廟。彼無是公之流如齊天大聖者,猶為人所奉禮,況江乎?

《通俗編》卷二十:"陸友仁題《宋江三十六人畫贊》云:'睦州盜起塵連北,誰挽長江洗兵革。京東宋江三十六,懸賞招之使擒賊。後來報國收戰功,捷書夜奏甘泉宮。'則江降後自有攻討方臘等事,《續傳》所演,不為無因。"

案:陸友字友仁,平江人,自號硯北生,柯九思、虞集薦於元文宗,未及用,卒。所著《杞菊軒稿》已佚。見《元詩選》及《四庫提要》卷一百十五。此詩見《元詩選》三庚集。其全篇云:"憶昔熙寧全盛日,百年曾未識干戈。江南丞相變法度,不恤人言新進多。蔡家京卞出門下,首亂中原傾大廈。睦州盜起隳連城,誰挽長江洗兵馬。《通俗編》作"兵革",非也,蓋翟氏既加刪節,有意改之以趁韻耳。京東宋江三十六,白日橫行大河北。官軍追捕不敢前,懸賞招之使擒賊。後來報國收戰功,捷書夜奏甘泉宮。楚龔如古在畫贊,不敢區區逢聖公。我嘗舟過梁山濼,春水方生何渺漠。或云此是碣石村,至今聞之猶虩魄。"友仁此詩,即為龔聖與畫贊作也。《宋遺民錄》卷十引《姑蘇志》云:"龔開居吳之日,高郵龔璛為忘年交,時人謂之楚兩龔,以比漢之兩龔。"故云"楚龔如古在畫贊"。"在"當作"存",聖與《三十六人畫贊序》云:"余年少時壯其人,欲存之畫贊。"友仁正用其語。後人不曉,妄改為"在"。"聖公",謂方臘也。《青溪寇軌》云:"方臘託左道以惑衆,自號聖公",是也。友仁詩作於有元中葉,去宋亡未遠,典籍具在,故老猶存,故所言與史傳正合。碣石村,蓋即《宣和遺事》中之石碣村。然《泊宅編》稱睦州青溪縣堨村居人方臘。見前。《遺事》謂晁蓋住鄆城縣石碣村，而此又以石碣村為即宋江所據之梁山濼。三人行事相類，乃其所居之地名，亦巧合如此。恐草野傳聞，不免轉相附會。詩言"或云此是碣石村"者，疑之也。宋江攻方臘始末，備見於此詩。翟氏能搜尋及此，洵不易得。《水滸傳》本有攻方臘事，翟指為續傳者，用金聖歎刪削以後之本也。

汪師韓《談書錄》：書只一卷，在《叢睦汪氏遺書》內。"案：《侯蒙傳》雖有使討方臘之語，事無可考。宋江以二月降，方臘以四月擒，或藉其力。但其時擒臘者，據《徽宗本紀》以為忠州防禦使辛興宗，據《童貫傳》以為宣撫制使童貫，而其實擒臘者乃韓世忠，以偏將追至青溪峒，問野婦得徑，渡險數里，擣其穴，格殺數十人，擒臘以出。辛興宗掠其俘為己功，故賞不及世忠。此事在《韓傳》，於宋江何與焉？用宋江討方臘，《青溪寇軌》亦無其事。若陸次雲《湖壖雜記》，謂六合塔下舊有魯智深像，追龍浦下有鐵嶺關，說是宋江藏兵處。國初江滸人掘地得石碣，題曰：武松之墓，當日進征青溪，用兵於此。稗乘所傳，不盡誣也，此恐是杭人附會為之。不然，南宋人紀錄多矣，何無一人言之，閱四百餘年，始有此異聞乎？"

案：宋江攻方臘事，已具見於前。以為無可考者，正坐未見南宋人書耳。擒方臘者雖非宋江，而江實嘗擒臘之將相。小說因之加以煊染，良不足異。據《續通鑑長編》："二月癸未，王禀等克杭州。"宋江等此時是否身在行間不可知。據《宋史》宋江始以是月降。陸次雲所記，不見他書，疑以傳疑，存而不論，可也。梁章鉅《浪跡叢談》卷六宋江一條，剽竊汪氏之說，特於"稗乘所傳，不盡誣也"下改云："汪韓門以為杭人附會為之，恐不足信耳。"

《續資治通鑑長編拾補》卷四十二："畢氏《通鑑考異》云：《北盟會編》載《童貫別傳》云：'貫將劉延慶、宋江等討方臘。'據《宋史》本紀，宋江之降在次年，《別傳》誤，今不取。"案：畢氏此言，似亦失考。今據《長編》所載："三年，四月，戊子，童貫與王禀等分兵四圍包幫源洞，而王渙統領馬公直並裨將趙明、趙許、宋江等次洞後。"《十朝綱要》亦載："三年，六月，辛丑，辛興宗與宋江破賊上苑洞。"是宋江之討方臘，固有明證，而畢氏乃疑《童貫別傳》為誤，其說殊未審也。

案：畢氏書殊觕疏，去取亦多失宜。如此條所謂《童貫別傳》，並無其書。《北盟會編》所引者，乃《中興姓氏姦邪錄》耳。此書本名《中興姓氏錄》，見《會編》引書目。《姦邪錄》乃其中之一篇，猶正史之《姦臣傳》也。《長編拾補》於攻方臘事，考證甚精。摭拾《續通鑑長編紀事本末》《續宋編年通鑑》《十朝綱要》等書亦甚詳。惟《十朝綱要》招撫宋江一條遺漏未引。自來考宋江事者，莫能及之。譬如探驪龍，已得其珠。吾之為此文，直從而補苴之耳。

俞樾《小浮梅閒話》："問宋江、方臘事。余曰：'宋江事見《叔夜傳》，方臘事見《童貫傳》。'又《韓世忠傳》：'方臘反，世忠以偏將從王淵討之。時有詔能得臘首者授兩鎮節鉞。世忠窮追至睦州青谿峒，問野婦得徑，即挺身仗戈直前，度險數里，搗其穴，格弑數十人，禽臘以出。辛興宗領兵截峒口，掠其俘為己功。'是擒方臘者，韓世忠也。乃生前既為辛興宗冒功，而數百年後，稗官演說，又歸之於武松，抑何蘄王之不幸也。惟《侯蒙傳》：'蒙上書言不若赦江使討方臘以自贖，命知東平府，未至而卒。'是赦宋江以討方臘，侯蒙有此議而實未行。小說家即本此附會耳。"

案：《水滸傳》敘事固非信史，然其言擒方臘者乃魯智深，未嘗歸之武松，惟戲劇中有武松獨手擒方臘之事耳。戲劇固與小說不同。俞氏謂宋江未嘗攻方臘，蓋為金人瑞、俞萬春萬春作《蕩寇志》，自序謂"當年宋江並沒有受招安平方臘的話，只有被張叔夜擒拏正法一句話"。之說所惑，兩人固不讀書，且《北盟會編》諸書當時無印本，未可以此責之。俞氏以博雅負盛名，乃盡屏他書不觀，獨執一《宋史》為據，不謂之疏漏不可矣。

又《茶香室續鈔》卷十六："宋洪邁《夷堅乙志》云：'宣和七年，戶部侍郎蔡居厚……疽發於背，卒。……夫人慟哭曰："侍郎去年帥鄆時，有梁山濼賊五百人受降，既而悉誅之，吾屢諫不聽也。"'案：此梁山濼賊，即宋江等也。宋江事見《宋史·張叔夜傳》，但云："'擒其副賊，江乃降。'至降後為蔡居厚所殺，……則人所未知也。"

案：宋江之降張叔夜，在宣和三年二月，蔡居厚之殺降，在宣和六年，且一在海州，一在鄆州，安得併為一談？此似僅粗讀《叔夜傳》並《徽宗本紀》，亦未考矣。若謂降而復叛，又降於蔡居厚為所殺，則諸書並無此說，豈可杜撰故事！《夷堅志》第言"梁山濼賊"，本無姓名。今謂即宋江等，不知何所見而云然。魯迅《小說史略》，謂"《乙志》成於乾道二年，去宣和六年不過四十餘年，耳目甚近，冥譴固小說家言，殺降則不容虛造，山濼健兒結局，蓋如是而已。"蓋亦未嘗深考也。

[光緒]《山東通志》卷百十六：民國重修本。"徽宗朝蔡京、童貫用事，淮南盜宋江掠京東十郡，張叔夜擊降之。其黨三十六人，《宣和遺事》能舉其名，有軍官失志從賊者。時方約金攻遼，不能用也。"

案：此所謂"軍官失志從賊者"，蓋據《宣和遺事》楊志等十二人皆押花石綱指使，呼延綽、李橫二人，嘗將兵收捕宋江故也。然其事信否不可知，至謂宋不能用江等，則不知江嘗與攻方臘，而伐遼之役，楊志實在行間也。

又案：宋江綽號"呼保義"，莫知其何所取義。《龔聖與贊》云："不假稱王，而呼保義，豈若狂卓，專犯忌諱。"語意仍不明，考《宋史》卷一百六十九《職官志》："政和二年，易武階官以新名，以舊官右班殿直為保義郎。"宋江以此為號，蓋言其武勇可為使臣宋制自內殿承制至三班借職皆為使臣。云爾。"呼"者自呼之簡詞，殆亦當時俗語。曰"呼保義"者，明其非真保義也。或疑武選凡五十二階，而保義郎為第四十九階，宋江既自負武勇，曷不取其稍貴重者稱之？不知江起於平民，以流俗所習知之卑秩自名，此猶王莽末，赤眉軍之以三老祭酒稱其將率耳。宋時稱貴遊子弟輒曰幾承務，承務郎即舊官之校書郎正字，於文官三十七階中為第三十階。稱文士輒曰某宣教，宣教郎，即舊官之著作佐郎，為第二十七階。皆取其資地所能致者稱之，不必真作此官。《夷堅支志戊》卷六云："揚州人胡子者，其家頗贍，故有承務之稱。"又《三志辛》卷九云："弋陽稅戶易生，以門族有仕者，故冒稱承務。"可以為證。《揮塵錄餘話》卷二云:"靖康間有士子賈元孫者,多遊大將之門,自稱賈機宜。時有甄陶者,奔走公卿之前,以善幹事,大夫多使令之,號甄保義。空青先生曾紆。嘗戲以為對云:'甄保義非真保義;賈機宜是假機宜。'"可見無官之人,皆可冒稱保義,宋江以之自呼,亦若此而已。龔明之《中吳紀聞》卷六"朱氏盛衰"條記朱勔事云:"園夫畦子,藝精種植,及能疊石為山者,朝釋負擔,暮紆青紫,如是者不可以數計。勔死,前日之受誥身者盡褫之。當時有謔詞云:'做園子,得數載,栽培得那花木就中堪愛。時將介保義酬勞,反做了今日殃害。'又云:'疊假山,得保義,幞頭上帶省百般村氣。做模樣偏得人憎,又識甚條制。今日伏惟安置。'"曾慥《高齋漫錄》云:"近年貴人僕隸,稱保義,又或稱大夫。"慥為南、北宋間人,與宋江同時,由其言觀之,可知北宋末年官爵之濫。保義郎一階,尤為容易,幾於盡人可得,故甄陶、宋江皆以此自稱。然江自命英雄,而所稱僅等於"貴人僕隸"。故龔氏贊曰:"不假稱王,而呼保義",言其自呼甚卑也。其曰"豈若狂卓,專犯忌諱"者,蓋以董卓比張邦昌、劉豫,言董卓、張邦昌、劉豫輩以狂妄為當時人所惡,江非其比也。《夷堅三志己》卷八云:"宣和間,保義郎唐革,為城北壁巡檢。有貴璫葬其父,革率衆迎引,頗盛於當時。璫大喜,問:'目今是何官資?'曰:'何義郎。'又問:'做得恁差遣?'曰:'不過兵馬監押耳。'"可見宋之保義郎,正當作巡檢。宋江自稱呼保義,而其投降後,得為諸路巡檢使。則其所得官資,正與其所以自呼者相符合也。《宋會要》第一百七十七冊兵十二之二十六葉。云:"宣和三年十二月十九日,奉御筆,河北羣賊自呼賽保義等,昨於大名府界往來作過。"則宋江降後,又有自名賽保義者,與江之綽號適同,可為旁證。或者其人之取此為號,即欲賽過宋江之意歟?

"青面獸"楊志

《三朝北盟會編》卷六:"宣和四年,六月,童貫至河閒府,分雄州、廣信軍為東西路。以种師道總東路之兵，屯白溝。王稟將前軍，楊惟忠將左軍，种師中將右軍，王坪將後軍，趙明、楊志將選鋒軍；辛興宗總西路之衆，屯范村。楊可世、王淵將前軍，第安節將左軍，劉光世、冀景將右軍，曲奇、王育將後軍，吳子厚、劉安將選鋒軍。並聽劉延慶節制。”

《宋會要》第一百七十五冊：兵八第十三至十五葉。“宣和四年，三月二十七日，遣童貫為陝西、河東、河北路宣撫使，勒兵十五萬巡邊。五月十八日，續遣少保鎮海軍節度使開府儀同三司蔡攸為河東、河北路宣撫副使。於是西師稍集。种師道總東路之衆，屯白溝。王亶當作王稟。將前軍，楊惟忠將左軍，种師中將右軍，王坪將後軍，趙明、楊志將選鋒；辛興宗總西路之衆屯范村。楊可世、王淵將前軍，焦安節將左軍，劉元國、冀景將右軍，曲奇、王育將後軍，吳子厚、劉光世將選鋒。並聽劉延慶節制。”

案：此伐遼之師也。兩書人名小異，其言楊志將選鋒軍則同。余嘗考之，即梁山濼三十六人中之青面獸也。何以言之？此伐遼諸將十八人，其中如劉延慶、王稟、楊惟忠、趙明、辛興宗、楊可世、王淵、劉光世、冀景九人，皆貫攻方臘時舊將領，攻方臘將領姓名見《續長編紀事本末》卷一百四十一及《宋會要》第一百七十六冊。《長編》無冀景姓名，僅見《宋會要》。蓋移得勝之師以從。其不行者，郭仲荀、姚平仲、劉鎮、王渙、馬公直、黄迪、劉光弼、趙許、宋江九人而已。而幫源洞之役，宋江與趙明同為後路軍裨將。今楊志復與趙明同將東路選鋒軍，是志所將者，即宋江之兵也。志在《宣和遺事》三十六人中，位居第三，僅次於吳加亮、李進義，為宋江軍中大將，故遂以代江，此可以意會得之者。況《北盟會編》又稱志為“招安巨寇”，見後。故知其即梁山濼之“青面獸”矣。《繫年要錄》卷二十七云：“李允文裨將吳錫，自云子厚之族。子厚者，宣和末為河東北宣撫司選鋒軍統制。”志與吳子厚同將選鋒軍，班次當相等。然則志亦統制官也。

《三朝北盟會編》卷四十七引《節要》：《會編》引書目，有《金虜節要》，歸正官張匯撰。“自賊入寇，兩河、河北更無一戰，河東大小雖有數戰，惟孫翊、折可求、种師中之戰，有可以與賊相持勝負之理，至於敗也，誠可惜哉，故臣皆有說焉。其餘焦安節敗於團栢，冀景敗於交城，楊志敗於盂縣，解潛敗於南關，范瓊敗於介休，劉鞈敗於平定，張灝敗於郭柵，皆望塵而走，或交鋒而退，無足紀也。”

又同卷引《靖康小雅》：“公諱師中。始斡離不擁衆北還，公尾襲其後，因令公留屯真定。未幾，趣公援太原，乃由土門下井陘至榆次。金人先屯兵縣中，公遣擊走之，遂入縣休士。時軍中乏食三日矣，戰士人給豆一勺，皆有饑色。翌日，賊遣重兵迎戰。‘招安巨寇’楊志為選鋒，首不戰，由間道徑歸。前軍參謀官黄友戰没。胡騎四集，官軍潰敗。公獨與親兵小校數百搏戰，遂力戰而死。”

案：楊志降後，以攻方臘時嘗立戰功，故伐遼時得為選鋒軍統制。及從种師中援太原，遂首先潰退，陷師中於死。《靖康小雅》謂於時“人給豆一勺，皆有饑色”。《傳信錄》又言：“師中至榆次，輜重犒賞之物，悉留真定，不以從行。金人乘間衝突，諸軍以神臂弓射卻之。欲賞射者。而行司銀盌只數十枚，庫吏告不足而罷。於是皆憤怨，得與散去。”亦見《會編》同卷引。然則志軍之潰也，徒以飲食犒賞不滿所欲，遂憤而遁去耳。張匯言：“志敗於盂縣”，蓋志自榆次潰歸，道遇金人，又望塵而走耳。此後遂不知所終。考《朱子語類》卷一百三十引《中興遺史》曰：“河北制置副使种師中軍真定，進兵解太原圍，去榆次三十里。金人乘間來突，師中欲取銀賞軍，而輜重未到，故士心離散。又嘗約姚古、張灝兩軍同進，二人不至。師中身被數創，裹創力戰，又一時，死之。朝廷議失律兵將，中軍統制官王從道，朝服而斬於馬行市。”考《宋史》卷一百四十六《兵志》曰：“靖康元年，河北路制使劉鞈奏：‘榆次之戰，頃刻而潰。統制、將佐、使臣走者，十已八九，軍士中傷，十無一二。欲乞指揮應種師中下統制、將左並依聖旨處分，仍令軍前自效。如能用命立功，與免前罪。今後非立戰功，雖該恩赦，不得敘復。’詔：‘种師中下統制、將佐，並降五官，仍開具職位、姓名申尚書者，餘依劉鞈所奏。’”是當時朝廷賞罰，猶能行於軍中。志倡逃陷帥，為一時罪魁，殆已與王從道同時處斬。縱或倖免，亦必例降五官不得敘復，宜其後來不見於史也。

"混江龍"李俊一作"李海"

《三朝北盟會編》卷一百九十九："紹興十年二月，先是單州碭山縣染戶宋從，因販棗往南京界劉婆家，得一小兒曰遇僧，自謂少帝第二子，至泗州，具事奏聞，送閤門司。及閤門諸處勘當，淵聖皇帝即無第二子，旨：'決脊杖二十，刺配瓊州牢城。'針筆人執筆不敢下手，既而刺字極細。小杖直李俊執杖不敢決，既而輕拂之，皮亦不傷。遇僧經過來安縣，題詩於興國寺曰：'三千里地孤寒客，七八年前富貴家，泛海玉寵驚雪浪，權藏頭角混泥沙。'猶自謂為真耳。"

案：混江龍應用混江龍治河，遠在宋代以前，宋以前載記有之，一時未能檢得出處。此《元史》一條乃王君利器檢示，雖時代稍晚，亦足資參證。為治河之工具。《元史》卷一百四十三《泰不華傳》云："黃河決，奉詔以珪玉、白馬致祭河神，竣事上言：淮安以東，河入海處，宜倣宋置撩清史，用輥江龍鐵掃撼蕩沙泥，隨潮入海。朝廷從其言。會用夫屯田，其事中廢。"此所稱輥江龍即混江龍。《水滸傳》混江龍之姓名，《宣和遺事》作李海，《龔聖與贊》作李俊，竟不知孰是，若此人則又偶同姓名者耳。觀劉遇僧所題詩，自謂玉龍混於泥沙，則混江龍之名，可以移贈，亦趣聞也。

"九紋龍"史進一作"九文龍"

《宋史》卷二十四《高宗紀》："建炎元年，秋七月，關中賊史斌犯興州，僭號稱帝。"

又卷三百七十七《盧法原傳》："紹興元年……張浚承制起知夔州……進端明殿學士、衆陝宣撫副使。金人攻關輔，叛將史斌陷興州，諸郡多應者。法原命諸將堅壁,言戰者斬,衆以為怯。未幾,河東經制使王瓔以乏食班師,法原開關納之,興瓔同破斌,復興州。"

案:此以為紹興元年事,與《高宗紀》及諸書皆不合,誤也。法原是時未為宣撫副使,開關納瓔者,亦非法原,詳見後。

又卷三百四十四《儒林邵伯溫傳》:"擢提點成都路刑獄。賊史斌破武休,入漢利,窺劍門。伯溫與成都帥臣盧法原合謀守劍門,賊竟不能入。蜀人德之。"

李心傳《建炎以來繫年要錄》卷七:"建炎元年,秋七月,賊史斌據興州,僭號稱帝。斌本宋江之黨,至是作亂,守臣向子寵望風逃去,斌遂自武興謀入蜀。成都府利州路兵馬鈐轄盧法原,先與本路提點刑獄邵伯溫共議,遣兵扼劍門拒之。斌乃去。蜀賴以安。"

案:宋江三十六人,史不言其誰某,《要錄》於史斌獨明著為"宋江之黨",是其當在三十六人之內,固已無疑。特《宣和遺事》諸書並無史斌其人,但有"九紋龍"史進耳。進與斌以北音讀之,頗相近似。《水滸傳》言進為華陰縣人,而《宋史》亦稱斌為"關中賊",姓氏地域並合。然則史斌者,其即"九紋龍"歟? 史又稱斌為"叛將",蓋與宋江同降,後亦嘗授官為將校。三十六人,類不知其所終,獨斌降後復起,嘗號稱帝,而見戮於吳玠,最為彰明較著。史傳皆稱史斌,自當以史斌標目。今仍題為史進者,在使覽者易曉,非敢竟定斌為進也。

又卷十一:"建炎元年十二月,同州既陷,河東經制使王瓔之軍潰亂不能整,率衆由金商西入蜀,州縣震恐,欲閉關拒之。利州路提點刑獄公事張上行破衆議迎瓔屯興元府,且供其衣糧。時叛賊史斌僭號興州,將攻興元府。瓔遣統制官韋知幾、統領官申世景領兵扼之,復興州。"

《宋史》卷二十五《高宗紀》:"二年十一月,涇原兵馬都監吳玠襲斬史斌。"

又卷三百六十六《吳玠傳》:"三年冬,劇賊史斌寇漢中,不克,引兵欲取長安。曲端命玠擊斬之,遷忠州刺史。"

案:《紀》與《傳》年月不合,《傳》承碑誌之誤也。

杜大珪《名臣碑傳琬琰集》上編卷十二,明庭傑《吳武安玠功績記》:"建炎三年,金人內侵已三載矣。侯以前軍討賊,進據青溪嶺。冬,以本道兵復華州。劇賊史斌寇興鳳,據長安,謀不軌。侯進兵夜襲其城,出戰,斬其首,轉右武大夫。"

《三朝北盟會編》卷一百十六:"建炎二年四月,史斌據長安,吳玠擒斌,克長安,又克華州。《會編》之體,有綱有目,以上提綱也。金人既退兵,涇原將曲端遂下兵秦州,而鳳翔長安各為義兵收復。端大怒,執鳳翔劉彥希殺之。會叛賊史斌侵興元不克,引兵還。忠義兵統領張宗諤誘斌至長安而散其衆,欲徐圖之。端遣吳玠襲擊斌,斌走鳴犢鎮,為玠所擒。端自襲張宗諤,殺之,收復長安。玠以斌淩遲處斬。"

案:擒斌之歲月,各書參差不同。此作二年四月者,蓋本之趙甡之《遺史》也。觀《要錄》注自知。

又卷一百九十五:"中書舍人王綸為公墓銘曰:'三年冬,劇賊史斌寇興鳳,據長安,謀為不軌,公擊斬之,轉右武大夫。'"

《建炎以來繫年要錄》卷十八:"建炎二年十一月,涇原兵馬都監兼知懷德軍吳玠襲叛賊史斌,斬之。初,斌侵興元,不克,引兵還關中。義兵統領張宗諤誘斌如長安而散其衆,欲遂徐圖之。曲端遣玠襲擊斌,斌走鳴犢鎮,為玠所擒。端自襲擊宗,殺之。玠以功遷右武大夫忠州刺史。"原注:吳玠殺史斌。趙甡之《遺史》繫之今年四月,明庭傑《功績記》繫三年冬,戰青溪復華州之後,而云"金人內侵已三年矣",其實二年也。王綸撰玠碑,分此三事作二年。案:三年九月,長安已陷,而綸碑乃云"三年冬,劇賊史斌據長安,謀為不軌",實在誤矣。其實戰青溪在今年之夏,復華州擒史斌在今年之冬。但華州以十一月收復,而長安不知的在何月耳。今且附此月末。

"浪裏百跳"張順一作"浪裏白條"

《建炎以來繫年要錄》卷三十三:"建炎四年五月,永興軍路部將姒逵與其徒四百人謀殺將官張順，不克，亡去，引衆犯金州。”

《宋會要》第一百八十一册：兵十八第二十九頁。“建炎四年五月二十九日，詔金房州安撫使王彥，特補正右武大夫。以宣撫使司言，‘永興軍路部將姒逵，結連軍兵，張害本將張順，不捷，部領人兵作過。至五月二十六日，侵犯金州界。王彥於黄岡嶺活捉姒逵等三人，並叛兵四百餘人’故也。”

《宋史》卷四百四十九《忠義傳》：“馬俊，太平州慈湖砦兵也。紹興二年，砦軍陸德、周青、張順等據州叛，青為謀主。俊伺青上馬，斫中頰，遇害。旬中，官軍至，德、青遂伏誅。”

案：此兩張順非一人，蓋順既為將官，必不復作砦軍也。

張綱《華陽集》卷八《張順、孟涓各轉右武大夫制》：“國家置武官，等秩不一，而横列處其最高。方時多艱，名器為重，非有顯績，不輕假人。具官某，勇聞一時，出入行陣。嘗從大將，破敵有功。迨今累年，而幕府具名來上。玆用錫爾贊書，一新寵命，以光戎壘，以為衆士之勸。往其祗服，圖報勿忘。”

《建炎以來繫年要錄》卷七十六：“紹興四年五月丁巳，中衛大夫濟州防禦使孟涓知泗州。先是知泗州徐宗誠既罷去，而淮東宣撫使韓世忠言楚、泗、漣水軍、招信縣、洪澤鎮五處，皆係沿淮邊面，與齊地接界，水陸四衝要害去處。自來官屬皆未得入，所以前後斥堠不明，探報誣罔，大失倚賴。翌日，遂以中衛大夫和州防禦使淮東宣撫使前軍統領張順，充進東兵馬都監，洪澤鎮把隘，用世忠奏也。既而金偽入寇，涓等望風逃遁，卒不能保其境焉。”

案：以此兩條參互考之，知制詞中所謂大將幕府即韓世忠。張綱以紹興三年五月試中書舍入，見集後所附行狀，及《要錄》卷六十五。制當作於此年。右武大夫横班第十四階，中衛大夫則第九階也。見《宋史》卷一百六十九《職官志》。《要錄》謂金偽入寇，涓等不能保境者，指四年九月金人及偽齊分道渡淮，韓世忠自承州退保鎮江府事言之。見《要錄》卷八十，及《宋史》卷二十七《高宗紀》。此張順與前為永興軍將官者當是一人，惟是否即“浪裏百跳”，無明文可考。至於《水滸》所敘張順死事情形，則又因南宋末年之張順而附會之者也。《宋史》卷四百五十《忠義傳》云：“張順，民兵部將也。襄陽受圍五年，宋闖知其西北一水曰情泥河，源於均房，即其地造輕舟百艘，……出重賞募死士，得三千，求將，得順與張貴。……漢水方生，發舟百艘，稍進團山下。越二日，進高頭港口，結方陣，各船置火槍、火砲、熾炭、巨斧、勁弩。夜漏下三刻，起矴出江，以紅燈為識。貴先登，順殿之。乘風破浪，徑犯重圍，至磨洪灘以上。北軍舟師布滿江面，無隙可入，衆乘銳凡斷鐵絙攢杙數百，轉戰百二十里。黎明，抵襄城下。……及收軍，獨失順。越數日，有浮屍遡流而上，被介胄，執弓矢，直抵浮梁，觀之，順也，身中四槍六箭，怒氣勃勃如生。諸軍驚以為神，結冢斂葬，立廟祀之。”《水滸傳》謂張順於湧金門外被鎗箭攢死，即於其地立廟者，見百回本九十四回至九十六回。南宋張順之事。謂順赴水至湧金門撞動水簾者，張貴所募勇士事也。特易襄陽城外為杭州湧金門耳。

梁玉繩《瞥記》卷六：“湧金門外金華將軍廟，人以為即張順歸神，非是。”

案：《水滸傳》云：“宋江想起張順如此通靈顯聖，去湧金門外靠西湖邊，建立廟宇。後來回京奏知此事，特奉聖旨勅封為金華將軍。”考《咸淳臨安志》卷七十三云：“金華將軍廟，在豐豫門即涌金門。內涌金池前。神姓曹名杲，真定人，仕後唐為金華令。時郡兵叛，神以計平之。吳越王嘉其功，就擢婺守。國初，錢氏來朝，委以國事。嘗即城隅浚三池，曰涌金。邦人德之，為立祠池上。”《夢粱錄》卷十四敘事同，而文稍略。然則杭之金華將軍廟，所祀乃曹杲。杲嘗為金華令，故稱金華將軍，與張順無與也。小說之取材，移甲就乙，大都如此。梁氏雖知其非張順，而不能有所考正，蓋未檢《臨安志》耳。若阮葵生《茶餘客話》卷四，以“金華將軍”為“青蛙”二字之訛，益近無稽矣。

大刀關勝—作關必勝

《宋史》卷四百七十五叛臣《劉豫傳》:“宣和六年,……除河北提刑。金人南侵,豫棄官避亂儀真。豫善中書侍郎張慤。建炎二年正月,用慤薦除知濟南府,時盜起山東,豫不願行,請易東南一郡。執政惡之,不許。豫忿而去。是冬,金人攻濟南,豫遣子麟出戰,敵縱兵圍之數重。郡倅張柬益兵來援,金人乃解去,因遣人啗豫以利。豫懲前忿,遂畜反謀,殺其將關勝,率百姓降金。百姓不從,豫縋城納款。……”

《金史》卷七十七《劉豫傳》:“宋宣和末,仕為河北西路提刑,徙浙西,抵儀真,喪妻翟氏,繼值父喪。康王至揚州,樞密使張慤薦知濟南府。是時山東盜賊滿野,豫欲得江南一郡,宰相不與,忿忿而去。撻懶攻濟南。有關勝者,濟南驍將也,屢出城拒戰。豫遂殺關勝出降。”

案:關勝事不見於《僞齊錄》《北盟會編》《繫年要錄》諸書,《宋史》載之亦不詳。以《金史》相參證,其情事乃粗可覩。蓋豫請江南郡不遂,忿忿而赴濟南,早懷不軌之心。及金人來攻,勝為守將,驍勇善戰,屢出城拒敵。豫所以不即投拜,且遣兵出戰者,以有勝也。勝不死,豫不敢降。故反謀既決,遂先殺勝矣。勝誠烈丈夫也哉。

梁玉繩《瞥記》卷七:“《宋史・劉豫傳》:‘豫將關勝,與俱降金。’”梁學昌等《庭立記聞》記其父玉繩之言。卷一:“崔秋谷云:‘《金史・劉豫傳》:“關勝者,濟南驍將,屢出城拒敵,豫殺勝出降。”’又王象春《齊音》云:‘金兵薄濟南,守將關勝善用大刀,屢戰兀朮。金人賄劉豫誘勝殺之。’是勝未嘗降金也,《宋史》誤。”

案:《宋史・劉豫傳》言殺其將關勝,與《金史》同,未嘗誤也。梁氏匆匆檢閱,誤讀“其將關勝率百姓降金”作一句,而不覺其上尚有一“殺”字,遂以為勝與豫俱降金矣。崔氏又不檢《宋史》,僅據《金史》以與之辯，遂以《宋史》為誤，皆疏謬可笑。惟所引《齊音》，謂關勝善用大刀，則其人當即《宣和遺事》中之關必勝，足為梁山濼生色。雖不知所據何書，當非杜撰。然《金史》明言撻懶攻濟南，《宗翰傳》亦云："宋知濟南府劉豫以城降於撻懶。"而撻懶本傳言："分遣諸將趣磁、信、德，皆降之，劉豫以濟南府降。"則撻懶尚非自行。《宗弼即兀朮。傳》無至濟南之事。象春謂勝屢戰兀朮者，誤也。蓋勝實與金別將戰，流俗相傳，但知有兀朮耳。

《茶香室叢鈔》卷十七："大刀關勝贊曰：'大刀關勝，豈雲長孫？雲長義勇，汝其後昆。'則俗傳以關勝為關公之裔，亦非無因。"

案：此引《龔聖與贊》也。龔氏之贊皆就姓名、綽號字面牽合以成文，以此人姓關，遂曰"豈雲長孫"，非真以為壯繆後昆也。《水滸傳》即從此傅會，其實皆出臆造，無足深論。惟是聖與自言"即三十六人，人為一贊，而箴體在焉"。故其各贊，皆語含規諷。獨勝贊略無貶辭，且謂其不愧雲長之義勇，此其間必有事實可據，絕非空言稱歎。豈龔氏亦以濟南守將拒金被殺者為即此關勝，故從而許之歟。若然，則王象春之言，不為無稽矣。

［光緒］《山東通志》卷三十四古蹟一："濟南府歷城縣，關勝墓在縣南渴馬崖。"

又卷一百九十九《雜志》上："歷城馬跑泉，乃金兵薄濟南時，關勝與兀朮大戰，一日，至渴馬崖，求水不得，馬跑地而泉湧出，因名馬跑泉。今西門南濠外有馬跑泉，濼水環流，是另一泉也。劉豫受金賂，殺關勝，其墓在渴馬崖西。"

案：以勝之屢與金人接戰，濟南固宜有其遺蹟。然《通志》此節不云出於何書，其以勝為與兀朮戰誤與王象春《齊音》同。

"黑旋風"李逵

《三朝北盟會編》卷一百十四："建炎元年十一月二十四日庚戌，

密州軍卒杜彥、李逵、吳順反，杜彥自稱知軍州事，追執趙野，殺之。趙野棄城去，有守衙節級杜彥、樂將節級李逵、小節級吳順三人者，因民洶洶，遂謀作亂。且曰：'方今盜賊縱横，一州生靈，豈可無主，請自為知州。'軍兵皆聽命。彥遂知州事，而逵與順左右之。彥遂遣人追野，至張倉鎮，執野並其家屬回。癸丑，彥等坐黄堂上，其徒黨聲喏報捉到趙野。彥曰：'爾為知州，自搬老小，欲向南去，不知一州生靈誰為其主。'野不能應。彥令取木驢來，釘其手足。野大驚，乃呼曰：'告太尉，願容一言。'彥媟罵之。衆已擐野跨木驢，釘其手足矣。推出譙門，遲而殺之，取其頭鑯於市。……彥等取密州一城强壯，盡刺為軍。"

案：《宋史》卷三百五十二《趙野傳》不如此之詳，但曰"軍校杜彥等作亂"，不言李逵。逵適與"黑旋風"同姓名。考《宣和遺事》，謂"三十六人歸順後，各受武功大夫"，雖不可盡信，然觀楊志於宣和四年已將選鋒軍，史斌亦於建炎前為將，不應逵於此時猶為節級。疑此李逵非"黑旋風"也。雖然，此人為密州樂將節級，而《水滸傳》謂"黑旋風"是江州小牢子，宋時牢子亦稱節級，又似頗相合者，豈志、斌輩因攻方臘有功受賞，而逵終屈於走卒，流落不偶，以至是歟？抑小説家取此李逵之事，傅之"黑旋風"歟？是皆不可知也。姑彙其事，以俟考訂耳。

《建炎以來繫年要録》卷十："建炎元年十一月庚戌，杜彥據密州。趙野將輜重家屬棄城而去。軍民偶語，兩日不定。彥守衛軍校與軍士李逵、吳順謀曰：'方今盜賊縱横，一州生靈，豈可無主。'乃自稱權知州事，而逵、順左右之。追執野於張蒼鎮。後三日，彥坐黄堂上，數野以棄城之罪，命臠之而分其室。彥盡刺城中人以為軍。"

又卷二十一："建炎三年三月癸卯，宫儀圍安邱縣。權知密州杜彥引兵救之。其徒李逵、吳順皆不從，曰：'儀衆甚盛，未可與戰。'彥曰：'見敵不擊，何以威衆？'遂行，至潑石橋，與戰大敗。彥盡喪其步軍。儀忿之，遂屠安邱縣。彥還密州，逵、順責其喪軍，拒不納。彥欲引去，而馬軍皆有家屬在城中，出言紛紛。逵開門納之，乃殺彥，梟其首。逵遂領州事。"

汪藻《浮溪集》卷十六《戒諭李逵、宮儀、張成等敕書》:"敕李逵等:朕惟彊寇《三朝北盟會編》作"胡虜",聚珍本《浮溪集》作"彊寇",蓋四庫館所改。憑陵,山東震擾,保此數州之地,皆爾諸將之功,雖在艱難,頗寬憂顧。今還洪道制置之節,付宮儀濟南之符,並召閻皋來朝行在,率掄材而顯用,非因事而有他。爾等夙著忠誠,各膺委任,宜互傾其肺腑,以同獎於朝廷。速底成功,是為報國。"

案:據《北盟會編》卷一百二十九,此敕在建炎三年五月。

《宋史》卷二十五《高宗紀》:"建炎三年閏八月,知濟南府宮儀及金人數戰於密州,兵潰,儀及劉洪道俱奔淮南。守將李逵以密州降金。"

《三朝北盟會編》卷一百三十一:"建炎三年閏八月十四日庚寅,宮儀及金人戰於密州,軍敗。李逵、吳順以密州降於金人。宮儀經夏與金人相持,未有大勝敗。七月,儀屯於盤石河,在密州之南八十里,分屯於常山王廟,去城二十里。金人屯於密州之北三十里,時時使人至城下招密州降。李逵、吳順曰:'今南有宮儀,北有大金,安敢投降。若能破宮儀,即日投拜。如不能,或宮儀破大金軍,亦降宮儀。今孤城無援,惟强是從。'金人主將特木也萬戶然其言,遂不為攻擊,專謀破宮儀矣。南門外雖坦途,然兩邊皆山,在二十里之閒,有常山王廟。儀以兵扼其路。金人不時出兵轉城而南侵常山王廟,儀兵禦之。金人佯若不勝而退去,以為常。凡月餘,儀之軍皆以金人為易與耳。金人知儀衆皆懈,至是馬步齊進。馬軍在前。方戰,馬軍少卻,步軍齊進,而馬軍兩翼亦進。儀兵不能當,皆兩邊奔山高處。金人以馬軍更趨八十里,直犯磐石河大寨。儀猶不知,衆皆崩潰。儀及劉洪道奔九仙山,金人進逼之,儀及洪道以餘兵數千奔海州。儀兵已敗,金人責李逵、吳順如約。逵、順遂以密州降於金人。後逵為順所殺。"

《建炎以來繫年要錄》卷二十七:"建炎三年閏八月己丑:武功大夫忠州刺史知濟南府宮儀屯盤石河,數與金戰,勝負略相當。……金人屯密州北二十里,時出兵而南,儀禦之,敵佯若不勝而退,儀易之。敵伺知其懈,至是引兵攻儀,馬步俱進。方戰,馬軍少卻,既而分為兩翼，直犯中軍，儀猶不知，衆遂大潰。儀與京東經略安撫制置使劉洪道奔九仙山，敵又逼之。洪道以餘兵二千奔海州。李逵、吴順乃以密州降金。”

案：李逵、杜彦殺趙野以棄州遁走之罪，逵又殺杜彦而奪之位，逮宫儀與金人戰，逵乃坐觀成敗，惟强是從，卒以密州拱手授金。其為人暴戾恣睢，背信蔑義，與誠篤爽直、尚意氣之“黑旋風”行事殊不類。不能以其姓名時間之偶合，遽斷為一人也。

“一撞直”董平一作“一直撞”，一作“雙鎗將”

《宋史》卷三百七十七《陳規傳》：“建炎元年，除直龍圖閣知德安府。董平引衆窺城，遣其黨李居正、黄進入城求犒。規斬進，授居正兵為前鋒，大破之。”

案：規破董平不在元年，此因規知德安，並敘其守城事耳。

《建炎以來繫年要録》卷二十三：“建炎三年五月，初，唐州既為金人所殘，乃移治桐栢縣。土豪董平盡攢集强壯為兵，朝廷因以為統制。平以兵勢脅制州郡，守臣滕牧不能堪，平怒，欲殺之，會京西轉運判官范正己行部至唐州，牧告其狀，正己陽數牧罪，下襄陽獄，言於朝。乙巳，詔免牧官，令疾速取勘。平嘗相衆犯德安府，遣其徒李居正、黄進入城議事。守臣陳規即推誠與語，且諭以忠義。居正曰：‘誠所願。’進不對，規斬進，以兵授居正，使為前鋒，大破之。平乃去。”原注：案：董平事跡全不見於史，今以趙甡之《遺史》、陳規《行狀》《程昌寓家傳》參修。趙甡之載滕牧事於今年六月末，而《昌寓家傳》載牧與正己自襄陽還攻董平，以八月十九日過蔡州，事亦相近。《日曆》：“紹興二年正月二日，刑部狀檢，准建炎三年五月二十八日勑知唐州滕牧，治事不審，與董平有隙，使軍民無緣安帖等事，奉聖旨：‘滕牧先次放罷，疾速取勘，具案聞奏。’本部催促安襄陽府二年半有餘，並無回報。”此即正己所劾也。未知正己過唐的在何時。今但書降旨之日，俟考。

案：《要録》以董平為唐州土豪，而不言其為降將，似非梁山濼之董平矣。然宋江等之降,至是已八年,則"一撞直"者,未必不可去軍籍還鄉為土豪也。史傳既無明證,當從闕疑。平之攻德安,《守城錄》在四年三月,此作三年五月者,因滕牧事而附及之也。

無名氏《守城錄》卷三:即湯璹《德安守禦錄》卷上。"建炎三年三月,羣賊董平部領人馬至應山縣,稱勤王兵,沿路劫掠。四月初四日,夜,掩劫孝感縣,官吏居民逃走有不及者,悉為驅擄。乃燒盡一縣官私屋宇。是日,在本縣東舊鎮劄寨,分遣賊徒剽掠。本府差撥人兵六頭項前去掩殺。董平起離取唐州去。九月十二日,有宣撫處置使司差知信陽軍武經郎孫璘到本府,差兵護行,至信陽交割。至十二月二十日,董平破信陽,璘僅以身脫,其家並官屬皆沒於賊。平差人占據信陽,自往唐州大義山劄寨。令隨、唐、信陽三郡人戶送納糧草,並收逐處稅錢。四年三月十六日,平領三萬餘衆到本府。本府差正將辛選發兵往應山界迎敵,戰數合,賊大敗走,殺賊千餘人,鉦、鼓、旗、鎗、弓、箭、器械,棄之滿道。平尋走往西京界,為鄉村把隘人所殺。"

《建炎以來繫年要錄》卷二十六:"建炎三年八月乙丑,先是知唐州滕牧為董平所逐。會群盜八�星鋮、王民等犯京西,牧自襄陽遣使招之,皆聽命。遂以其衆還桐栢攻平。……牧以民之軍與平戰。平敗,執通判事李祈以行。"

又卷二十九:"建炎三年十有一月丁未,初,京西制置使程千秋既軍襄陽……是時桑仲在唐州,盡取强壯為兵。唐州之民在桐栢者,先為董平攢集。其不屬平者,進退無所依,皆盡室歸於仲。仲之衆漸盛……引兵犯襄陽……。千秋棄城奔中廬,仲遂據襄陽。"原注:趙甡之《遺史》,"四年八月,桑仲陷襄陽。"

案:《北盟會編》卷一百四十一,繫此事於四年八月,正據趙甡之《遺史》,其文與此同,今不重錄。《要錄》原注於襄陽之陷當在今年冬,辨證甚詳。以與董平無關,亦從刪節。

《三朝北盟會編》卷一百三十七:"建炎四年二月十四日丁亥,聶淵入金師,留守上官悟出奔。淵以城獻於金人。河南之地,盡已陷沒。西京、南京,金人皆屯兵。惟京師與內縣,猶為國家守,糧食乏絕,內外皆不通,民多餓死。聶淵者,與其徒十十五五以食物與守城者博易,久而頗稔熟。至日二字有脫誤,《要錄》作"是日"。淵以其徒數百人夜登城之北壁,縱火焚樓櫓,猶不敢下城騷擾。是時城之東有夜貓兒、李潰、蘇大刀屯駐,留守上官悟皆招入城。既入城,則放火虜掠不止,而淵亦掘斷城中慢道自守。城中亂,悟及副留守趙倫乃出奔。……淵遣人往南京金人軍前獻京師。三月,金人太師差鎮國郎君入京師。……自此北京城遂失陷。悟在唐州活字本誤作"門"。遇董平,平逼令悟書填官告訖,殺之。"

案:平逼悟書填官告者,是時留守及宣撫制置等使多受空名告勅,得以便宜假人官爵,故平逼悟書告,遷己之官也。《宋史》卷二十六《高宗紀》但云:"金人陷汴京,權留守上官悟出奔,為人所殺。"

《建炎以來繫年要錄》卷三十一:"建炎四年二月丁亥,金人陷京師。時河南之北,悉為敵有,睢、洛皆屯重兵。惟京師及畿邑,猶為國家固守,而糧儲乏絕,四面不通,民多飢死。有河北僉軍首領聶淵者,與其徒十十五五以食物與守城者博易,積久稔熟,遂不之疑。是日,淵與其徒數百人夜登城之北壁,縱火焚樓櫓,猶未敢下城,乃為慢道自守。是時城之東,有羣盜李潰、蘇大刀,權留守上官悟皆招入城。既入城,則焚掠不止,城中亂,悟及副留守趙倫出奔。悟至唐州,為董平所殺。金人得京師。……自是四京皆陷没矣。"原注:熊克《小曆》載京師之陷在今年三月,又云:"城破,上官悟為敵所害。"而徐夢莘《會編》所載甚詳,今從之。

又卷四十九:"紹興元年十有一月丁未,德安府復州漢陽軍鎮撫使陳規奏本鎮營屯田畫一事件。自中原失守,諸重鎮多失,惟規與群盜屢戰。自楊進、李孝忠、孔彥威、董平、曹成、馬友、桑仲、李横之徒,皆不能犯。由是德安獨存。"

案:平已於建炎四年為西京鄉村把隘人所殺。此因陳規奏營屯田,追敘其事也。

[嘉泰]《吳興志》卷十四郡守題名:"董平,紹興三十年六月初一

日,以右中大夫集英殿修撰到任。三十一年,移知潭州。”

案:此與唐州之董平,偶同姓名。其人乃文臣,必非“一撞直”也。

又案:董平綽號,《宣和遺事》作“一撞直”,《龔聖與贊》作“一直撞”,《水滸傳》作“雙鎗將”,疑以“一撞直”為是。謂其每遇戰鬬,勇往直前,所向披靡也。《三水小牘》卷下云:“唐廣明歲,薛能失律於許昌,部將周岌代之。明年宰相王徽過許謂岌曰:‘昔聞貴藩有部將周撞子,得非司空耶?何致此號?’岌赧愧良久,答曰:‘岌出身走卒,實蘊壯心,每有征行,不避劍鋒,左衝右捽,屢立微功,所以軍中有此名號。’王笑,復謂岌曰:‘當時襆落渦河裹,可是撞不着耶?’岌頃總許卒,征徐方,為賊所敗,溺於渦水,或拯之僅免,故有此言。”“一撞直”之名,正與“撞子”之意同。此亦唐、宋俚俗之方言,作《水滸》時已無此語,嫌其義晦不甚可解,遂改為“雙鎗將”矣。

“賽關索”王雄一作“病關索”楊雄

許景衡《橫塘集》卷七王雄等轉官制:“勅某官,屬者逋卒侵擾冀方,爾等能率其徒,屏除斬獲,奏功第賞,各進爾官,以為忠勇之勸,可。”

案:《宋史》卷三百六十三《許景衡傳》云:“欽宗即位,……遷中書舍人,……高宗即位,以給事中召。”則此制作於靖康中。雄以斬獲逋卒進官,固當是武人。冀方指河北言之,與“賽關索”時地姓名並合,陸心源《宋詩紀事補遺》卷三十九,據《韶州府志》錄王雄遊碧落洞五言律詩一首,以為即《橫塘集》中之“王雄”,殆非也。然《宣和遺事》作王雄,《龔聖與贊》自作“楊雄”,姓氏尚不能定,何從考其事蹟乎?以其名字之同,姑存之以廣異聞可也。

熊克《中興小紀》此書本名《小曆》,《四庫全書》改名《小紀》。卷四:“建炎二年秋七月，先是朝議大夫惠厚下及密院小吏楊雄，皆自金境逃歸，言中原之人，聞上登極，咸以手加額曰，'聖明既立，將有息兵之望'。又有錄登極赦書奏道君者，聖情甚悅，趣宣和皇后作譙相賀。辛亥，宰執早朝以奏，上歛容不語久之。"

案：梁山濼降人，流落而為軍卒，猶或事理所有，若為樞密院小吏，則殊不倫。此楊雄必非"賽關索"也。

《茶香室叢鈔》卷十七："宋范公稱《過庭錄》曰，'忠宣守信陽時，漢上有巨賊曰羅塹，擁衆直壓郡界。忠宣集郡僚謀守禦，皆懦怯無敢當者。有酒吏秦生請行，獨以數十騎直對敵壘。賊副"小關索"者，領十餘騎飲馬河側，秦射中賊關索心而死。賊衆竄走。'案：世俗以關索為漢前將軍之子，實無其人，乃宋時草莽健兒中即有小關索之名，則其流傳亦遠矣。《癸辛雜識》載龔聖與《宋江等三十六人贊》，其《賽關索楊雄贊》曰：'關索之雄，超之亦賢。'則似古來真有關索其人也。"

案：宋時武夫，以"關索"為號者，除梁山濼之楊雄外，不獨《過庭錄》所稱"小關索"已也。《北盟會編》卷一百二十，敘"建炎三年，杜充出兵攻張用，岳飛、桑仲、馬皋、李寶等，皆率兵城南以擣用，用勒兵拒戰，賽關索李寶被禽。"此不知即後來歸宋立功，《宋史》卷三百七十有傳之李寶否。又卷二百十一引《林泉野記》，謂"劉光世命王德斬邵譚、袁關索、劉文舜於饒州。"岳珂《金陀稡編》卷七，敘"紹興六年，王貴等自僞齊回軍至白塔，李成率劉復、李序、商元、孔彥舟、王爪角、王大節、賈關索等，併兵來，絕貴歸路，以馬軍迎擊，賊兵盡敗"。《金史》卷八十《突合速傳》云，"宋陝西軍帥張關索，合兵數萬來援，敗之"。又卷一百三十三《叛臣余覩》亦云，"宋兵救太原，余覩、屋里海逆擊於汾河北，擒其將郝仲連、張關索。"此與見《突合速傳》者是一人。薛季宣《浪語集》卷三十三《先大夫行狀箋》敘其伯父薛弼，紹興間再知虔州，討積年名賊俞三古、五官、朱關索、吳錦等，皆獲之。《夢粱錄》卷二十載角觝人名，有賽關索，及女占賽關索。《武林舊事》卷六，諸色技藝人名，有角觝張關索，賽關索，此與見《夢粱錄》者疑是一人。嚴關索，小關索。

然則宋人之以“關索”為名號者，凡十餘人，不惟有男而且有女矣。其不可考者，尚當有之。蓋凡綽號皆取之街談巷語，此必宋時民間盛傳關索之武勇，為武夫健兒所忻慕，故紛紛取以為號。龔聖與作贊，卽就其綽號立意，此乃文章家擒題之法，何足以證古來真有關索其人哉？觀宋人多“賽關索”，知《水滸傳》作“病關索”者非也。至明、清人之記載，乃有謂關索為羽之子者。坊刊毛宗崗評本《三國志演義》，謂索為羽之第三子，全書凡五見。四見於八十七回，一見於八十九回，皆在諸葛亮用兵西南彝族之時。《圖書集成·職方典·安順府永寧州條》云：“關嶺在州城西三十里，上有漢關索廟。舊志：‘索，漢壽亭侯子，從武侯南征有功，土人祀之。’”蓋西南彝族早有關索武勇之傳說。故南宋武夫健兒，競取以為號。山川形勝，亦以索為名。至明略定雲、貴，利用彝族信仰，從而立廟祠祀。以懾其人民，使不敢背明神懷二心。此古帝王將相愚民之故智，不足為異。其時關壯繆之威靈，早著於民間，諸葛亮南征之故事，又盛傳川、滇各地，故舉關索之故事，與羽、亮相比傅，於是關索遂為雲長之子，武侯南征時之名將矣。凡民間傳說，歷時愈久，內容愈豐富，不僅關索一傳說為然也。觀於元至治建安虞氏《全相三國志平話》及弘治本《三國志通俗演義》，未嘗涉關索一字，萬曆以後刊本始有雲長第三子之說。其方志、文集、筆記，記此說者，亦皆出於明、清之際，則此說之後起可知矣。王士禎《池北偶談》卷二十四曰：“雲、貴間有關索嶺，有祠廟極靈，云明初師征雲南，至此，見一古廟，廟中石爐插鐵箭一。鈒其上曰，‘漢將關索至此，雲南平’。遂建關索廟，今香火甚盛。《月山叢談》雲南平夷過曲靖、晉寧，過江川，皆有關索嶺，上各有廟。蓋前代凡遇高埠置關，關吏備索以挽舁者，故以名耳。傳訛之久，遂謂有人而實妄也。”案：《月山叢談》，明李文鳳著，其解關索字，亦是望文生義。觀宋人之自名實關索者如此之多，明是相傳古來有此姓名，文鳳果何所據為關吏所備之挽索而傳訛也乎？田雯《黔書》卷二，有關索嶺一條，云：“壯繆二子長曰平，次曰興。平及於臨沮之難，興弱冠為漢侍中，有父風，武侯甚愛之，征討未嘗不與。此傳志之可考者無所謂索也。嘗試思之，古者帥與率通，‘方伯連率’是也。意渡瀘之役興也實從，曾駐師於此，當時以關帥呼之。以帥為率，後遂以率為索，莫之考正焉耳。”此條後有丁煒評曰：“或曰‘蠻人呼索為父’。或曰‘是嶺以關鎖黔、滇，故名’。是二說者，煒皆未之信云。”趙一清《三國志注補》卷三十五曰：“《方輿紀要》卷一百十八，‘永平縣東北五里，有關索寨，周迴二里，俗傳蜀漢將關索所築。’一清案：西南夷謂爺為索。關索寨，即關爺寨，皆尊稱也。辰州府城南二酉山下有伍索灘，以伍胥得名，亦其類爾。非別有關索其人。壯繆子興，為武侯所器異，官侍中中監軍，或從南征，寨以此名歟。”趙氏此說似有理。蓋因西南夷謂爺為索，訛傳為蜀漢勇將姓名，宋人遂紛紛取以為號。但夷呼爺為索，特丁煒載或人之說，煒已不信，不可為據，存以俟考。周壽昌《三國志注證遺》卷三則曰：“《關公傳》，‘封為漢壽亭侯’。壽昌案：漢壽縣，前漢屬武陵郡，本名‘索’，順帝更名漢壽，後漢因之。後人因關漢壽之稱，或謂關索，於是南中地有關索嶺，並有云關索為公子者。俗語流為丹青，亦復何所不至云云。”此說亦不免穿鑿。夫稱雲長為關漢壽，因其封邑以稱其人可也。若謂漢壽舊名索，遂稱為關索，則從來不聞此例。不免迂曲而難通矣。要之此不過宋代一種傳說，不必因《三國志》之無其人，必別求一說以解之也。必不得已，以田雯之說為善。

梁玉繩《瞥記》卷六：“吾杭清泰門有時遷祠，行竊者祀之。石屋嶺又有楊雄、石秀廟，其妄政同。”

“病尉遲”孫立

《三朝北盟會編》卷一百四十七：“紹興元年五月，邵青先受朝廷招安，受樞密院水軍統制蕪湖縣駐劄。遣人往太平州買賣，知州郭偉不放入城。邵青聞之怒，遂擁衆攻城。青有衆數萬，大小舟數千艘，入姑溪河，上蓮褐山，下至采石，東至三湖口，與其黨單德忠、孫立、委曦、閻應，分布徧滿。又於城外四壁剳立硬寨，開畎姑溪河水，盡滃圩埤，掘斷援兵來路，焚燒屋宇，驅百姓沿江采斫草柴。於城下填疊慢道兩所。百姓稍怠緩者，賊在後以刀殺之，并其屍和柴草疊路。一日之間，慢道與城相平，下瞰城中，縱火箭燒樓櫓。自此攻城晝夜不息。偉親率將士軍民城上，與賊血戰。會鎮江府劉光世遣人來招安。壬戌，拔寨遁走，下水而去。”

案：事見《繫年要録》卷四十四，但云“青與其徒單德忠、閻在等分寨四郊”，不及孫立。亦不知此孫立是病尉遲否也。

《宋會要》第一百七十六冊：兵一十第二十八中葉。“紹興元年五月二十四日，水賊邵青，發大小戰舡三千餘隻，直臨太平州城下。七月七日，侵犯江陰軍界。詔‘擒獲邵清，白身與補修武郎，有官人轉七官，仍帶閤職。擒獲單德、孫立、魏義、閻在，白身人與補秉義郎，有官人轉七官。’九月二十三日劉光世言：邵清窮蹙乞降。只乞一放罪黄榜，詔‘邵清既改過自新，可依所乞’。”

《宋會要》第一百八十一：兵十九第二葉。“紹興三十二年七月十三日，淮南西路安撫司言：據知安豐軍沿邊都巡檢使孫顯忠申‘躬率官兵，前去沿淮等處掩殺金人’。第二葉。又據水寨孫立申‘於潁河內燒殺糧舡二百餘隻，又招奪到人舡，又兩見陣立功，乞賜推恩’。”

案：此孫立乃水軍將領，或即邵青之黨，降後立功者歟？

王明清《揮麈後録》卷十一：“孫立者，壽春人，少為盜，敗露，竄伏淝河中，覺有物隱然，抱持而出，乃木匣一，啓視之，銅印一顆云，‘壽州兵馬鈐轄之印’，印背云，‘太平興國八年鑄’。後三十年，以從軍之勞，差充安豐軍鈐轄。安豐即昔日壽州也，遂用此。明清為判官日，親見之。”

案：明清《後錄》作於紹熙甲寅，時已六十八歲。其任安豐軍判官，乃其少年時事。韓元吉《南澗甲乙稿》卷二十一《方公滋墓誌銘》云，“次女適安豐軍判官王明清。”再上數三十年，當在南宋初年。則此充安豐軍鈐轄者，正與邵青之黨孫立同時，未知即一人否。

案：孫立所以諢名"病尉遲"者，殆以其善用鞭也。然尉遲敬德鐵鞭，不見於《唐書》。張六蠹《螺江日記》卷八云："唐李昌符《鐵馬鞭詩》序云：'長慶二年，義成軍節度使曹華進獻，且云得之汴水，有字刻云"貞觀四年尉遲敬德"。'是尉遲用鐵鞭有確據者。胡元瑞應麟。疑《唐書》不載，謂出自委巷小說，過矣。"

"没羽箭"張青一作張清

《中興小紀》卷五："建炎三年正月己卯，上至常州。羣盜丁進等雖受招，而縱兵掠民，至是欲走山東。朱勝非至丹陽，都統制王淵遣使臣張青領五十騎馳獲勝非，因令青圍圍，當作"圖"。進。青以白勝非。勝非曰：'丁進不除，必為巨盜。聞渠有數百人，爾五十騎可敵否。'青曰：'不足畏。'於是以檄誘進至勝非所，誅之。其衆惕息聽命。"

案：據《繫年要錄》注，知熊氏原書本作"二月乙卯"，今作"正月己卯"者，蓋譌"乙"為"己"，四庫館編輯時，又誤繫之正月。其實是歲正月庚辰朔，無己卯日也。

《建炎以來繫年要錄》卷二十："建炎三年二月丁巳，武經大夫閤門宣贊舍人丁進既受招，以其軍從上行。遮截行人，恣為劫掠。且請將所部還江北與金人血戰，其意欲為亂。會御營都統制王淵自鎮江踵至。進懼，欲亡入山東。朱勝非過丹陽，進與其徒匿遠林中，以狀遮勝非自訴。淵聞進叛，遣小校張青以五十騎衛勝非，因紿進曰：'軍士剽攘，非汝之過，其招集叛亡來會。'青誘進詣勝非，至則斬之。"原注：進之死，《日曆》在甲寅，熊克《小曆》在乙卯，《閑居錄》在初九日戊午，三書不同。案：勝非以初八日離鎮江，則進之死當在其後。《閑居錄》載進自訴事亦在初八日丁巳。今且併書之，俟考。

《三朝北盟會編》卷一百三十四："建炎三年十一月二十一日乙丑，先是金人計置采石，欲渡江，為郭偉所拒，遂趨馬家渡。統制陳淬及金人戰於江上，敗績，淬被殺。金人遂濟渡，南岸無兵。金人舟不多，但無人迎敵，致使渡長江如蹈平地。惟水軍統制邵青以一舟載十八人,當金人於江中,梢工張青者,中十七矢,遂退於竹篠港。”

《建炎以來繫年要錄》卷二十九:“建炎三年十一月甲子,陳淬與完顏宗弼遇於馬家渡,凡戰十餘合,勝負略相當。王瓊引西兵先遁,淬孤軍力不能敵,還屯蔣山。水軍統制邵青以一舟十八人當金人於江中,舟師張青中十八矢,遂退於竹篠港。”

案:此兩“張青”一人,前張青為王淵軍中小校,淵嘗與宋江同攻方臘,又與楊志同伐遼,其部曲皆有歸淵之理,或者其沒羽箭歟?若後張青,乃水師梢工,殆非也。

《三朝北盟會編》卷二百四十七:“紹興三十一年十二月十二日庚戌,成閔收復盱眙軍泗州。閔分遣統領左士淵、張青、魏全部押官兵攻奪泗州南門,入城占據。閔再率官軍戮力掩殺,賊兵敗走,收復泗州了。”

《宋會要》第一百八十一冊:兵十八第四十葉。“紹興二十五年正月二十三日,鄂州駐劄都統制田師中言:‘武岡州徭賊楊再興父子,累年作過,統制官李道前去撥置收捕,並已淨盡,乞優與推恩。奇功軍兵張青等二人,欲各與轉兩官資。’從之。”

案:此與前兩張青非一人,以其既非小校,又非水師也。

《建炎以來繫年要錄》卷一百九十五原注:“成閔聲稱……分遣統制官劉鋭、陳敏、王公述、張師言,於十二月十五日夜,於泗州東城之東,潛師渡淮,有敵騎數千,於城東擺列前來,與官軍相拒。閔又分遣統領官左士淵、張青、魏全,部押官軍,攻奪泗州南門,入城占據。閔再率官軍,戮力掩殺,敵兵敗走,收復泗州了當。”

案:此又不知與前者三張青,是一是二也。

《宋會要》第五十一冊儀制門十三:“孝宗乾道四年四月十八日,宰執進呈:‘統制官張青言韓世忠之功,乞追封王。’上曰:‘事已歷年,又無所因。’宰臣陳俊卿曰:‘張俊、楊存中已封王,則於韓世忠似有不足。前此失於無人建白,若聖意行之,亦足勸有功而勵將士。’上可之,遂封蘄王。”

案：此似是前為統領官之張青。

浪子燕青

《建炎以來繫年要錄》卷三十一："建炎四年二月，羣賊犯應山。土居將仕郎連萬夫，率邑人數千保山寨，賊不能犯。至是有'寇浪子'者，以兵至，圍之，三日，卒破其寨。賊知萬夫勇敢有謀，欲留以為用。萬夫怒，厲聲罵賊，為所害。後守臣陳規言於朝，贈右承務郎，官其家一人。"

案："寇浪子"，非姓寇也，以上文言賊不能犯，故變文稱寇以避不詞耳。浪子者，風流放浪之謂也。《宋史》卷三百五十二《李邦彥傳》云："邦彥俊爽，美風姿，生長閭閻，習猥鄙事，應對便捷，善謳謔，能蹴鞠。每綴街市俚語為辭曲，人人爭傳之，自號李浪子。拜少宰，無所建明，阿順趨諂，充位而已。都人目為'浪子宰相'。"《三朝北盟會編》卷二百三十六曰："韓之純，輕薄不顧士行之人也，平日以浪子自名。喜嬉遊娼家，好為淫媟之語。又刺淫戲於身膚，酒酣則示人。人為羞之，而不自羞也。"吳曾《能改齋漫錄》卷十一云："洪覺範有《上元宿嶽麓寺詩》。蔡元度夫人讀至'十分春瘦緣何事，一掬鄉心未到家'，曰：'浪子和尚耳。'"《歲時廣記》卷十七引《古今詞話》曰："柳耆卿淪落貧窘，終老無子，掩骸僧舍。京西妓者鳩錢葬於棗陽縣花山。既出郊原，有浪子數人戲曰：'這大伯做鬼也愛打鬨。'"《文山先生集》卷十三："《指南錄》有《留遠亭詩》序云：'十一日宿處，岸上有留遠亭，北人然火亭前，聚諸公列坐行酒。劉岊數奉以淫褻，諸酋專以笑具。於舟中取一村婦至亭中，使薦劉寢，據劉之交坐。案：此句有脫誤。諸酋又嗾婦抱劉以為戲。衣冠掃地，殊不可忍。其詩曰："落得稱呼浪子劉，樽前百媚佞旃裘。當年鮑老不如此，留遠亭前犬也羞。'"觀此數事，即浪子之義可知矣。

草澤健兒名浪子，已自可異。不應南北宋間頓有兩人，或者此浪子即燕青歟？

鐵鞭呼延綽—作雙鞭呼延灼

《宋史》卷二百七十九："呼延贊，并州太原人，雍熙四年，加馬步軍副都軍頭。嘗獻陣圖兵要及樹營砦之策，求領邊任。召見，令之作武藝。贊具裝執鞬馳騎，揮鐵鞭棗槊，旋繞庭中數四。又引其四子必興、必改、必求、必顯以入，迭舞劍盤槊。賜白金數百兩，及四子衣帶。"

案：《宣和遺事》及《癸辛雜識》所載三十六人姓名，均有鐵鞭呼延綽。綽蓋自謂贊之後，因贊善用鐵鞭，綽傳其術，故以為號。《水滸傳》獨作"雙鞭"。其五十五回云："高太尉奏道：'此乃開國之初，河東名將呼延贊嫡派子孫，單名喚個灼字，使兩條銅鞭，有萬夫不當之勇。'"又云："正是：開國功臣後裔，先朝良將玄孫，家傳鞭法最通神，英武熟經戰陣。"據百二十回本。夫既云呼延贊玄孫，家傳鞭法，則不得忽變鐵鞭為兩條銅鞭，而其綽號亦不當作雙鞭可知矣。蓋作《水滸傳》者，欲寫呼延灼之勇，嫌鐵鞭不如雙鞭，遂以意改之耳。

《隆平集》卷十七："呼延贊，并人，忠實有勇，徧體文以'赤心呼殺'字。出入有破陣刀，降魔杵，鐵幞頭，兩角有刃，皆十餘斤。乘騅馬，絳抹額，自謂慕尉遲敬德。"

案：此可想見贊之勇，宜乎其玄孫猶以鐵鞭自表異也。贊有遠孫通，為韓世忠軍中統制官，敗金人於大儀鎮，有功。見《繫年要錄》卷八十一，及《中興十三處戰功錄》。《水滸傳》言呼延灼後領大軍破大金兀朮四太子，疑即因通事傅會之。洪邁《夷堅三志己篇》卷八有呼延射虎一條，言："通馳馬與虎相當，伺其張口，發大羽箭中其舌死。"可想見其勇也。

船火兒張橫—作船火工張岑

《中興小紀》卷十九:"自靖康以來,中原之民不從金者,於太行山相保聚。初,太原張橫者,有衆二萬,往來嵐、憲之境。嵐、憲知州同知領兵一千五百人入山捕之,為横所敗,兩同知俱被執。"

案:此張横若是船火兒,則於三十六人中,亦關勝之流亞,惜史記其事不詳。《水滸傳》以横為"潯陽江盜"。龔聖與贊云:"太行好漢,三十有六,無此火兒,其數不足。"則不得在潯陽江上矣。但龔贊中"太行"字數見,蓋以三十六人為聚於太行,與此所云於太行山相保聚者,亦偶合耳。

《周南山房集》卷八《雜記》:"建炎四年,程昌禹兵入援,有詔改昌禹鎮撫鼎、澧。偏將邵宏淵者隸帳下,有關、馬之勇。賊黨劉超犯澧陽將趨桃源。未至數十里間,有藥山寺,寺之兩旁,十步一松。宏淵單馬閒行。賊將張横適至,兩騎相躡,環松而馳。横投以巨斧,斧着木,深不能出。宏淵負其多力,躍而前欲生致之。横因壯勇,力均敵之,不能得,則曳而俱墜。横以身壓宏淵,且搦其陰。宏淵手攀枯椿,欲藉而起,相與力疲未決。宏淵親兵至,擒之。宏淵患横凶暴,斷其手而獻於昌禹。横素以勇聞,昌禹命之酒,欲活而用之。宏淵曰:'賊無用。'遂殺之。自是超不敢復蹈武陵之境。"

案:此當别是一張横,非太行山之張横也。

又案:"船火兒",《宣和遺事》作"船火工"。江休復《嘉祐雜志》云:"江南一節使,召相者,命内子立羣婢中,令辨之。相者云:'夫人頭上自有黄氣。'羣婢皆竊視之。然後告云某是。柁工火兒雜立,令辨何者是柁人,云:'面上有水波紋是。'亦用前術。"《宋會要》第一百八十三册兵二十三曰:"打造七百料馬船二十隻,每隻合鋪梢工四人,搖櫓四隻,共用搖櫓火兒四人。"然宋時稱舟子,自柁工外,皆曰火兒。張横之得名以此。作火工亦通。

[景定]《建康志》卷十四《建炎以來年表》:“紹興二十年八月二日,以建康府選鋒軍使臣張橫,除名勒停,送饒州編管。以橫毆擊百姓馬臯,辜內身死,法當絞,特貸之。”

案:此事又見《宋會要》第一百七十冊,刑法志。作紹興十九年。

女將一丈青附

《三朝北盟會編》卷一百三十八:“初,勍淮南等處招撫使閭勍也。迎奉神御起離西京也,循蔡河而下,至濠州,遇張用。勍說用歸朝廷,以馬臯之妻一丈青嫁用為妻。初,臯為郭仲荀所誅,勍周恤之以為義女,既嫁用,遂為中軍統領。有二認旂在馬前,曰,“關西貞烈女,獲國馬夫人。”

案:《宣和遺事》內有一丈青李横,乃男子也。而《水滸傳》七十二地煞內又有一丈青扈三娘,謂為扈成之妹,與林沖戰,敗被擒。成全家為李逵所殺,惟成逃去。後來中興內做軍官武將。宋江以一丈青配王矮虎為馬軍頭領,其引軍紅旗上金書大字“女將一丈青”。見百回本及百二十回本第六十三回。金聖歎本改為“美人一丈青”。考《繫年要錄》卷三十云:“初,杜充之衆既潰,其統制官岳飛、劉經自芳山據《北盟會編》當作“茅山”。引衆入廣德軍,後軍扈成駐於金壇縣,為戚方所殺。”《北盟會編》卷一百三十五紀敘尤詳。其略云:飛與經、成議移軍入廣德軍。飛等既行,成留老少在金壇,以其衆往鎮江。戚方劫金壇寨,盡虜老小而去。成大怒,急趨金壇,方伏兵殺成,乃進兵,其軍敗走,方盡取成父母及妻子,皆殺之。則南北宋間,果有武將扈成,然不聞有所謂一丈青扈三娘者。《夷堅志支景》即支丙。卷四云:“戚方既罷鎮江都統制,謫竄長沙,後自便,卜居湖州。乾道七年,苦腰股沈重之疾,累月而死。正困棘時,侍妾秉燭進藥,見燈焰上現人頭數十,已則滿帳皆然,殆以千計。其一差大，戚指曰：原本誤作“指戚曰”。‘此扈宣贊也。’蓋戚為巨寇時，破廣德軍，凡官吏自太守以下，皆舉室屠戮。扈君任兵鈐，罹禍尤酷。妻卞氏色美，戚以為妻，逮命絕之際，人皆知為冤業云。卞氏亦繼死。”此所謂扈宣贊，必即是扈成，無可疑者。但成乃杜充所部後軍統制官，而以為廣德軍兵馬鈐轄。成雖與岳飛等議入廣德軍，實未嘗至，即死於金壇。而以為戚方破廣德軍，扈成被殺，皆傳聞之誤。惟謂扈妻卞氏為方所據，則《會編》等書所未言，頗足補其闕略。然亦非《水滸》之所謂一丈青也。要之扈成固確有其人，全家老小為人所殺，亦確有其事。但實死於戚方之手，於宋江等無與焉。作《水滸傳》者，習聞南北宋間有武將扈成者，全家為人所殺，又知其時有一女將名一丈青，因從而傅會牽合，以為梁山濼之事。所謂扈三娘者，實即影射張用之妻也。張用者，湯陰縣弓手，聚衆數十萬，受東京留守宗澤降。杜充繼為留守，慮用軍盛難制，使岳飛、馬皋等攻之，為所敗，遂起義。詳見《會編》卷一百二十。

又卷一百四十一：“建炎四年，張用已受鄂州招安。曹成以馬老爺事，執捉中軍人，多被殺戮者。用之妻一丈青，奮身出招中軍人隸麾下。中軍人皆歸之，有衆二萬餘人，皆訴無糧食。一丈青曰：‘待我措置。’猶未知用投鄂州受招安。俄有人報用已受措置司招安。一丈青乃率衆趨鄂州，避馬友，不由漢陽，取閒道出漢陽之後，自下流渡江，復與用合。”

案：是年六月，用與曹成屯於德安府。七月，軍亂，統領官馬老爺為其將佐所殺，用奔漢陽，受鄂州路安撫使李允文降。曹成聞馬老爺之死，又聞用自奔去，大怒，令執捉中軍人，到即斬之。事見《會編》卷一百四十。

岳珂《金陀稡編》卷五《鄂王行實編年》：“紹興元年，辛亥歲，年二十九。相州人張用，勇力絕羣，號張莽蕩。其妻勇在用右，帶甲上馬敵千人，自號一丈青，以兵五萬寇江西。俊張俊召先臣語曰：‘非公無可遣者。’問用兵幾何。先臣曰：‘以飛自行，此賊可徒手擒。’俊固以步兵三千益之。先臣至金牛，頓兵，遣一卒持書諭之曰：‘吾與汝同里人，忠以告汝。南薰門鐵路步之戰，皆汝所悉也。今吾自將在此，汝欲戰則出戰，不欲戰則降。降則國家錄用，各受寵榮。不降則身隕鋒鏑，或係累歸朝廷，雖悔不可及矣。’用與其妻得書拜使者曰：‘果吾父也，敢不降。’遂俱解甲。先臣受之以歸。俊謂諸僚佐曰：‘岳觀察之勇略，吾與汝曹俱不及也。’”

李日華《六硯齋二筆》卷四：“一丈青，羣盜馬皋之妻，聞勁勁，當作“勍”。者，說張用歸朝廷。馬皋為郭仲荀所誅，勁勍以其妻配用，遂為中軍統領。列二旗於馬前曰，‘關西貞烈女，護國馬夫人’，亦女驍也，然非《水滸》中人。”

案：日華此節，即采自《北盟會編》，以兩書對照自知。《二筆》同卷記劉遇僧事，亦取之《會編》，可以互證。

《通俗編》卷三十七：“案：別籍言三十六人中有一僧一婦人。龔所贊未見婦人，而其《燕青贊》云：‘平康巷陌，豈汝知名，太行春色，有一丈青。’然則時固有一丈青者，而不在數中，果復有所謂七十二煞乎。”

案：此蓋翟氏偶記前人有此一說，而忘其書名，故但云別籍，然其說實不可據。三十六人中有僧人魯智深，《宣和遺事》已明言之。若謂尚有一婦人，則不知其何所本。燕青贊中之一丈青，本不必實有其人。乃因此遂疑果有七十二煞，亦惑也。《輟耕錄》卷二十八云：“中原紅寇未起時，花山賊畢四等，僅三十六人，內一婦女尤勇捷，聚集茅山一道宮，縱橫出沒，略無忌憚，始終三月餘，三省撥兵不能收捕，殺傷官軍無數。”翟氏所謂別籍，或即此歟？然所記自是元順帝時事，其於梁山濼若風馬牛不相及矣。既而考褚人穫《堅瓠集》卷一云：“宋江三十六人，聚衆橫行，周公謹載之《癸辛雜志》。又元順帝時，花山賊畢四等亦三十六人，聚集茅山。宋江中有一丈青、花和尚，而畢四中亦有一婦一僧，豈真合天罡之數耶？”然後知翟氏所謂別籍者，係指此言之。以褚人穫之書，純由抄撮而來，故翟氏不欲舉其名耳。

《瞥記》卷七:“所謂一丈青者,據李日華《六硯齋二筆》,乃羣盜馬皋之妻,後以配張用,而龔贊燕青有其名,何也。”

案:梁氏未見《北盟會編》,故不能得其出處。

《茶香室叢鈔》卷十七:“今所傳有一丈青,此則無之。指龔氏贊。然《燕青贊》云:‘平康巷陌,豈汝知名,太行春色,有一丈青’,未知何指。”

案:凡人之綽號,必當時民間有此流行之語,然後取以名之。“一丈青”三字,自是宋時俗語,不獨不始於《水滸》,亦必不始於李横及馬皋之妻也。翟氏、梁氏、俞氏皆以龔聖與《燕青贊》中有“一丈青”之名為疑,不知聖與自用俗語入文,并非實有所指。就“太行春色,有一丈青”二語推之,蓋“青”為春色,“一丈青”者以喻春色之濃耳。是必閭里浪子相傳俚語,以此指目男子婦人之年少美色者。而李横及馬夫人,遂皆取以自號。吳自牧《夢粱錄》卷十九舉臨安私名妓女有一丈白、楊三媽,正可與一丈青作對。一丈白者,蓋亦時人調謔之語,譏其年華老大,秋色已深爾。《武林舊事》卷六記諸色伎藝人名,有喬相撲人一條黑、一條白,是亦一丈青之類,可知為當時俗語矣。

梁山濼

韓琦《安陽集》卷五《過梁山濼》:“巨澤渺無際,齊船度日撐。漁人駭鐃吹,水鳥背旗旌。蒲密遮如港,山遙勢似彭。不知連芰裏,白晝苦蚊虻。”

蘇轍《欒城集》卷六《和李公擇赴歷下道中雜詠梁山泊》詩:“近通沂泗麻鹽熟,遠控江淮粳稻秋。粗免塵泥汙車腳,莫嫌菱蔓繞船頭。謀夫欲就桑田變,客意終便畫舫遊。愁思錦江千萬里,漁蓑空向夢中求。”原注:時議者欲乾此泊以種菽麥。

《大明一統志》卷二十三兗州府山川:“梁山濼在東平州西,宋宋江為寇,嘗保此中,有黑風洞。"

案:黑風洞在梁山,不當載入梁山濼條下。同卷別有梁山一條,紀載尤略,第云"梁武王葬於此",蓋誤以梁王武為梁武王,誤獵為葬,紕繆可笑。

明嘉靖《山東通志》卷五山川上兗州府:"梁山在東平州西南五十里壽張縣界,一名刀梁山,上有虎頭厓及古石奩跡,俗傳為梵王太子出家。或曰,本名良山。《史記》孝王'北獵良山'。又古邑名曰良,漢縣名曰壽良,皆以此。今案:漢都於雍,其曰葬梁山,當在雍梁山,此或附會云。"

案:《史記·梁孝王世家索隱》曰:"《漢書》作'梁山'。《述征記》云:'良山際清水。'今壽張縣南有良山,服虔云:'是此山也。'"《正義》曰:"《括地志》云:'梁山在鄆州壽張縣南三十五里,即獵處也。'"《索隱》又引《述征記》:"碭有梁孝王之冢。"則《明統志》謂孝王葬梁山者,固誤,《通志》以為葬雍梁山者亦非矣。《漢書·地理志》東郡壽良縣注:"應劭曰,'世祖叔父名良,故曰壽張。'"然則良山之改梁山,亦避趙孝王諱也。

又同卷:"梁山濼在東平州西五十里,宋南渡時宋江為寇,嘗結寨於此,中有黑風洞。"

案:以宋江為南渡時人,是並《宋史》亦未嘗讀也。

曹學佺《大明輿地名勝志·山東省》卷四兗州府汶上縣:"《河紀》云:'南旺湖在縣西南三十里,濟寧接界。其地特高,汶水西南流至此而分,上有禹廟及分水神祠。湖在漕河南岸,縈迴百里,即鉅野大澤東畔也。宋時與梁山濼水匯而為一,圍三百餘里,即南渡時宋江軍所據梁山泊也。及會通河開,始畫而為二,漕渠貫之,有蜀山湖在東涯,即南旺東湖也。周迴六十五里,有山一區,在水中央,望之若螺髻焉,曰蜀山,上有聖母祠。'"

案:《明史·藝文志》及《千頃堂書目》卷八,均有謝肇淛《北河紀》八卷、《紀餘》四卷,此所引疑謝氏書也。宋時梁山濼不止三百餘里，宋江屯軍亦不在南渡時，《河紀》所言皆誤。胡渭《禹貢錐指》卷六，嘗辨南旺湖非即大野澤，說詳彼書，茲不具論。

又同卷壽張縣："《寰宇記》云：'梁山在縣南三十五里。'《郡志》：'在縣南七十里，本名良山。梁孝王嘗獵於此，改為梁山。周迴二十餘里，上有虎頭崖及古石龕跡。又有石臺，鑿石為蓮花，周圍二丈。相傳有神僧說法於上。其下有洞，俗名黑風洞。山南為古大野澤，《禹貢》所謂"大野既豬"也。宋謂之梁山濼矣。'"

《明史》卷四十一《地理志》山東兗州府東平州："壽張縣南有梁山濼，故大野澤下流，東北有會通河，又有沙灣。弘治前，黃河經此，後湮。"

顧祖禹《讀史方輿紀要》卷三十三東平州："梁山，州西南五十里，接壽張縣界。本名良山。漢梁孝王常遊獵於此，因改為梁山。《史記》'梁孝王北獵良山'是也。山周二十餘里，上有虎頭崖，下有黑風洞。山南即古大野澤。宋政和中，盜宋江保據於此，其下即梁山泊也。"

案：宋宣和元年，已降詔招撫宋江，故江之據梁山，當在政和中。顧氏此言，必有所本，說詳宋江條下。

又同卷壽張縣："梁山濼在梁山南，汶水西南流，與濟水會於梁山。東北迴合而成濼。《水經注》'濟水北經梁山東'。袁宏《北征賦》所云'背梁山截汶波'者也。又為大野澤之下流，水嘗匯於此。石晉開運初，滑州河決，浸汴、曹、單、濮、鄆五州之境，環梁山而合於汶，與南旺、蜀山湖相連，瀰漫數百里。案：此所言與今本《舊五代史》不合，詳見後《日知錄》條。宋天禧三年，滑州之河復決，歷澶、濮、曹、鄆，注梁山濼。案：事見《宋史》卷九十一《河渠志》。政和中，劇賊宋江結砦於此。《金史》'赤盞暉破賊衆於梁山濼，獲舟千餘'，又'斜卯阿里亦破賊船萬餘於梁山泊'，蓋津流浩衍，易以憑阻也。既而河益南徙，梁山濼漸淤。金明昌中，言者謂黃河已移故道，梁山濼水退地甚廣。於是遣使安置屯田，自是益成平陸。今州境積水諸湖，即其餘流矣。"

顧炎武《日知錄》卷十二："《五代史》：'晉開運元年五月丙辰，滑州河決，浸汴、曹、濮、單、鄆五州之境，環梁山，合於汶水，與南旺、蜀山連，瀰漫數百里。’案:《新五代史》卷九《晉出帝紀》，但云“河決滑州，環梁山，入於汶、濟”，此所引乃薛史也。然今本《舊五代史》卷八十二《少帝紀》記此事，不言有汴州，且無“與南旺、蜀山間連，瀰漫數百里”語，而兩顧氏並引之，知所據薛史舊刻如此，今本輯自《大典》者有所譌脱也。惟新舊《史》均云“六月丙辰”，此作“五月”者，誤。河乃自北而東。《宋史》:‘熙寧八年案:《宋史》卷九十二《河渠志》，乃熙寧十年事，此作“八年”，誤也。七月乙丑，河大決於澶州曹村，北流斷絕，河道南徙，匯於梁山張澤濼，分為二派，一合南清河入於淮，一合北清河入於海。’河又自東而南矣。元豐以後，又決而北。議者欲復禹迹，而大臣力主回東之議。降及金、元，其勢日趨而南而不可挽。今之河，非古之河矣。”

又:“《元史·河渠志》謂:‘黄河退涸之時，舊水泊汙池，多為勢家所據。忽遇泛溢，水無所歸，遂致為害。繇此觀之，非河犯人，人自犯之。’予行山東鉅野、壽張諸邑，古時瀦水之地，無尺寸不耕，而忘其昔日之為川浸矣。近有一壽張令修志，乃云:‘梁山濼僅可十里，其虛言八百里，乃小説之惑人耳。’此并五代、宋、金史而未之見也。原注:《五代史》:“晉開運元年，滑州河決，環梁山，合於汶水。”《宋史·宦者傳》:“梁山濼，古鉅野澤，綿亙數百里，濟、鄆數州，賴其蒲魚之利。”《金史·食貨志》:“黄河已移故道，梁山濼水退，地甚廣，遣使安置屯田。”沙灣未築之前，徐有貞疏亦言“外有八百里梁山濼，可以為泄。”書生之論，豈不可笑也哉?”

案:亭林先生此條，題為河渠，乃為考古今治河利害而發，然兼辨梁山濼之實有八百里，則亦言宋江事者之所當知也。兩顧氏之考梁山濼形勢，審矣，然尚有未詳者。考《宋史》卷六十一《五行志》云:“熙寧十年七月，河決曹村，下埽澶淵絕流，河南徙，又東匯於梁山張澤濼。凡壞郡縣四十五，官亭民舍數萬，田三十萬頃。”案:此事先見於《宋會要》，今載徐松輯本第五十二冊瑞應門，及一百九十二冊方域門。卷九十二《河渠志》亦云，“凡灌郡縣四十五，而濮、齊、鄆、徐尤甚，壞田逾三十萬頃。”此數句《日知錄》未引。此四十五郡縣，雖不必盡陷為梁山濼，而其田廬之沒而不復者多矣。《宋史》言梁山濼廣數百里。《邵博聞見後錄》卷三十云:“王荆公好言利。有小人諂曰:‘決梁山泊八百里水以為田，其利大矣。’荆公喜甚，徐曰：'策固善，決水何地可容?'劉貢父在坐中，曰：'自其旁別鑿八百里泊，則可容矣。'荆公笑而止。"案：此事亦見《涑水紀聞》卷十五，但不云八百里。然則《水滸傳》謂"梁山泊方圓八百餘里"，見第十一回柴進告林沖語。並誇大之詞矣。《金史》卷四十七《食貨志》云："大定二十一年八月，尚書省奏山東所刷地數。上謂梁肅曰：'黄河已移故道。梁山濼水退，地甚廣，已嘗遣使安置屯田。民昔嘗恣意種之。今有已籍其地，而民懼徵其租，逃者甚衆，恐致失所。可免其徵，赦其罪，別以官地給之。'御史臺奏：'大名、濟州因刷梁山濼官地，孫楷第曰："案：據此則舊梁山濼水北已浸及大名，非止南連濟州諸濼而已。宋江等宜可恃以為險也。"或有以民地被刷者。'上復召宰臣曰：'雖曾經通檢納稅而無明驗者，復當刷問。有公據者，雖付本人，仍當體問。'二十二年，又命招復梁山濼流民，官給以田。'金人於梁山濼屯田事，《日知錄》及《韓門綴學》皆嘗引用《食貨志》而不詳。是當南宋之初，金大定二十一年，即宋孝宗淳熙八年也。梁山濼已多涸為陸地，非復八百里之廣矣。《金史》卷二十七《河渠志》又曰："明昌五年春，正月，尚書省奏都水監丞田櫟同本監官講議黄河利害，嘗以狀上，言'可於北岸牆村決河入梁山濼故道，依舊作南北兩清河分流。然北清河舊堤歲久不完，當立年限增築大堤，而梁山故道多有屯田軍户，亦宜遷徙。'三月，尚書省謂：'以黄河之水勢，若於牆村決注，則山東州縣膏腴之地，及諸鹽場，必被淪溺。城使修築壞堤，而又吞納不盡，功役至重，虚困山東之民，非徒無益，而又害之也。況長堤已加固護，復於南岸疏決水勢，已寢決河入梁山濼淤議。水所經城邑，已勸率作護城隄矣。先所修清河舊堤，已遣罷之。'四月，以田櫟言河防事，集百官詳議以行，百官咸謂：'櫟所言棄長堤，無起新堤，放河入梁山故道，使南北兩清河分流，為省費息民長久之計。臣等以為黄河水勢，非人力可以斟酌、可以指使也。況梁山濼淤填已高，而北清河窄狹不能吞伏。兼所經州縣，農民廬井非一。使大河北入清河，山東必被其害。凡櫟所言無可用。'遂寢其議。"自大定二十一年，於梁山濼屯田之後，下至明昌五年，已十有四年矣。雖有決河入梁山濼之議,而其事不行。可見當時濼水日益淤塞,與黄河不復相通。然河水遷徙不常,不久而有復趨梁山故道之勢焉。《元史》卷六十五《河渠志》云:“武宗至大三年十一月,河北河南道廉訪司言,近歲亳、潁之民,幸河北徙,有司不能遠慮,失於規劃,使陂濼悉為陸地,東至杞縣三汊口,播河為三,分殺其勢,蓋亦有年。往歲歸德、大康建言,相次湮塞南北二汊,遂使三河之水,合而為一。下流既不通暢,自然上溢為災。由是觀之,是自奪分泄之利,故其上下決溢,至今莫除。即今水勢趨下,有復鉅野、梁山之意。蓋河性遷徙無常,苟不為遠計預防,不出數年,曹、濮、濟、鄆,受害必矣。”袁桷《清容居士集》卷三,有《次韻瑾子桷之子。過梁山濼詩》云:“大野瀦東原,狂瀾陋左里,交流千尋峰,會合百谷水。量深恣包藏,神靜莫比擬。碧瀾渺無津,綠樹失其涘。揚帆鳥東西,擊楫鷗沒起。長橋篙師歌,短渡販夫止。天平雲覆幕,灣迴路成砥。鷹坊嚴聚屯,漁舍映渚沚。高桅列魚貫,遠吹生鳳觜,前奔何無休,後進復不已,遶如林烏旋,疾若坡馬駛。”此詩之前二首,為題子昂《人馬圖》,自注有“時松雪下世一年”之語。考子昂卒於至治二年,見《元史》卷一百七十二本傳。則此詩當作於至治、泰定間。至治三年,英宗遇弒崩,晉王即位,改元泰定。觀詩中所言波瀾之闊,舟楫之盛,知梁山濼在當時雖無八百里之廣,猶為汪洋巨浸也。元人詠梁山濼風景之詩尚多,茲不暇引。自武宗以後,河水時時潰決,不及四十年,而廉訪司所謂有復鉅野、梁山之意者,竟不幸而言中矣。《元史》卷六十六云:“至正四年夏,五月,大雨二十餘日,黄河暴溢,水平地深二丈許,北決白茅堤。六月,又北決金堤。並河郡邑濟寧、單州、虞城、碭山、金鄉、魚臺、豐、沛、定陶、楚丘、武城,以至曹州、東明、鉅野、鄆城、嘉祥、汶上、任城等處,皆罹水患。民老弱昏墊,壯者流離四方。水勢北侵安山,沿入會通運河,延袤濟南、河間,將壞兩漕司鹽場,妨國計甚重。省臣以聞,朝廷患之,命集郡臣議廷中,而言人人殊。唯都漕運使賈魯昌言必當治。十一年四月初四日,命魯以工部尚書為總治河防使。是月二十二日鳩工,七月,疏鑿成。八月,決水故河。十一月,水土工畢。諸埽諸堤成,河乃復故道南匯於淮，又東入於海。”夫宋之梁山濼，所以廣至八百里者，蓋歷經晉開運，宋天禧、熙寧三次河決，均詳見前。合汴、曹、單、濮、鄆、澶、齊、徐數州所灌之水而匯於一也。今至正四年，黄河決堤，並河州縣罹水患者，案之宋時地理，單州為宋舊治；曹州於宋為乘氏縣，與定陶皆屬曹州；碭山、魚臺屬單州；豐、沛屬徐州；汶上宋名中都，屬鄆州；濟南即齊州；是皆宋時梁山濼之故道。餘如濟寧、金鄉、鉅野、鄆城、嘉祥、任城，於宋、金時皆屬濟州。觀其受災之區，與元人高文秀《黑旋風雙獻功》雜劇見《元曲選》丁集下。所謂“寨名水滸，泊號梁山，東連大海，西接濟陽，南通鉅野、金鄉，北靠青、齊、兖、鄆”者，正復相合。《元史》雖不言水匯於舊濼，然《明史》卷八十二《河渠志》，謂“至正中，濟寧、曹、鄆間漂沒千餘里”，則昔之梁山濼淤而為田者，至此復成澤國，其勢然也。雖賈魯河成，旋復安流，然其積水之停於濼中者，必不能盡挾以去。胡翰《仲子集》有《夜過梁山濼詩》云：“日落梁山西，遙望壽張邑。洸河帶濼水，百里無原隰，葭菼参差交，舟楫窅窈入；劃若厚土裂，中含元氣濕；浩蕩無端倪，飄風向帆集。野闊天正昏，過客如鳥集。”亦見《錢謙益詩集》卷十五。翰歿於洪武十四年辛酉，年七十五。《明史·文苑傳》言其嘗遊元都，此詩必其自金華北上，取道運河之所作也。所寫風景，與袁桷詩無以異。其時梁山濼之廣闊，尚不止百里。《列朝詩集》甲集卷二十一《黄哲河渾渾詩》序云：“洪武辛亥四年。六月，工部主事仇公，中書宣郎歡公，奉旨按行黄河，北環梁山，逆折至鉅野、曹、濮，達盟津，發民疏浚淺壅，俾通糧漕。子亦承乏，今領東平之役，諸公皆會梁山。余記元年春，奉命泝河北來，時兵始襲汴，舟師逾彭城，北入汴南塔張口，泝漫流而西。《明史·河渠志》云：“洪武元年，河決曹州雙河口，入魚臺。徐達方北征，乃開塌場口引河入泗以濟運。”此序所言，即其事也。塔場口即塌場口。三年，余朝京師，道出其左，則塔張之津已淤，舟之汴、洛者，北趨戈泊口任城，開閘以西。今由梁山，則迂其故流，又及千里矣。且復晨夕徙遷無常，漕舟苦焉。蓋其瀰漫奔決，能困兖、豫、徐、冀數州之民，而深不足引舟漕。有司常具舫尋源標幟以前導。翌日，則又徙而他流矣。塗路朽壞，流沙數百里間，篙楫畚鍤，無所施其功，故議者欲上聞，欲復堰黃陵岡之舉。噫！此季元之覆轍，曷足與議哉？因賦河渾渾。"案：序所言洪武四年浚河通漕之事，《明史》食貨、河渠兩《志》皆不載。然哲時方官東平府通判，躬董其役，則其言固足補史之闕矣。雖其疏浚之功績如何不可考，然足見自賈魯河成之後，不過十餘年，至洪武初元，黃河又復環梁山而流，折而至於鉅野、曹、濮，猶是梁山濼之故蹟也。其後不知何時淤塞，不復與黃河通，而斷港殘潢，未嘗盡涸。故徐有貞於景泰間上治河三策，亦言有八十里梁山泊，可以為泄也。《明史》實作"八十里"，《日知錄》以為"八百里"者，誤。有貞以景泰四年五月，奉命治沙灣決口。六年七月功成。自此河流北出濟、漕，而阿、鄄、曹、鄆間，田出沮洳者百數十萬頃，見《明史》卷八十三《河渠志》。蓋至是並僅存八十里之梁山濼，亦涸而為田。《日知錄》云，"沙灣未築以前，徐有貞……"云云，可見沙灣既築以後，無復有梁山濼矣。雖猶有蜀山、南旺諸湖存，然其去梁山也遠，不可謂為即梁山濼也。《方輿紀要》謂"金明昌中，於梁山濼安置屯田，自是遂成平陸"，《乾隆一統志》謂"明築戴村壩，遏汶南流，梁山濼遂成平陸"者，皆非也。高文秀《雙獻功雜劇》，有"寨名水滸，泊號梁山，縱橫河港一千條，四下方圓八百里"之語。文秀籍隸東平，見《錄鬼簿》卷上。梁山泊即在境內，蓋得之目驗，證以傳聞，故其詞如此。《水滸傳》因而襲之，原非虛構。後人徒見梁山下無復水泊，遂疑為小說家惑人，未免失考。亭林先生此條本不為梁山濼而發，故徵引不能甚詳。然所言獨得要領，勝於諸家多矣。

［康熙］《壽張縣志》康熙五十六年知縣滕永禎修。卷一《方輿志》："梁山在縣治東南七十里，上有虎頭崖，宋江寨，蓮花臺，石穿洞，黑風洞等蹟。舊志云：'漢文帝第二子梁孝王田獵於此，因名梁山。'"

又同卷："凡天下山川，以史乘所紀為據。小說誣民，在所必禁。梁山為壽張治屬，其山周圍可十里。《水滸》小說乃云'周圍八百里'，即宋江寨，山岡上一小垣耳。說中張皇其言，使天下愚民不至其地者，信以為然。長奸萌亂，莫此為甚。因拈出之，以告司治君子，併使天下之人知之，小說之不可信也如此。”

案：《志》於梁山條下引舊《志》云云，此條附於山川之後，蓋亦沿用舊《志》之文。舊《志》作於康熙元年，見卷首所錄分守東兗道左參政張弘俊舊序，序文有闕葉，不知修志者姓名。考《職官志》“知縣陳璜，進士，浙江臨海縣人，順治十六年任”。康熙元年，正其任內，則舊《志》殆璜所修歟？於時亭林先生年五十歲。先生與友人書，自言五十以後著《日知錄》，見《文集》卷四。則《錄》中所謂近有一壽張令修志，乃云“梁山濼僅可十里”者，殆即指此。惟志所辯為梁山周圍僅十里，與《日知錄》引作“梁山濼”不合，不知是否為新《志》所删改，抑係先生誤記也。考之諸書，並云山周二十餘里，《志》謂僅十里者，亦有意貶損之詞。此人記所目覩，尚復失實，況欲望其檢尋史傳，考梁山濼之實有八百里乎？

又卷八《藝文志》曹玉珂《過梁山記》：“往讀施耐菴小說，疑當時弄兵潢池者，不過數十百人耳。宋勢雖弱，豈以天下之力不能即奏蕩平，應作者譏宋失政，其人其事，皆理之所必無者。繼讀《續綱目》載‘宋江以三十六人轉掠河朔，莫能嬰鋒’。又《宣和遺事》備書三十六人姓名。宋龔開有贊，侯蒙有傳，案：此謂《宋史·侯蒙傳》中有蒙上書言宋江事也，而云龔開有贊，侯蒙有傳，似蒙嘗為宋江作傳矣，其拙於行文如此。其人既匪誣矣。意梁山者，必峰峻壑深，過於孟門、劍閣，為天下之險，若輩方得憑恃為雄。丁未秋，案：丁未，康熙六年也。改令壽張，梁山正在境內，擬蒞止之後，必詳審地利，察其土俗，以綢繆於未雨。至壽半月，言邁瑕丘，紆途山麓。正午，停輿騎馬，流覽其山，塿然一阜，坦然無銳。外有二三小山，亦斷而不聯。村落比密，塍疇交錯。居人以桔槔灌禾，一溪一泉不可得，其險無可恃者。乃其上果有宋江寨焉。於是進父老而問之。對曰：‘昔黃河環山夾流，巨浸遠匯山足，即桃花之潭，因以泊名，險不在山而在水也。’又云：‘祝家莊者，邑西之祝口也。關門口者，李應莊也。鄆城有曾頭市。晁、宋皆有後於鄆。舊壽張則李逵擾邑故治也。’且戰陣往來，多能歷述，多與《水滸傳》合。更津津艷稱忠義之名，里閈猶餘慕焉。”

案:本《志》卷四《職官志》:“曹玉珂,進士,富平縣人。康熙六年十月任。”記中頗信宋江有據梁山濼事。且謂其險在山而不在水,似欲糾正舊志之誤者。惜不能旁引史事以證明之耳。

[乾隆]《一統志》卷一百二十九兗州府山川:“梁山在壽張縣東南七十里,本名梁山。以梁孝王遊獵於此而得名。上有虎頭崖,宋江寨,其下舊有梁山濼。”

又:“梁山濼在壽張東南梁山下,久湮。案:《五代史》:‘晉開運元年,河決滑州,環梁山入於汶、濟。’司馬光《通鑑》:‘周顯德六年,命步軍都指揮使袁彥浚五丈渠,東過曹、濮、梁山濼,以通青、鄆之漕。’見《通鑑》卷二百九十四。《宋史·河渠志》:‘天禧三年,滑州河溢,歷澶、濮、曹、鄆,注梁山濼。熙寧十年,河決於澶州、曹村、澶淵,北流斷絕,河道南徙,東匯於梁山張澤濼。’《宦者楊戩傳》云:‘梁山濼,古鉅野澤,綿亘數百里,濟、鄆數州賴其蒲魚之利。’蓋梁山濼即古大野澤之下流,汶水自東北來,與濟水會於梁山之東北,迴合而成濼。宋時決河匯入其中,其水益大。故政和中,劇賊宋江結砦於此。其後河徙而南,濼亦漸淤。迨元開會通河,引汶絕濟。明築戴村壩,遏汶南流。歲久填淤,遂成平陸。今州境積水諸湖,即其餘流也。”

案:明築戴村壩事在永樂九年。見《明史》卷八十五《河渠志》。其後四十餘年,梁山濼猶存八十里,謂以築壩遂成平陸者,非也。《一統志》此條,可與《方輿紀要》参看。嘉慶重修本卷一百六十五刪去“故政和中,劇賊宋江結砦於此”一句,極謬。

又卷一百四十二泰安府山川:“梁山在東平州西南五十里,接兗州府壽張縣界。《史記·梁孝王世家》‘北獵良山’注:《索隱》曰:‘《漢書》作梁山。’《水經注》:‘濟水北逕梁山東,袁宏《北征賦》曰,“背梁山,截汶波”,即此處也。’舊志:‘山周二十餘里,上有虎頭崖,下有黑風洞。宋政和中,盜宋江等保據於此。’其下為梁山濼,詳見兗州府。”

案:[嘉慶]《重修一統志》卷一百七十九沿用此條,刪去舊志以下四十一字,蓋纂修諸公不信宋江曾據梁山濼,遂奮筆刊削,殊失疑以傳疑之意。然其兗州府梁山條,因全襲《乾隆志》之舊,致删除未盡，尚存"宋江寨"三字，不悟其前後矛盾。書有愈修而愈亡者，此類是也。

汪師韓《韓門綴學續編》："梁山濼在宋為盜藪，世俗以為宋江據此。"考《宋史·蒲宗孟傳》云："梁山濼素多盜，宗孟痛治之，雖小偷微罪，亦斷其足筋。盜雖為衰止，而所殺不可勝計。"劉延世《孫公談圃》云："蒲宗孟知鄆州，有盜黄麻胡依梁山濼，至是賊以絕食，遂散。"案：《談圃》卷下云，"恭敏下令禁民毋得乘小舟出入濼間，賊既絕食，遂散去。"恭敏者，宗孟謚也。此神宗時事，在淮南盜宋江犯淮陽、京東事在宣和初者，相隔四十年矣。《徽宗本紀》及《侯蒙》《張叔夜傳》紀宋江事者，俱不及梁山濼。他若"許幾知鄆州，梁山濼多盜，皆漁者窟穴。幾籍十人為保，使晨出夕歸，否則以告，輒窮治，無脱者"。案：見《宋史》卷一百三十幾本傳。又"任諒提點刑獄，梁山濼漁者習為盜，蕩無名籍。諒伍其家，刻其舟，非是不得輒入，他縣地錯其間者，刻名為表。盜發則督吏名捕，莫敢不盡力，跡無所容"。案：見《宋史》卷三百五十六《諒本傳》。此俱及徽宗時，而未至宣和。宋江横行在其後，其先或窟穴於此。逮至黄河移故道，梁山濼退地甚廣，民得恣意耕種，地已不屬宋矣。《金史·倖幸傳》："正隆六年，原注：即金世宗大定元年，宋高宗紹興三十一年。海陵南伐。時梁山濼水涸，戰船不得進。"《食貨志》云："金刷梁山濼地，遣使安置屯田，民懼徵租，逃者甚衆。大定二十二年，招復梁山濼流民，官給以田。"此乃宋孝宗淳熙九年，距宣和時又五十餘年矣。元《志》河渠、食貨，都不及梁山濼，惟於決隄偶序及之。明洪武初，胡翰原注：字仲子，金華人。有《夜過梁山濼詩》云："洸河帶濼水，百里無原隰，葭菼參差交，舟楫窈窕入。"又云："往時冠帶地，孰踵萑蒲習，肆噬劇跳梁，潛謀固壞蟄"，是明時猶有水有盜也。景泰間，河決沙灣。徐有貞請開廣濟河，謂"其外有八十里梁山泊，可以為泄"，其地之窪下而閬空可知。今人見其無水，並疑小説言有水者為謬。豈知地在宋、元為衆水之所聚哉。

案：《宋史》無宋江據梁山濼事，他書亦不言其根據地所在。《宣和遺事》始言"晁蓋八箇，劫了蔡太師生日禮物，不免邀約楊志等前往太行山梁山濼去，落草為寇”。“宋江殺閻婆惜後，直奔梁山濼，晁蓋已死，吴加亮等推讓宋江做強人首領。”小說家言本不可盡信，汪氏疑之是也。然元人陳泰、陸友仁詩文，均見前。皆以宋江與梁山濼並言。袁桷《過梁山濼詩》有句云：“飄飄愧陳人，歷歷見遺趾，流移散空洲，崛强尋故壘。”所謂崛强故壘，意蓋指宋江寨也。明、清《一統志》及《讀史方輿紀要》，亦言宋江嘗結砦保據於此，是則舊說相傳，歷歷有據。顧祖禹史學名家，著述尤為不苟，又嘗與修《一統志》，得見《永樂大典》及《天下郡國圖經》。杭世駿《道古堂文集》卷三十八《胡東樵墓志銘》云，“崑山徐大司寇乾學總裁《一統志》，禮延太原閻若璩、無錫顧祖禹、常熟黄儀洎先生與修，因得縱觀天下郡國之書。”劉獻廷《廣陽雜記》卷二云，“上因修《一統志》，令天下皆具輿地圖冊以考疆域道里之遠近，皆聚於統志館中。”可見館中地志之富。而《方輿紀要·凡例》乃云，“近代《一統》《寰宇》《名勝》諸志，及《十三司通志》，余皆得見之。其天下郡縣志得見者十未六七也。跼蹐田野，無從搜集”云云。蓋《凡例》作於未入一統志館以前，故其言如此。然得見天下郡縣志幾十之六七，亦不為不富矣。故《讀史方輿紀要》，考據精密，具有本源。其《凡例》云：“近世言方輿者，依據失倫，是非莫主，或一事而彼此相懸，一說而前後互異，稱名偶同，漫為附會，傳習不察，竟昧繇來。欲矜博洽之名，轉滋繆戾之罪。余不敢妄為附和也。”又云：“是書於宋、元諸史不能盡存，而近時聞見尤用闕如，蓋不欲以可據之方輿，亂以無稽之記載也”，其體例之嚴如此。知書中所采，並出故書雅記，必不至摭拾小說，漫為附會，斷可識矣。宋江據梁山濼，既歷見於元人詩文及明、清地志，又為《方輿紀要》所取，自必確有其事，無可疑者。余嘗考之《宋史·張叔夜傳》，言“宋江起河朔”，《汪應辰文集》亦稱為“河北劇賊”，似江本踞河北。然《東都事略》及《宋史·徽宗紀》，於宣和三年二月，書“淮南盜宋江犯淮陽軍”，與《叔夜傳》又復不同。蓋因江自淮南路，出兵以進淮陽，淮陽屬京東路。遂就其屯駐之地以為之目。其稱“河北賊”，亦特追敘其初起一時之事。故方勺《泊宅編》記宣和二年十二月事，又稱為“京東賊”。江之未嘗久踞河北、淮南可知。

然則江之根據地果在何處，未易明也。惟《十朝綱要》於宣和元年書“招撫山東盜宋江”，此其事載於詔旨，著於官文書，最可保信。是江之根據地，固明明在山東境內矣。但山東本非一地之專名，難於確指其處。顧亭林嘗言，“古者自函谷關以東，總謂之山東。唐人則以太行山之東為山東，而非若今之但以齊、魯為山東也”。見《日知錄》卷三十一。王西莊亦謂“唐以河北魏、博、鎮、冀諸鎮為山東”。見《十七史商榷》卷九十。此其論唐以前之山東皆是也，而非所語於宋以後之山東。若閻潛邱之說，以為“山東之名起於金，本宋之京東東路、京東西路，金以都既不在汴，易‘京’為‘山’，而不知‘山’字無著”，見《潛邱劄記》卷三《釋地餘論》。則殊大謬不然。宋之所謂山東，正是指京東兩路言之，即今之山東省。而非復唐以前之山東。今不暇遠引他書，姑以記南北宋間事者證之。《繫年要錄》卷十一記建炎元年十二月事云，“初，左副元帥宗維聞上幸維陽，乃約諸軍分道入寇。宗維自河陽渡河攻河南，十二月，入西京。右副元帥宗輔與其弟宗弼自滄州渡河，攻山東。明年春，陷青、濰。”原誤作“維”。青州、濰州皆京東東路也。是時金人已盡陷河北，引兵渡河，則此山東非指河北矣。又卷二十二記建炎三年三月事云：“金人陷京東諸郡。時山東大饑，人相食，嘯聚蜂起。金再犯青州，守臣劉洪道棄城去。於是右副元帥宗輔左監軍昂摩乘勢盡取山東地。惟濟、單、興仁、廣濟以水阻尚存焉。”陷京東諸郡而謂之盡取山東地，是山東即京東矣。濟、單、興仁、廣濟，皆京東西路也。又卷三十引張匯《進論》曰：“粘罕刻本改為尼瑪哈，今用本名。止有五六千騎。自建炎二年秋九月離雲中下太行，渡黎陽，攻澶、即開德府，屬河北東路。濮、屬京東西路。山東諸州郡，以至犯揚州。是時兩河州郡尚有未陷者。山東州郡，十陷二三”云云。上云兩河，下云山東，非指京東兩路耶？姑舉此數條證之，知京東之稱山東，由來已久，宋人著書，必不肯用金人所改之名也。閻氏之言，不然明矣。宋江據梁山，其地屬京東西路之鄆州，故稱之為“山東盜”。《泊宅編》言：“京東盜宋江出青、齊、單、濮間。”青、齊、單、濮，皆京東路濱梁山濼之地也。元陸友仁詩云：“京東宋江三十六,懸賞招之使擒賊。”詳宋江條。不曰河北,不曰淮南,並不曰鄆城,小說言江為鄆州鄆城縣人。而曰京東者,因梁山濼瀰漫京東諸州郡,故舉其根據地之所在以稱之也。江所以能馳騁十郡,縱横於京東、河北、淮南之閒者,以梁山濼水路可通故也。凡此皆可以意會得之者。汪氏所考,殊為未盡。梁山濼在宋江以前,已為盗藪,誠如汪氏之言。然宋江之後,其地亦未嘗無人入據。洪邁《夷堅乙志》卷六云:“宣和七年,户部侍郎蔡君厚罷知青州,以病不赴,歸金陵,疽發於背,命道士設醮,倩所親王生作青詞,少日而蔡卒。未幾,王生暴亡,三日復蘇,連呼曰:‘請侍郎夫人來。’夫人至,王乃云:‘初如夢中,有人相追逮,至公庭。俄西邊小門開,獄卒護一囚,扭械聯貫立庭下,細視之,乃侍郎也,回望某云:汝今歸便與吾妻説,速營功果救我,今只是理會鄆州事。’夫人慟哭曰:‘侍郎去年帥鄆時,有梁山濼賊五百人受降,既而悉誅之,吾屢諫不聽也。’”又徐夢莘《三朝北盟會編》卷一百四十三云:“張榮,梁山濼取漁人也。聚梁山濼,有舟師二三百人,案:《繫年要錄》卷三十三作“有舟數百”,則不止二三百人矣。常劫掠金人。杜充為留守時,借補榮官至武功大夫,遥郡刺史,軍號為張敵萬。”蓋自宣和三年宋江離去之後,梁山濼旋為他人所據,至六年降於蔡居厚,為所殺。逮建炎初,張榮又起兵於此。其後,地雖入金,仍為興兵反抗者之根據地。見前引《方輿紀要》。因其地蘆葦叢生,煙波無際,聚衆出没其閒,易於逃匿,難於捕捉,故隨撲隨起,迄不能定也。俞蔭甫乃以蔡居厚所殺者為即宋江,見宋江條。由其習讀小說,而不考史事,第知梁山濼有宋江耳。

袁枚《隨園隨筆》卷十八辨訛類下:“俗傳宋江三十六人據梁山泊,此誤也。案:《宋史・徽宗本紀》《侯蒙》《張叔夜》兩傳紀江事者,並無梁山泊之說。惟《蒲宗孟傳》言‘梁山濼多盗,宗孟痛治之,雖小偷必斷其足,盗雖衰止,而所殺甚多’。孫公《談圃》云,‘蒲宗孟知鄆州,有盗黄麻胡依梁山濼為患’云云,此是神宗時事,與宋江之起事宣和初者,已相隔數十年矣。”

案：以此條與《韓門綴學》兩相比勘，所不同者纔十許字，雖曰暗合，何其巧也？袁氏與韓門生同時，汪長於袁十歲，卒於袁前。疑其嘗見《綴學》而襲取之耳。如引《宋史》“所殺甚多”，引《談圃》“依梁山濼為患”，皆非本書之語，蓋只顛點竄字句以掩剽掇之跡，而忘其與原書不合也，可謂欲蓋彌彰者矣。袁氏以文學著名，讀其書者不少。《嘉慶重修一統志》於梁山濼條下，刪去宋江事，未必不由於此。故姑存其說云爾。

《文津文庫》近期書目

1、哲學宗教

六十四卦經解	(清)朱駿聲著;胡雙寶點校

2、歷史地理

現代中國名人外史	坦蕩蕩齋主著
商周史料考證	丁　山著
中國金石學講義	陸和九著
漢魏兩晉南北朝史叢考	余嘉錫著

3、書目版本

國學要籍研讀法四種	梁啓超著
士禮居藏書題跋記	黄丕烈著
劫中得書記	鄭振鐸著
書林清話	葉德輝著
余嘉錫古籍論叢	余嘉錫著

4、文學藝術

中國版畫史略	郭味蕖著
古小說鉤沉	魯　迅著
古代小說叢考	余嘉錫著